Lilli Polansky

Gratulieren müsst ihr mir nicht

Roman

Schöffling & Co.

Diese Geschichte ist komplett frei erfunden.
Bis auf all die Teile, die wahr sind.

Erste Auflage 2024

Kaiserstraße 79, 60329 Frankfurt am Main

Satz: Fotosatz Amann, Memmingen
Druck & Bindung: Pustet, Regensburg
ISBN 978-3-89561-159-9

www.schoeffling.de

Für das Mädchen mit der dunkelblauen Brille mit den großen, runden Gläsern. Du bist schön, so wie du bist.

»Nothing ever ends poetically.
It ends and we turn it into poetry.
All that blood was never once beautiful.
It was just red.«

Kait Rokowski

1

Fremdkörper

Vier Monate nach meinem zwanzigsten Geburtstag bekam ich einen Herzschrittmacher eingesetzt.

Der 19. April war ein warmer, sonniger Tag, den ich lieber nicht in einem Krankenhauszimmer verbracht hätte. Während wir mit dem Aufzug auf die Station fuhren, klärte mich eine Schwester schroff über all die Dinge auf, die man mit einem Herzschrittmacher nicht machen durfte: eine Mikrowelle benutzen. Sich mit einer Körperfettwaage wiegen. Mit einem Induktionsherd kochen. Sich neben eine Stromleitung stellen. Mit einem Metalldetektor hantieren. Mehrere Minuten in der Diebstahlschranke eines Geschäftes verweilen.

Das klingt ja alles gar nicht so schlimm, dachte ich, erleichtert, dass ich meine Bluetooth-Kopfhörer weiterhin benutzen durfte und auch zu meinem iPhone keinen Sicherheitsabstand von fünfzehn Zentimetern einhalten musste, was Google auf meine Frage »Was darf man mit Herzschrittmacher nicht machen?« als obersten Treffer ausgespuckt hatte.

»So, da samma«, erklärte die Schwester, als wir am Ende des Ganges angekommen waren und vor einer dunkelblauen Zimmertüre standen. »Sie haben eine Zimmergenossin, ihr Name ist Ingrid. Schauen'S halt, wie'S zurechtkommen miteinander, sie hustet ziemlich stark. Hat bis jetzt alle Mitpatientinnen verscheucht. I wünsch Ihnen Glück. Heute Abend kommt der Anästhesist, um die Narkose zu besprechen.«

Ich nickte und wollte schon die Zimmertüre aufstoßen, als sie sagte: »Schwanger san'S eh ned, oder?«

Ich schüttelte den Kopf.

Ingrid war eine recht korpulente Frau, die ich auf Mitte vierzig schätzte. Sie hatte ein hübsches Gesicht mit strahlend blauen Augen, das von krausem wasserstoffblond gefärbtem Haar umrahmt wurde. Als ich den Raum betrat, telefonierte sie, während sie mit den Fingern in einer Chipspackung wühlte. Kelly's Salt and Vinegar. Unsere Blicke trafen sich, sie nickte mir zu und widmete sich dann wieder ihrem Gesprächspartner. Ihrem Mann, vermutete ich. Aus den Gesprächsfetzen, die ich zwischen dem Rascheln der Chipstüte und ihrem genüsslichen Schmatzen ausmachen konnte, gelang es mir, ein paar Fakten über Ingrid zu erfahren. Ihr Husten war immer noch scheußlich. Angefangen hatte das bei ihrer Coronainfektion vor einem Jahr. Deshalb lag sie seit fast einer Woche im Krankenhaus, und die ganzen Inhalationen halfen nur wenig. Auch in der Nacht ließ der Hustenreiz ihr keine Ruhe. Sie hatte den einzigen Raum gefunden, in dem es nicht nach Desinfektionsmittel stank, das Restaurant im Eingangsbereich. Köstlichen Spargel hatten sie dort. Zum Glück hatte sie ihren Koffer dabei, sie wusste wirklich nicht, was sie ohne ihn machen würde. Hoffentlich hatte sie genug eingepackt. Wie ging es den Kindern? War Sabrina am Wochenende schon wieder so spät nach Hause gekommen? Da musste man langsam echt was machen, so ging das nicht weiter, dieses ständige Widersetzen musste ein Ende haben, Teenager hin oder her, jemand musste sich durchsetzen! Gut, dann bis morgen, grüß die Kinder von mir. Tschüss.

Nachdem sie aufgelegt hatte, musterte sie mich von Kopf bis Fuß, verzog ihre roten Lippen zu einem Lächeln und sagte: »Hallo, ich bin die Ingrid!«

Als ich mich vorgestellt hatte, wurde Ingrid von einem Hustenanfall geschüttelt. Es war kein Husten, den man hat, wenn man leicht verkühlt ist, sondern ein Husten, der einem wirklich einen Schauer über den Rücken jagt, weil er sich anhörte, als würde sie verzweifelt nach Luft ringen, während ihre Lunge nur ein rasselndes, quälend langsames Pfeifen von sich gab. Das Geräusch ließ mich vermuten, dass ihr Hals sich anfühlte wie Sandpapier. Sie entschuldigte sich, sagte, dass dieser elende Husten einfach nicht besser werden wolle, und das alles nur wegen diesem Scheißcorona.

Erst als sie aufstand, um sich die Nase zu putzen, fiel mir der gigantische blaue Koffer auf, der neben ihrem Bett stand. Fast so etwas wie Panik stieg in mir auf, während ich auf meine eigene Reisetasche hinuntersah, die klein und traurig zu meinen Füßen lag. Hätte ich ein paar Unterhosen mehr einpacken sollen? Ein, zwei Pullover und ein Paar Schuhe? Vielleicht lag ich falsch in meiner Annahme, dass man im Krankenhaus ohnehin diese Kittel tragen musste.

Ingrids Koffer war dermaßen massiv und voll, dass ich zweifelte, ob sich tatsächlich nur Kleidung darin befand. Womöglich hatte sie ihre Bibliothek mitgenommen. Oder zweihundert verschiedene Kosmetikartikel. Die gaben sie einem ja im Krankenhaus nicht. Ich beschloss, einen genaueren Blick in den Koffer zu werfen, wenn Ingrid ihn das nächste Mal öffnete.

»Na, Sie sind ja ein zartes Mauserl!«, sagte eine tiefe Stimme. »Da werd ich ja nur ganz wenig Narkosemittel brauchen, sonst sterben'S mir weg!«

Der Anästhesist zwinkerte. Er war ein hagerer Mann, der sich sichtlich freute, eine zarte Patientin zu haben. Das schien nicht allzu oft vorzukommen.

Ich sagte ihm, dass ich als Baby einmal eine Überdosis Narkosemittel erhalten und drei Tage durchgeschlafen hatte. Meine Eltern dachten, ich wäre tot.

Er lachte und winkte ab. Dann schloss er die Finger um meine Handgelenke und murmelte: »So zart wie Fliegenbeine!«

Was ich darauf erwidern sollte, wusste ich nicht.

Es war einundzwanzig Uhr. Ingrid war schon in einen tiefen Schlaf gefallen. Sie hatte in regelmäßigen Abständen so lautstark gehustet, dass die Schwester schlussendlich ein Inhalationsgerät gebracht hatte. Das zischende Geräusch des Apparats klang wie eine Antwort auf ihren rasselnden Husten, sodass sich ein fast schon munterer Dialog zwischen den beiden ergab. Zschhh-arch-zschhh-arch-zschhh-arch. Irgendwann war Ingrid dann eingeschlafen. Das einzige Geräusch im Raum war ihr Schnarchen.

Der Anästhesist wünschte mir eine gute Nacht. Ich solle schauen, dass ich genug Schlaf bekäme. Mit einem Seitenblick auf die schnarchende Ingrid flüsterte er: »Ich lasse Ihnen Ohropax da.«

Ich bedankte mich, und er ging.

Es war mein letzter Tag ohne Herzschrittmacher. Es war der Tag, an dem es genau vierzehn Tage her war, dass sich mein Ex-Freund mit einer WhatsApp-Nachricht von mir getrennt hatte.

Das Gute daran, mit zwanzig einen Herzschrittmacher eingesetzt zu bekommen: Der Herzschrittmacher lässt das Herz auf der passenden Frequenz schlagen und verhindert, dass man einen Herzstillstand erleidet.

Das Schlechte daran, mit zwanzig einen Herzschrittmacher eingesetzt zu bekommen: Der Herzschrittmacher lässt das Herz zwar auf der passenden Frequenz schlagen und verhindert, dass man einen Herzstillstand erleidet, aber ein gebrochenes Herz kann er leider nicht heilen.

Meine Operation verlief ohne Komplikationen. Die Narkose war richtig dosiert worden und versetzte mich nicht in einen drei Tage langen Schlaf.

Als ich aufwachte, lag ein schwerer Sandsack auf meiner Brust. Es war die Stelle, wo sich mein Schlüsselbein befand und die sie zuvor aufgeschnitten hatten, um ein mechanisches Gerät einzusetzen. Unter dem etwa handbreiten Operationspflaster befand sich eine leichte Wölbung. Diese Wölbung war dann wohl mein Herzschrittmacher. Ganz sicher war ich mir nicht, aber was sollte es sonst sein?

Ich hatte nun also einen Herzschrittmacher, der ein Teil von meinem Körper war. Wenn man zwanzig ist, ist das ein komisches Gefühl.

Ich überlegte, ob ich ihm einen Namen geben sollte. Das machte ich oft, wenn es mir schwerfiel, mich mit einem Fremdkörper in mir anzufreunden. Meine Kupferspirale beispielsweise nannte ich Bert. Außerdem war Herzschrittmacher ein viel zu langes Wort, das nicht wahnsinnig schön klang. Mit einem peppigeren Namen würde es mir vielleicht möglich sein, so über ihn zu reden, als wäre es etwas Alltägliches, dass man mit zwanzig Jahren ein Hilfsmittel eingesetzt bekommt, welches normalerweise Achtzigjährige benötigen.

Ich überlegte.

Caesar. Nein, zu edel.

Hieronymus. Nein, zu lang.

Speedy. Ganz witzig, weil er meinen Herzschlag ja tatsächlich beschleunigte. Aber Speedy war der Name meines toten Zwerghamsters, den mein Vater in einem Anfall von (vorgetäuschter?) Zärtlichkeit zerquetscht hatte. Die Hamsteraugen waren hervorgetreten, und für den Bruchteil einer Sekunde hatte es so ausgesehen, als würden sie wie zwei Knöpfe aus dem kleinen Körper herausploppen. Ich wollte meinen Herzschrittmacher nicht mit einem Zwerghamster assoziieren, der einen tragischen Tod erlitten hatte.

Vielleicht ganz simpel. Schritti.

Dieser Name gefiel auch meiner Mutter, die im Zimmer auf mich wartete.

Meine Mutter war eine drahtige Frau, die Angeber hasste und Rebellen liebte. Vermutlich, weil sie selbst durch und durch eine Rebellin war. Diese Eigenschaft äußerte sich an jenem Tag in der Tatsache, dass sie eine Box Nougateis ins Spital geschmuggelt hatte. Die habe sie, erzählte sie mir stolz, in den kleinen Kühlschrank neben Ingrids Bett gestellt. Ingrid selbst war wenige Minuten zuvor hinuntergegangen, um den köstlichen Spargel des von ihr so hochgelobten Restaurants zu verschmausen.

»Und, Mausi? Wie fühlst du dich mit deinem Schritti?« Meine Mutter schien stolz auf die korrekte Anwendung der neuen Vokabel in ihrem Wortschatz zu sein.

»Ganz gut. Also ich lebe noch, wie du siehst.«

Der Witz war aufgesetzt und schlecht, und meine Mutter lachte auch nicht. Wenn meine Mutter lachte, dann nie aus Höflichkeit, sondern nur, wenn sie etwas tatsächlich lustig fand. Das mochte ich sehr an ihr. Sie war ein durch und durch ehrlicher Mensch.

Weil es eigentlich recht traurig war, mit zwanzig Jahren in einem Krankenhausbett zu liegen und einen schweren Sandsack auf die Stelle zu pressen, in die zuvor ein Schrittmacher eingesetzt worden war, beschloss ich, die Stimmung ein wenig zu heben, und fragte meine Mutter, wie es Massimo gehe. Zu dem Thema hatte sie immer etwas zu sagen. Sie erzählte von seinen dreckigen Füßen und davon, dass er schon wieder unerlaubt den Kühlschrank geplündert habe, obwohl sie ihn doch jedes Mal aufs Neue ermahne.

Die Wohnung, in der meine Mutter und ich nach ihrer Trennung von meinem Vater gewohnt hatten, war sehr klein. Meine Mutter versuchte es gern mit der Umschreibung »gemütliches Vogelnest« schönzureden. Immerhin hatten wir einen winzigen Balkon, den meine Mutter mit Blumen schmückte. In einem heißen Sommer kaufte sie uns ein Planschbecken, das sie unter höchster Anstrengung aufblies, damit sie ihre Füße und ich meinen kleinen Kinderkörper darin abkühlen konnten.

Sie arbeitete viel. Wenn sie mich vom Kindergarten abholte und ich müde war und sie müde war und ich weinte, weil es in unserem Haus keinen Aufzug gab und meine Beine vom langen Nachhauseweg wehtaten und mir noch sechs Stockwerke bevorstanden, begann auch meine Mutter oft zu weinen, weil es in unserem Haus keinen Aufzug gab und sie ihre Einkäufe bis nach oben schleppen musste und ihre Beine vom ständigen Herumrennen wehtaten und weil ihr Kind weinte und weil ihr und dem weinenden Kind noch sechs Stockwerke bevorstanden. Da standen wir dann, hielten einander bei den Händen, und meine Mutter wischte meine Tränen weg und ihre eigenen auch, und dann begannen wir unseren Aufstieg zu der kleinen Wohnung, unserem gemütlichen Vogelnest.

In dieser Wohnung war es immer warm, und an den Wänden standen Bücherregale mit unzähligen Büchern, die unzählige Geschichten enthielten. Vielleicht wirkte die Wohnung deshalb so eng, weil die ganzen Geschichten so viel

Platz darin beanspruchten. Aus den Büchern las meine Mutter mir jeden Abend vor, und manchmal, wenn ich zwar übermüdet, aber so aufgekratzt war, dass selbst ihre sanfte Lesestimme mich nicht beruhigen konnte, sang sie. Sie sang die Geschichten. Sie sang *Bolo, der Elefant* oder *Kleine Katze Nina* von Erwin Moser. Manchmal tanzte sie sogar dazu, was zur Folge hatte, dass mir das Einschlafen erst recht nicht gelang. Am Ende tanzten wir gemeinsam durch die Wohnung. Sie ließ mich mittanzen, ein wenig, weil es ihr Spaß machte, Regeln zu brechen, ein wenig in der Hoffnung, die Müdigkeit käme dann schneller über mich. Wenn ich gar nicht mehr aufhören wollte mit dem Tanzen und meine Mutter erschöpft und verzweifelt war, weil sie schlafen wollte und weil sie wollte, dass auch ihr Kind endlich schliefe, wurde ihre vorher so sanfte, schöne Vorlese- und Singstimme hart und streng, und sie sagte, dass es jetzt Zeit fürs Bett sei. Wenn ich diese Aufforderung zum Anlass nahm, nur noch wilder zu tanzen, wurde sie etwas lauter und etwas verzweifelter. Wenn ich dann weinend im Bett lag, weil ich nicht mehr tanzen durfte und weil sie geschrien hatte, legte sie sich zu mir und weinte mit. So schliefen wir ein. Ein müder Vogel und sein Küken in einem kleinen Vogelnest.

Der Mathematikunterricht in der Volksschule veränderte die Beziehung zwischen meiner Mutter und mir. Wir gerieten immer öfter aneinander.

Meist fing es damit an, dass meine Mutter mir ein aus ihrer Sicht banales mathematisches Problem zu erklären versuchte. Ich begriff nicht, was sie mir erklärte, oder wollte mein Denken nicht so verändern, dass ich es begreifen konnte, und nach etlichen gescheiterten Versuchen wurde sie ungehalten und sagte: »Ich verstehe nicht, wie du das nicht verstehen kannst!«

Ich sagte nichts und begann zu weinen, weil ich es ja wirklich nicht verstand.

Dann sagte sie: »Du weinst? Ich sollte weinen! Ich opfere meinen Sonntagnachmittag, um dir zu erklären, warum Zug A den Bahnhof fünfzehn Minuten früher erreicht als Zug B, und du willst es nicht begreifen!«

Ich weinte noch mehr.

Sie seufzte und versuchte es ein letztes Mal.

Weil ich wusste, dass sich die Lage zwischen uns verschlimmern würde, wenn ich ihr sagte, dass ich das Beispiel noch immer nicht verstand, behauptete ich, dass ich es nun verstanden hätte, und sie freute sich und schlug voller Übermut vor, dass wir das nächste Beispiel auch gleich lösen sollten, um den Stoff zu festigen, und dann merkte sie natürlich, dass ich es doch nicht verstanden hatte, und die Situation eskalierte erst recht.

Oft mischte sich Massimo, mein Stiefvater, mit schlauen Weisheiten ein: »Lilli, du brauchst Mathematik, wenn du Erfolg im Leben haben willst!« »Ohne Mathe findest du nie einen Job!« »Überall ist Mathe!«

Meine Mutter pflichtete ihm bei und sagte, dass ich irgendwann einsehen müsse, dass man im Leben einfach nicht drum herumkäme, die Integrale von zwei imaginären Flächen zu berechnen.

Meine Mutter heiratete meinen Stiefvater Massimo, als ich sechzehn Jahre alt war. Standesamtlich. Ein weißes Kleid zu tragen und auf einen Altar zuzuschreiten und währenddessen auf ein großes Kreuz zu schauen, an dem ein nackter Mann hing, fand sie spießig. Meine Mutter war generell keine große Kirchenbefürworterin. Sie hatte sich schon in der Beziehung zu meinem Vater gegen eine Heirat entschieden, denn sie wollte sich nicht an einen Mann binden. Ebendarum hatte ich ihr ursprünglich auch von der Hochzeit abgeraten. Nicht weil ich meinen Stiefvater Massimo nicht mochte; wir hatten ein sehr gutes Verhältnis, stritten selten und schauten jeden Sonntag gemeinsam *Tatort*. Viel eher weil ich fürchtete, dass meine Mutter in die passive Rolle einer treu sorgenden Ehefrau fallen würde, in die sie mit ihrer rebellischen, herrischen Art gar nicht passte.

Es war eine schöne, einfache Hochzeit. Als meine Mutter und Massimo frisch verheiratet aus dem Standesamt herausspazierten, dröhnte aus dem Lautsprecher »Maschin« von Bilderbuch. Sie fanden, dass das Lied ihre Beziehung gut repräsentierte.

Meine Tante Irmi, die eigentlich nicht meine Tante war, sondern die meiner Mutter, stand neben mir und fragte, da sie schon seit Jahrzehnten schwerhörig war und sich weigerte, ihr Hörgerät zu tragen: »Puppi, was singt er? Ist das ›Hallelujah‹? Wie schön, das haben der Paul und ich damals oft gehört. Jö, wie goldig!«

Später beim Hochzeitsessen hielt Tante Irmi sogar eine Rede, die sie beendete, indem sie sich an meinen Stiefvater wandte und mit zittriger Stimme inbrünstig und voller Ehrfurcht hauchte: »Somit will ich nur noch sagen: Danke, Massimo, dass du sie genommen hast!«

Es klang, als wäre meine Mutter ein Paar Schuhe, für das man sich entscheidet, weil sie im Abverkauf sind.

Meine Mutter und mein Stiefvater diskutierten die Sache am nächsten Tag beim Frühstück. Hatte Massimo sich tatsächlich für meine Mutter entschieden, und war meine Mutter ihm aufgrund dieser Entscheidung zu ewiger Dankbarkeit verpflichtet? Hatte meine Mutter als freier und entscheidungsfähiger Mensch sich nicht auch ein wenig für Massimo entschieden? War nicht demnach Massimo der Schuh, den meine Mutter sich ausgesucht hatte? Unabhängig davon, wer von beiden der Schuh und wer der Fuß war, sie schienen zusammenzupassen.

Auch ein Lieblingsschuh kann auf der Haut reiben und Blasen hinterlassen. Und da meine Mutter und mein Stiefvater beide sehr eigenwillige, sture Menschen waren, ließen die Streitereien und Diskussionen nicht lange auf sich warten.

Die Gründe für diese Streitereien waren zu kompliziert, als dass ich sie hätte begreifen können, und vielleicht durchschauten sie sie selbst nicht, und vielleicht waren die Auslöser gerade deshalb immer abstruse Kleinigkeiten.

Ein häufiger Anlass war zum Beispiel die Ansicht meines Stiefvaters, dass meine Mutter und ich den Geschirrspüler falsch einräumten. Nicht dass er eine besonders ordentliche Person gewesen wäre – er war ein Chaot –, aber vielleicht dachte er, er wäre ordentlich. Oder er brauchte einfach das Gefühl, in seinem Haus etwas zu sagen zu haben. Oft stand er neben unserem Geschirrspüler und gestikulierte wild mit den Armen. Während sein Kopf immer röter wurde und seine ohnehin großen Augen sich durch die Aufregung noch mehr weiteten, sagte er mit bebender Stimme: »Versteht ihr es denn immer noch nicht? Die Teller müssen an den geraden Wochentagen ganz nach oben, damit die Salatschüsseln mehr Platz haben, an den ungeraden müssen sie nach unten, damit oben die Weingläser Platz haben, und wenn Hans kommt, müssen sie ganz nach rechts, dann haben wir vier Teller statt drei, das geht sich anders nicht aus!«

Meine Mutter, die sich ihrerseits ungern etwas sagen ließ,

und die, wenn sie sich kritisiert fühlte, gar nicht anders konnte, als zu einem Gegenangriff auszuholen, leerte zügig ihr Weinglas, stellte es am Esstisch ab und zischte: »Na gut, Massimo, dann räumst du ab jetzt immer den Geschirrspüler ein! Ich koche sowieso jeden Tag, und ihr zwei krümmt keinen Finger. Wann hast du das letzte Mal für uns gekocht, Massimo? Weißt du überhaupt, wie das geht? Glaubst du vielleicht, du kannst dich so benehmen, nur weil du der erstgeborene Sohn einer italienischen Familie bist?«

Mein Stiefvater entgegnete, dass es jawohl sehr großzügig von ihm sei, dass er einmal in der Woche Sushi für uns bestelle.

Meine Mutter giftete zurück, dass man unter dem Begriff Kochen landläufig verstehe, dass man sich tatsächlich in die Küche stelle und verschiedene Zutaten zu etwas Essbarem zusammenmenge und dass man das Bestellen von Essen, bei dem man nur auf das Display seines Smartphones zu tippen brauche, mit diesen Mühen keineswegs vergleichen könne.

Während dieser Keifereien saß ich stumm zwischen ihnen am Küchentisch und fragte mich, wie man wegen so einer Lächerlichkeit wie dem richtigen Geschirr-Einräum-System einen Streit vom Zaun brechen konnte.

Doch auch meine Mutter war keine Heilige. Da sie es liebte, zu diskutieren, geriet sie sich irgendwann mit unserer Nachbarin in die Haare. Über den Zaun hinweg keiften sie sich an, wobei die Nachbarin stets auf ihren Zehenspitzen stand, um größer zu erscheinen. Die Nachbarin vertrat die Meinung, dass ein Baum in unserem Garten der Grund dafür wäre, dass sie auf ihrem Grundstück keine Sonne hätten. Sie verlangte, dass wir die Krone des Baumes stutzten. Meine Mutter war eine entschiedene Gegnerin des Beschneidens von Baumkronen. Wenn jemand sie darauf hinwies, dass es vielleicht mal wieder an der Zeit sei, sagte sie: »Das ist eine Enthauptung!« Oder: »Der Baum ist wie ein Phallus! Das ist so, als würde man einem Mann seine Eier abschneiden!«

Mit diesen Argumenten rechtfertigte sie sich auch dieses Mal.

Die Nachbarin ließ sich davon nicht unterkriegen. Sie entgegnete in einem forschen Ton, dass wir demnächst einen Anwaltsbrief in unserem Postkästchen zu erwarten hätten.

Meine Mutter fauchte: »Ihr Grundstück liegt tiefer als unseres, deshalb haben Sie keine Sonne! Das wird Ihnen auch der Anwalt so sagen. Unseren Phallusbaum lasse ich unter keinen Umständen enthaupten!« Seit diesem Gespräch meidet unsere Nachbarin meine Mutter.

Nachdem sie mehrere Stunden weg gewesen war, erschien Ingrid wieder in der Zimmertür, grüßte meine Mutter freundlich, legte sich zurück in ihr Bett und schob sich den Schlauch des Inhalationsgeräts in die Nasenlöcher. Dann ging es wieder los: Zschhh-arch-zschhh-arch-zschhh-arch.

»Was hat die Dame denn da alles in ihrem Koffer? Plant sie, nach ihrem Krankenhausaufenthalt auf Weltreise zu gehen?«, flüsterte meine Mutter und musterte verblüfft den großen blauen Koffer, der immer noch ungeöffnet neben Ingrids Bett auf dem Boden stand.

Ich entgegnete, dass ich es auch nicht wisse.

Das Eis, welches meine Mutter eingeschleust hatte, war schon ganz weich geworden. Wir aßen es direkt aus der Box.

Als Ingrid wach wurde, freute sie sich über die übrig gebliebene Portion, die meine Mutter ihr in einem Schälchen beiseitegestellt hatte, und bedankte sich überschwänglich. Meine Mutter schien sehr glücklich darüber, die Sympathie meiner Zimmergenossin erworben zu haben, und ich hatte den Eindruck, dass es sie immer besonders freute, wenn so etwas durch einen Gesetzesübertritt gelang. Wahrscheinlich entschädigte es sie für die Ärgernisse, die ihre Nachbarin und die vielen anderen Prinzipienreiter ihr zumuteten.

Nachdem meine Mutter gegangen war, hielt ich ein Mittagsschläfchen. Ich wurde von einem sanften Rütteln geweckt. Ein hagerer Arzt saß neben meinem Bett. Er sah dem Anästhesisten vom Vortag ziemlich ähnlich, aber es war ein anderer. Zuallererst einmal wolle er mir zur erfolgreichen Implantation meines Herzschrittmachers gratulieren, sagte er.

Ich bedankte mich, war aber auch etwas perplex, weil ich es merkwürdig fand, dass ein medizinischer Eingriff einer Gratulation bedurfte.

Er erklärte mir alles, was ich ohnehin schon wusste: keine Mikrowellen, keine Induktionsherde oder Stromfelder, keine Metalldetektoren und auch keine Körperfettwaagen. Am Flughafen würde ich einen Implantatspass vorzeigen müssen. Bei einem MRT müsste der Herzschrittmacher in den »MRT-Modus« umgestellt werden, damit er nicht aus dem Takt geriet. Außerdem hatte ich eines der neueren Modelle erwischt, die, und das erklärte er voller Stolz, über eine Bluetooth-Funktion verfügten. Dank dieser Funktion könne sich der Herzschrittmacher mit einem Gerät verbinden, das alle Herzschläge wie ein 24-Stunden-EKG aufzeichne und an die Ärztezentrale sende.

»Sie sind also ständig überwacht«, sagte er und lachte.

Ich zwang mich, die Mundwinkel hochzuziehen.

Sechs Wochen lang sollte ich den linken Arm nicht über

die Höhe meiner Schultern heben, damit die Kabel des Schrittmachers gut verwachsen könnten. Ich würde meine Haare weder selbst waschen noch zu einem Zopf binden können. Ebenso wenig wäre ich in der Lage, Kleidungsstücke selbstständig an- oder auszuziehen.

Ingrid, die gerade genüsslich ein Stück Schokolade lutschte, wandte sich, nachdem der Arzt unser Zimmer verlassen hatte, sofort mir zu.

»Mädchen, wie alt bist du eigentlich?«

»Zwanzig«, murmelte ich, und als ich ihren fassungslosen Blick auffing, rutschte mir das Herz in die Hose. Offenbar konnte nicht einmal Schritti diesem Gefühl etwas anhaben.

»Wie, erst ZWANZIG? Und wieso brauchst du denn dann einen Herzschrittmacher? O Gott, du ARMES WESEN! Wie sind die Ärzte denn da draufgekommen?«

Sie schrie es beinah, und ihre Augen weiteten sich vor Ungläubigkeit und Empörung so sehr, dass ich, wie damals bei meinem Hamster, kurz glaubte, in der nächsten Sekunde müssten sie aus ihrem Kopf herausspringen.

Alles begann am Mittwoch vor meiner letzten Matheschularbeit. Wegen des Coronavirus verbrachten alle Schülerinnen und Schüler in Österreich ihre Tage zu Hause vor dem Computer. *Long distance learning*. Einzig den Maturajahrgängen war es erlaubt, die Schule zu speziellen Anlässen zu betreten. Die Mathematikschularbeit, die an diesem Freitag stattfinden sollte, war so ein spezieller Anlass. Für mich persönlich war er besonders speziell. Nicht nur, weil die Schularbeit die letzte in meiner Schullaufbahn war, sondern auch, weil sie darüber entscheiden würde, ob ich überhaupt zur Matura antreten durfte. In der achten Klasse gab es nämlich, anders als bisher, anstatt vier Schularbeiten nur zwei, und aus den Ergebnissen dieser beiden Prüfungen setzte sich am Ende die Jahresnote zusammen. Um zur Matura antreten zu dürfen, brauchte man im Zeugnis mindestens ein *genügend*, einen Vierer. Die Note meiner ersten Schularbeit war ein *nicht genügend*, ein Fünfer, gewesen. Knapp an der positiven Note vorbeigeschrammt, um zwei Punkte verfehlt, kann man leider nix machen, bei der Matura wird einem auch nix geschenkt. Es war also besonders wichtig, diese letzte Schularbeit mit ausreichend Punkten abzuschließen.

Das Wort *genügend* hatte, seit ich denken konnte, Probleme in meinem Leben verursacht. Schon in der Volksschule hatte ich mich mit dem Rechnen schwergetan. Ich neigte dazu, Zahlen zu vertauschen, sagte oft siebenundfünfzig, obwohl da fünfundsiebzig stand. Auffällig wurde es, als wir das Kopfrechnen lernten und uns nicht mehr erlaubt wurde, unsere Finger zu Hilfe zu nehmen. »Wir sind ja nicht mehr in der ersten Klasse«, hieß es. »Wir rechnen jetzt wie die Großen.«

Wenn ich im Unterricht etwas vorrechnen musste, zählte ich heimlich unter dem Tisch mit meinen Fingern ab. Ich konnte mir in meiner Fantasie vieles ausmalen. Einhörner, Feen, Meerjungfrauen oder andere magische Wesen. Ich jagte Dämonen, beschwor Drachen und besaß die Gabe des Zeitreisens. Aber eine Vorstellungskraft für Zahlen und Rechnungen und Figuren hatte ich nicht.

Als ich sieben Jahre alt war, diagnostizierte man mir Dyskalkulie. Auf einmal machte alles Sinn. Meine Volksschullehrerin bewertete mich von da an etwas milder, schließlich musste sie das bei den Legasthenikern genauso tun, riet meiner Mutter jedoch davon ab, mich auf ein Gymnasium zu schicken. Es könne dort schnell zu anspruchsvoll für mich werden. Aber meine Mutter ließ sich ungern etwas sagen.

Im Gymnasium trugen die Mathematik und ich unseren Kampf weiter aus. Jedes Jahr zähmte ich das böse Monster, anfangs noch gemeinsam mit meiner Mutter, später dann mit der Unterstützung unzähliger Nachhilfelehrer. Am Ende der sechsten Klasse wurde ich zu einer Nachprüfung verdonnert. Trotz monatelangen Lernens bestand ich sie nicht. Ich musste die gesamte sechste Klasse wiederholen.

Durchgefallen zu sein war mir peinlich. Wenn jemand eine Klasse wiederholen musste, gingen die Leute meist davon aus, dass die Person faul wäre oder ein Drogenproblem hätte, dessen war ich mir sicher.

Seitdem hatte ich mich immer mit Vieren durchgekämpft. Meine Leistungen genügten, gerade so. Nun in wenigen Monaten eine Mathematikmatura zu schreiben, in der der Stoff der letzten Jahre abgefragt wurde, erschien mir wie eine Unmöglichkeit. Ohnehin musste ich zuvor die letzte Schularbeit mit genügend Punkten abschließen, um überhaupt zur Matura antreten zu dürfen. Die Lehrer sagten, dass die Ergebnisse der Matura wichtig seien, schließlich werde jeder Arbeitgeber nach dem Maturazeugnis fragen. Da könne es schnell passieren, dass man ohne Job dastünde, eine einmalige Schulleistung unter enormem Stress sage nun mal besonders viel über die späteren Fähigkeiten im Arbeitsumfeld aus.

»Stress dich doch nicht so!«, sagte mein Freund.

Meist trafen wir uns am Wochenende und gingen spazieren, kochten und sahen uns Filme an. Wenn ich ihm von meiner Angst erzählte, bei der Matura zu versagen, sagte er:

»Mach dir keine Sorgen« oder »Es wird schon gut gehen«. Das sagte sich leicht, wenn man in keinem Fach Probleme hatte und statt zwei Monaten eine Woche zur Vorbereitung auf eine Matheschularbeit benötigte. Noch etwas leichter sagte sich das, wenn die Note, die man in der letzten Schularbeit schrieb, komplett irrelevant war, weil man sowieso einen positiven Notendurchschnitt hatte und garantiert zur Matura antreten durfte. »Mach dir keine Sorgen« half mir nicht. So etwas ließ sich leicht sagen, wenn man das Stechen nicht kannte, das die Wörter *nicht genügend* verursachen konnten. So etwas ließ sich leicht sagen, wenn einem die Angst vor dem eigenen Versagen fremd war. Dieses Gefühl kannte er nicht, und ich wünschte es ihm auch nicht und befürchtete ständig, dass er mich früher oder später so sehen würde, wie ich selbst mich sah, nämlich als ängstlichen und komplizierten und unfähigen Menschen, und dass er diese dunkle Seite abstoßend finden würde.

Die Angst fing an, mir die Kehle zuzuschnüren. Sie flüsterte mir ins Ohr, erzählte mir von der letzten Matheschularbeit, die ich als Einzige nicht positiv abschließen würde, oder von der Mathematura, auf deren Bewertungsbogen die Worte *nicht genügend* prangen würden. In meinem Kopf quietschte es, und das Quietschen wurde immer lauter. Die Panik breitete sich langsam aus.

Es war Mittwochmorgen. Ich saß neben meiner Mutter in der Küche und schlürfte Kaffee, der noch viel zu heiß war.

Am Freitag würde ich meine letzte Schularbeit in einem Fach schreiben, in dem ich grottenschlecht war. Ich verstand nicht, wie ich eine Differenzialgleichung für die Funktion n aufstellen musste, wenn die Bakterienkultur zum Zeitpunkt t=0 aus fünfzig Bakterien bestand, und ich verstand nicht, warum mir beim Berechnen des Proportionalitätsfaktors eine negative Zahl im Taschenrechner angezeigt wurde. Und weil ich das nicht verstand, würde ich die Schularbeit versemmeln, und wenn ich die Schularbeit versemmelte, würde ich zu einer Nachprüfung antreten müssen, und wenn ich zu einer Nachprüfung antreten müsste, dann bestand die Wahrscheinlichkeit, dass ich sie nicht schaffen würde, und wenn ich sie nicht schaffte, dann müsste ich die achte Klasse wiederholen, und wenn ich die achte Klasse wiederholen müsste, dann würde der Fluch des *nicht genügend* vollkommen von mir Besitz ergreifen und mich mein gesamtes restliches Leben lang verfolgen.

Die Lehrer sagten, dass die Studiengänge Jus, BWL und Medizin die besten Chancen für ein erfolgreiches Leben eröffneten. Mit einem Abschluss in einem dieser Fächer war man gut abgesichert, schließlich waren Anwälte, Steuerberater und Ärzte in unserer Gesellschaft unerlässlich, das konnte man ja in der Coronakrise gut sehen. Bloß keinen Job ohne finanzielle Stabilität anstreben, schon gar nichts Kreatives. In ein paar Jahren würde doch sowieso die künstliche Intelligenz jegliches künstlerische Schaffen übertrumpfen. Lieber etwas Systemrelevantes machen, etwas mit Zukunft. Lieber etwas Sicheres studieren. Medizin, BWL, Jus.

Das Quietschen wurde immer lauter.

Die Schularbeit schaffen, dann die Matura. Unmöglich. Mit vierzig zu den Klassentreffen gehen, meine ehemaligen Klassenkameraden treffen, die Anwälte, Wirtschaftsprüfer oder Neurochirurgen sind. Auf die Frage, was man denn die letzten zwanzig Jahre so getrieben habe, antworten, dass es nicht so laufe, wie man es sich vorgestellt habe, dass man sich verloren fühle und nutzlos und dumm, nicht genügend, so wie es damals auf den Bewertungsbögen der Schularbeiten stand. Dass es zu spät sei, jetzt noch einen anderen Karriereweg einzuschlagen, das Geld sei schon wieder knapp. Dass man sich damals einfach mehr hätte anstrengen sollen, dann hätte es vielleicht sogar mit der Matura geklappt und mit dem Studieren von Jus, BWL oder Medizin. Dass man versagt hat im Leben, dass die Volksschullehrerin recht hatte, das Gymnasium war doch zu anspruchsvoll, deshalb musste man dann ja auch die sechste Klasse wiederholen. Elendes, unglückliches Leben, alles wäre anders gewesen, hätte man sich bloß mehr angestrengt.

Das Quietschen war ohrenbetäubend.

Erst als eine heiße Flüssigkeit über meinen Arm rann, bemerkte ich, dass die Hand, in der ich die Kaffeetasse hielt, zitterte. Ich stellte die Tasse ab, und eine immense Übelkeit überkam mich. Bitte nicht heute, dachte ich, ich kann mir das gerade wirklich nicht leisten.

Doch eine heftige, unbekannte Kraft nahm von mir Besitz.

Ich rannte zur Toilette und übergab mich.

Danach war das Gefühl immer noch da, und als ich versuchte aufzustehen, merkte ich, dass es Schwindel war. Ich sackte auf dem Boden zusammen und schloss die Augen. Die Welt drehte sich, schneller und schneller, und eine heftige, unbekannte Kraft drückte mich tief hinunter und erlaubte es mir nicht, wieder hochzukommen.

Ich lag reglos da und dachte nicht an meinen Körper, der sich der Kraft zu ergeben schien, und ich dachte auch nicht an meine Augen, die nichts als Schwärze sahen, und ich dachte nicht an das Gefühl von Schwindel, das eine beängstigende Orientierungslosigkeit auslöste. Stattdessen dachte ich an die Mathematikschularbeit, die ich bestehen musste.

Im Krankenhaus diagnostizierte man einen Lagerungsschwindel. Das bedeutet, dass sich im Gleichgewichtsorgan des Ohrs Steinchen gelöst hatten, und diese Loslösung hatte das Schwindelgefühl verursacht, das beim Kaffeetrinken ausgebrochen und seither nicht mehr abgeklungen war.

Ich erhielt ein Rezept für Tabletten und wurde angewiesen, mich mindestens eine Woche lang nicht mehr aus dem Bett zu bewegen, da sowohl psychischer als auch physischer Stress die Symptome des Lagerungsschwindels verschlimmern könnten.

Als ich nach Hause kam, setzte ich mich an den Schreibtisch und versuchte, für meine Schularbeit zu lernen. Jedes Mal, wenn meine Augen versuchten, die Formeln und Zahlen zu fokussieren, kam der Schwindel zurück. Alles verschwamm, und ich hatte das Gefühl, zwanzig Meter aus der Luft zu stürzen. Es fühlte sich an, als würde ich fallen und fallen, aber nie auf einen Untergrund treffen. Mir blieb nichts übrig, als mich in mein Bett zu legen und die Augen zu schließen.

Es war ausgeschlossen, dass ich gemeinsam mit meiner Klasse die Schularbeit schrieb.

Beim Ersatztermin wenige Wochen später gelang es mir, einen glänzenden Dreier hinzulegen. Meine Mutter scherzte, dass der Lagerungsschwindel vielleicht doch etwas Gutes bewirkt habe. Die Matura Ende Mai bestand ich mit einem knappen Vierer.

Ich genoss meine Sommerferien und meine neu gewonnene Freiheit.

Im Oktober begann ich zu studieren. Jus.

Ich merkte eigentlich sofort, dass das nicht meine Welt war. Spätestens als die Professorin die erste Vorlesung beendete, hätten meine Alarmglocken schrillen müssen. Mit bedeutungsvoller Stimme sagte sie: »Wenn Sie jetzt hier sitzen und nicht für das Zustandekommen eines Kaufvertrags durch Schuldiger und Gläubiger brennen oder sogar Schwierigkeiten haben, die Zusammenhänge zu verstehen, dann muss ich Ihnen leider sagen: Dieses Studium ist die falsche Wahl für Sie.«

Ich brannte absolut nicht für den Stoff. Ich fand ihn ziemlich trocken und musste ihn mir beim Lernen regelrecht in mein Hirn drücken. Anders als meine Studienkolleginnen. Mit zwei von ihnen hatte ich mich auf Anhieb verstanden. So etwas hatte ich selten, und ich hatte Angst, unsere besondere Freundschaft so schnell wieder zu verlieren. Das war wohl eines meiner Motive, dem Jusstudium noch etwas Zeit zu geben. Neben dem Wissen, dass ich damit besser abgesichert wäre als mit einer Geisteswissenschaft oder einer Lehre.

Germanistik zu studieren war ein heimlicher Wunsch, den ich mir selbst nicht erfüllen wollte. Tief in mir wusste ich, dass es eigentlich viel besser zu mir passte als Jus. Ich wusste aber auch, dass ich mich als Germanistikstudentin täglich mit Fragen auseinandersetzen müsste. »Und was macht man später mit diesem Studium?« »Aber du studierst schon auf Lehramt, oder?« »Hat man mit so einem Studium Berufschancen?«

Weil ich die Antworten auf diese Fragen nicht wusste, entschied ich mich, Jus zu studieren. Dann sagten die Leute: »Oh, wie schön! Jus ist sehr vielfältig, damit kannst du später sicher viel machen!« »Als Juristin wirst du sicher viel

Geld verdienen.« »Wie toll! Ich wollte immer schon eine Freundin haben, die Anwältin ist!«

Es war schlicht und einfach bequemer, Jus zu studieren, und es tat gut, zu hören, wie bewundernswert es sei, dass ein junger Mensch sich mit seinen eigenen Rechten und den Rechten anderer beschäftige, damit könne man schließlich etwas verändern in der Welt, etwas bewirken, einen Unterschied machen und die Ungerechtigkeiten, die herrschten, minimieren oder vielleicht sogar gänzlich beseitigen.

Die Schwindelgefühle kehrten im November zurück, einen Monat nach Studienbeginn.

Ich trank wie jeden Tag meinen Kaffee und ging dann ins Badezimmer, um mich zurechtzumachen. Ich hatte einen langen Lerntag vor mir, denn im Jänner würde ich meine erste Prüfung schreiben, und der Gedanke, dass das Bestehen dieser Prüfung mindestens genauso wichtig sei wie das Bestehen der Mathematikschularbeit ein halbes Jahr zuvor, ließ mich nicht los.

Ich putzte mir die Zähne und dachte, dass ich die Prüfung bestehen musste, denn wenn ich sie nicht bestünde, könnte ich nicht dieselben Lehrveranstaltungen besuchen wie meine Freundinnen, unsere Freundschaft würde zerbrechen, und ich würde alleine in den Vorlesungen sitzen und einsam sein und mich dumm fühlen, weil ich die erste Prüfung meines Studiums in den Sand gesetzt hatte.

In meinem Kopf quietschte es.

Ich putzte mir die Zähne und dachte daran, dass ich schon im ersten Monat seit Studienbeginn so weit hinterherhinkte und dass ich Tag und Nacht lernen müsste, weil sonst keinerlei Chance bestünde, dass ich meine erste Prüfung erfolgreich absolvierte.

Ich putzte mir die Zähne, und das Quietschen in meinem Kopf wurde zu einem Rasseln, und ich dachte an meine Studienkolleginnen, die ich erst vor drei Wochen kennengelernt hatte und die mir jetzt schon wie enge Freundinnen vorkamen, und ich dachte an ihre Begeisterung für das Studium und daran, dass sie schon genaue Vorstellungen hatten, in welchem juristischen Bereich sie später arbeiten wollten, und ich dachte daran, dass ich keine Ahnung hatte, in welchem juristischen Bereich ich später arbeiten wollte, und daran, dass ich mir eigentlich nicht mal sicher war, ob ich überhaupt in einem juristischen Bereich arbeiten wollte.

Ich spülte meinen Mund aus und schob die Zweifel beiseite und sagte mir, dass ich später einen sicheren Job haben würde und dass ich mich mit einem Juristenjob zu hundert Prozent ohne Probleme über Wasser halten könnte und dass ich jetzt einmal die erste Prüfung erfolgreich schaffen musste.

Die Zahnpasta verschwand langsam im Abfluss, während ein Windstoß mich mit einem Mal in den Abgrund riss.

Ich sackte erneut auf dem Boden zusammen und schloss erneut die Augen, und die Welt drehte sich, drehte sich erneut immer schneller und schneller, und die schwere, unbekannte Kraft zog mich erneut, zog mich erneut tief hinunter und machte es mir unmöglich, wieder an die Oberfläche zu kommen.

Ich lag erneut regungslos da und dachte nicht an meinen Körper, der wie ein Schlauchboot in einem Sturm unterzugehen schien, und ich dachte auch nicht an meine Augen, die nichts als Schwärze sahen, und ich dachte nicht an das Gefühl von Schwindel, das eine unglaubliche Orientierungslosigkeit auslöste. Stattdessen dachte ich an die Prüfung im Jänner, die ich bestehen musste.

Diesmal entschieden die Ärzte, dass man ein MRT von meinem Kopf machen müsse. Ich bekam eine Überweisung, drei Wochen später fand der Termin statt.

Es war das erste MRT meines Lebens. Wie ein wehrloses Insekt wurde ich in die riesige Röhre geschoben, und das ohrenbetäubende Kreischen in Verbindung mit der Enge der Röhre, die mich umschloss, vermittelten mir das Gefühl, dass ich mich in einem kurz vor der Explosion stehenden Raumschiff befand. Die Geräusche in so einem MRT sind beim ersten Mal wirklich erschreckend.

»Wenn Sie Panik bekommen, drücken Sie einfach auf diesen Knopf«, hatte die Schwester gesagt und mir einen Stab in die Hand gedrückt.

Ich hatte tatsächlich Panik und wollte tatsächlich auf den Knopf drücken, entschied mich aber dagegen. Was sollte das bringen? Vermutlich würden sie mich aus der Röhre hinausschieben und mir gut zureden oder ein Beruhigungsmittel spritzen. Dann würde die ganze Prozedur von vorne beginnen. Eigentlich wollte ich es nur schnellstmöglich hinter mich bringen. Also drückte ich nicht auf den Knopf.

Das Ergebnis wurde mir eine Woche später zugeschickt. Diagnose: gutartiger Gehirntumor.

Meine Mutter und ich besuchten verschiedenste Neurologen, die alle zu dem Schluss kamen, dass der Gehirntumor im Grunde harmlos sei, denn er sei sehr klein und drücke weder auf den Sehnerv noch auf irgendein Gefäß in meinem Kopf. Man solle ihn trotzdem regelmäßig kontrollieren lassen, denn ein Gehirntumor könne schnell wachsen und genauso schnell bösartig werden. Außerdem wurde uns empfohlen, eine kardiologische Untersuchung durchführen zu lassen, denn der Gehirntumor, darin waren sich alle Neurologen einig, könne nicht die Ursache für meine Schwindelattacken sein.

Wir begaben uns also wenige Wochen später zu einer Kardiologin, die ihre Ordination in einem alten Häuschen hatte, an das ein schöner, sehr gepflegter Garten angrenzte. Wir saßen auf den Polsterstühlen im Warteraum, und ich betrachtete die Plakate, die in Bilderrahmen an der Wand hingen. Es waren Comics von Mäusen, in Sprechblasen standen Dinge wie: *Auch Mäuse brauchen manchmal eine Kontrolle ihrer Herzfrequenz!*

Neben mir saß eine grauhaarige Frau, die der Sprechstundenhilfe kopfschüttelnd zu erklären versuchte, dass sie keine Herzprobleme habe.

»NEIN! Das ist sicher ein Irrtum! Ich habe noch nie Probleme mit meinem Herzen gehabt, ich brauche diese Medikamente SICHER NICHT! Ich gehe immer an die frische Luft, und als ich jung war, habe ich auch regelmäßig Sport gemacht! Ich esse jeden Tag Kartoffeln und Kohl und trinke danach immer ein Stamperl Schnaps für die Verdauung, das ist doch eine ausgewogene Ernährung, die Frau Doktor sieht das nur anders als ich, weil sie nicht im Krieg aufgewachsen ist! Im Krieg, da hat man sich gefreut, wenn man überhaupt etwas zu essen hatte! Da gab es so was wie Bluthochdruck noch gar nicht, papperlapapp! Ich habe den Bluthochdruck sicher NUR von der Coronaimpfung!«

Die Sprechstundenhilfe seufzte. Ich fragte mich, wie oft sie wohl mit solchen Menschen konfrontiert war.

Ich wandte den Blick von den Plakaten ab und bemerkte zum ersten Mal die Abbildung des menschlichen Herzens an der Wand über dem Eingang. Da war er, dieser in zwei Hälften aufgeteilte Muskel. Er war ungefähr so groß wie die Faust eines Menschen und wog etwa dreihundert Gramm.

Aus dem Biologieunterricht wusste ich, dass das Herz täglich bis zu zehntausend Liter Blut durch unsere Gefäße pumpte. Auch die Namen der einzelnen Teile waren auf der Abbildung verzeichnet. *Rechter Vorhof, rechte Herzkammer, Hauptschlagader, linker Vorhof, linke Herzkammer, Herzmuskel.*

Dass ein Herz so ein komplexes Organ war, das eigentlich sein ganzes Leben lang ohne Pause arbeitete, wurde mir erst in diesem Moment so richtig bewusst.

Ich wurde aufgerufen.

Die Kardiologin wollte alle Einzelheiten meiner bisherigen Krankheitsgeschichte wissen. Sie schrieb konzentriert auf einem Notizblock mit, sah nur ab und zu mit einem undurchdringlichen Blick auf und schrieb dann weiter. Sie schien sich jedes Detail meines Berichts über die Schwindelattacken auf das Blatt Papier zu kritzeln, aber sie tat es so routiniert, als wäre es eine Einkaufsliste. Als ich fertig war, musterte sie mich eindringlich und fragte: »Und wie geht es dir jetzt?«

Ich war verblüfft, weil sie mich duzte, und ich war mir nicht sicher, ob ich das nicht unhöflich finden sollte. Ich überlegte und faltete meine Hände, die sich kalt anfühlten, in meinem Schoß. Erschrocken bemerkte ich, dass die Augen der Kardiologin immer noch auf mir ruhten und mich zu durchbohren schienen, und ich fragte mich, was ihr geschultes Auge sah, wenn sie mich so anstarrte. Ob Ärzte einen Menschen nur anzusehen brauchten, um zu erkennen, wo das Problem lag, und ob sie in wenigen Sekunden eine Diagnose ausspucken würde, etwa: »Karzinom im Endstadium, rechtsseitig!«

»Ich bin sehr müde«, sagte ich schließlich.

Das entsprach der Wahrheit. Konstante Müdigkeit war seit meinem vierzehnten Lebensjahr mein ständiger Begleiter gewesen, und ein Blutbild hatte Klarheit darüber geschaffen, dass ich einen starken Eisenmangel hatte, den man medikamentös nicht behandeln konnte. Daher bekam ich einmal die Woche eine Eiseninfusion, die bewirkte, dass meine Eisenwerte sich langsam normalisierten. Man sagte mir, dass es völlig normal sei, als junges Mädchen einen Eisenmangel zu haben, und damit der Wert nicht erneut so drastisch absinke, wurden mir Eisentabletten verschrieben, die ich seitdem nahm.

Die Müdigkeit war dadurch lange Zeit besser geworden, doch seit meiner Matura hatte sie erneut zugenommen. Ich trank oft bis zu fünf Tassen Kaffee am Tag, um gegen das Gefühl von Schwere anzukämpfen. Ich hatte mir eingeredet, dass ich erschöpft sei vom vielen Lernen und vom Stress der letzten Monate, denn das Maturajahr war nun mal kräftezehrend gewesen. Und nach der Matura war es nicht besser geworden, da ich für den Aufnahmetest des Jusstudiums hatte lernen müssen, und nun, da das Studium begonnen hatte, musste ich für die Klausuren lernen, die ich im Dezember schreiben würde, und für meine erste große Prüfung im Jänner. Dass ich unter all dem Stress eine konstante Müdigkeit verspürte, wunderte mich nicht. Ich schluckte täglich meine Eisentabletten und trank ein Glas Orangensaft dazu, weil ich gelesen hatte, dass das die Wirkung der Tabletten verstärke. Ich fuhr nach der Uni zu meinem Pferd, ritt, fuhr nach Hause, trank meine Tassen Kaffee, traf meinen Freund, lernte, bis es dunkel wurde, fiel dann erschöpft in mein Bett und gab mich der Müdigkeit, die schon den ganzen Tag an mir gezerrt hatte, endlich hin. Wenn ich die Augen schloss, wurde ich binnen weniger Sekunden vom

Schlaf übermannt. Wenn ich dann am nächsten Morgen wieder aufwachte, kam es mir oft so vor, als hätte ich nicht mehr als drei Sekunden geschlafen. Ich schleppte mich aus dem Bett, und alles begann wieder von vorne.

»Und wie äußert sich diese Müdigkeit?«, fragte die Kardiologin, die mich noch immer streng musterte.

»Ich bin einfach die ganze Zeit müde. Ich könnte den ganzen Tag schlafen, aber das geht nicht, weil ich viel lernen muss. Wenn ich mich abends hinlege, bin ich sofort weg.«

»Machst du viel Sport?«

»Ich gehe jeden Tag reiten. Ich habe, seit ich vierzehn bin, ein Pferd. Ich habe in letzter Zeit Atemprobleme beim Reiten, sodass ich oft längere Schrittpausen machen muss, um wieder Luft zu bekommen, aber ich glaube, dass das an meinem Asthma liegt. Ich habe vom Lungenarzt ein Asthmaspray bekommen.«

Sie fragte mich, ob sie mir Blut abnehmen könne, um meine Eisenwerte anzuschauen. Anschließend bat sie mich, meinen Oberkörper frei zu machen, da sie ein EKG machen wolle. Ich lag auf der kalten Liege, und dort, wo die Elektroden pickten, juckte es, und die Kardiologin saß auf einem Hocker neben mir und starrte mit besorgtem Blick auf den Monitor, der meine Herzfrequenz anzeigte.

Ich lag eine gefühlte Ewigkeit so da und lächelte meiner Mutter zu, und meine Mutter lächelte zurück, und die Kardiologin saß immer noch stumm neben mir, sprach kein Wort, sondern beobachtete den Monitor, und bis auf das leise Piepsen des Geräts war es lange Zeit still im Raum. Irgendwann fragte sie mich: »Bist du jetzt gerade auch so müde, dass du am liebsten einschlafen würdest?«

Ich bejahte ihre Frage und sagte, dass ich auf der Stelle einschlafen könne, und sie kniff die Lippen zu einem dünnen

Strich zusammen, löste die Elektroden von meiner Haut ab, wandte sich meiner Mutter zu und sagte: »Diese Müdigkeit ist nicht verwunderlich, denn Ihre Tochter hat eine Herzfrequenz von zweiunddreißig Schlägen pro Minute.«

Die nächsten Wochen verbrachten wir damit, verschiedenste Untersuchungen an mir vornehmen zu lassen. Unter anderem wurden mir Elektroden und ein Rekorder angeklebt, um ein 24-Stunden-EKG aufzuzeichnen. Die Auswertung bestätigte die Vermutung der Kardiologin: Mein Herz schlug langsamer als ein gewöhnliches Herz. Es versorgte meinen Körper nicht mit ausreichend Sauerstoff. Wenn ich Sport machte, pumpte es genau so viel, wie notwendig war, um meinen Körper nicht zusammenbrechen zu lassen, und wenn ich schlief, pumpte es genau so viel, wie notwendig war, um meinen Körper am Leben zu halten. Es stellte sich heraus, dass die Müdigkeit, die ich tagtäglich verspürte, kein Resultat eines Eisenmangels war, sondern die Folge eines zu langsam schlagenden Herzens, und es stellte sich heraus, dass dieses zu langsam schlagende Herz auch für meine Schwindelattacken und Zusammenbrüche verantwortlich war. Der Gehirntumor war praktisch noch die Kirsche ganz oben auf dem Sahnehäubchen.

Meine Kardiologin erklärte, dass ich in diesem Zustand der ständigen Gefahr eines Kreislaufkollapses ausgesetzt sei und dass man unbedingt handeln müsse. Sie erklärte, dass sie gerne noch eine zweite Meinung einholen würde. Laut ihrer Expertise bräuchte ich mit einer Herzfrequenz von zweiunddreißig einen Herzschrittmacher, aber da ich so jung war, wollte sie noch auf die Meinung der anderen Ärztin warten, ehe sie die endgültige Diagnose stellte.

Es war Winter, als ich die Ergebnisse bekam. Meine Familie verfiel in einen Schockzustand. Meine Mutter brach in den ersten Tagen regelmäßig in Tränen aus, las Erfahrungsberichte im Internet, schüttelte den Kopf und machte sich Vorwürfe, weinte, war fassungslos und wie festgefroren. Mein Vater schwieg, tätschelte hilflos meine Hand und erklärte mit zitternder Stimme, dass man trotz allem froh sein müsse, dass es so etwas gab: Geräte, die zu langsame Herzen beschleunigten, und Menschen, die darauf spezialisiert waren, anderen Menschen solche Geräte in den Körper einzusetzen. Meine Freunde konnten es nicht fassen, und mein Freund sagte mir wieder und wieder, wie leid es ihm tue und dass ich wirklich eine ganz Arme sei.

Ich wollte keine ganz Arme sein und auch kein rohes Ei. Ich wollte ignorieren, dass mit meinem Körper etwas nicht stimmte. Aber wenn du zwanzig Jahre alt bist und innerhalb von zwei Monaten erfährst, dass du einen Gehirntumor hast und einen Herzschrittmacher brauchst, dann beginnst du, an deinem Körper zu zweifeln.

Ich lag oft nachts wach und hörte mein Herz in meiner Brust hämmern und fragte mich, wie es so hämmern konnte, wie es so eine immense Wucht ausstrahlen konnte und wie es trotz dieser Wucht auf ein anderes Gerät angewiesen sein konnte, um seinen Zweck zu erfüllen. Ich driftete irgendwann weg in den Schlaf, denn obwohl mein Herz pochte und pochte, war die Müdigkeit stärker, und kein Widerstand konnte ihr trotzen. Wie eine Schneewehe riss mich der Schlaf mit, und ich versank in ihm, tauchte für wenige Sekunden in ihm unter, und jegliche Luft wich in diesen Sekunden aus meinen Lungen, und plötzlich tauchte ich wieder auf, und der Wind war fort, die Welt stand wieder still, und ich rang nach Luft, die nur quälend langsam kam, und mein Herz tobte in meiner Brust wie ein wild gewordener Löwe. Ich lag da und keuchte und versuchte, mich zu sammeln und zu atmen.

Ich wusste in diesem Moment nicht, dass es eine Panikattacke war, ich konnte nicht einordnen, was ich da fühlte, ich wusste nur, dass ich schreckliche Angst davor hatte, die Augen erneut zu schließen.

Ich schaffte all meine Klausuren im Dezember und konnte auch die Prüfung im Jänner positiv abschließen.

»Und jetzt bin ich hier«, erklärte ich und bemühte mich zu lächeln.

Ingrid, die die ganze Zeit aufmerksam zugehört hatte und sonst nie um ein Wort verlegen war, schien gar nicht zu wissen, was sie sagen sollte. Es entstand eine lange, unangenehme Pause, ehe sie auf einmal jaulte:

»O Gott, wie schrecklich! Du ARMES Mädchen! Deine ARMEN Eltern, das muss ja schrecklich für sie sein!« Sie warf die Arme in die Höhe und griff mit einer ausladenden Geste nach der Chipstüte, die neben ihr lag.

Verärgert dachte ich, dass »arm« das letzte Wort war, mit dem ich bezeichnet werden wollte. Bei dem Wort hatte ich immer die Stimme meines Ex-Freundes im Kopf, die mich fast schon höhnisch zu verfolgen schien.

»Arme Lilli. Das hat mein Freund auch immer gesagt«, bemerkte ich trocken.

Ingrid sah mich entzückt an, leckte sich das Salz von den Fingern und hauchte: »Jö, du hast einen Freund? Wie geht es ihm mit dieser Situation? Kommt er dich heute besuchen?«

Ein leichter Schauer lief mir über den Rücken, und ich spürte einen Stich in meinem Herzen, so als würde sich das

Messer, das seit Kurzem dort steckte, drehen. Ich schluckte den Geschmack von Säure und Trauer und bitterer Enttäuschung hinunter.

»Nein, der kommt mich nicht besuchen. Er hat vor zwei Wochen Schluss gemacht.«

Die Worte auszusprechen fühlte sich falsch an, so wie in einem bösen Traum, aus dem man nicht aufwachen kann.

Ingrid riss brutal die nächste Chipspackung auf, diesmal Süßkartoffel mit Sour Cream, und sie wischte sich mit dem Handrücken über die mit Schweißperlen benetzte Stirn, was ich als Zeichen ihres Mitgefühls und ihrer Empörung deutete. Dann räusperte sie sich und griff beherzt mit beiden Händen in die Chipspackung, als könnte sie dem Herzensbrecher damit den Garaus machen, und während es raschelte, schrie sie, außer sich vor Wut: »WIE, der hat vor ZWEI WOCHEN mit dir Schluss gemacht? VOR deiner OP? Und der wusste, dass du operiert wirst? Der hat das ALLES gewusst?«

Ich nickte und versuchte zu lächeln, obwohl ich eigentlich viel lieber weinen wollte, und während Ingrid schimpfte, dass Männer Schweine seien und dass es doch nicht wahr sein könnte, dass so einem lieben Mädchen wie mir in so kurzer Zeit so viel Schlechtes widerfahren sei, dachte ich an den Herzschrittmacher, der nun ein Teil meines Körpers war, und ich dachte an mein Herz, das wild in meiner Brust donnerte, und ich dachte an die Narbe, die frisch auf meiner Haut lag und brannte, und ich spürte, wie eine kleine Träne meine Wange hinunterrann, und ich wusste nicht, ob ich weinte, weil ich gerade einen Herzschrittmacher bekommen hatte oder weil sich mein Freund, mit dem ich drei Jahre lang zusammen gewesen war, vor zwei Wochen von mir getrennt hatte.

Ingrid schmatzte, wandte sich mir erneut zu und versicherte mir, dass ich offensichtlich einfach ein besonders schweinisches Exemplar von Mann erwischt hätte. Leider könne man so etwas im Vorhinein nie wissen. Sie schob sich einen Süßkartoffelchip in den Mund, kaute und fragte dann: »Und? Hat der sich wenigstens jetzt bei dir gemeldet? Gefragt, wie die OP verlaufen ist? Sich erkundigt, wie es dir geht?«

»Nein«, flüsterte ich, und die Tränen kullerten. Jetzt weinte ich, weil ich gerade einen Herzschrittmacher bekommen hatte, weil sich mein Freund, mit dem ich drei Jahre lang zusammen gewesen war, vor zwei Wochen von mir getrennt hatte, weil er sich seitdem nicht mehr bei mir gemeldet hatte, weil er mich nicht gefragt hatte, wie die OP verlaufen war, und weil es ihn nicht mehr interessierte, wie es mir ging.

Auch wenn es für mich schmerzhaft war, ihre Fragen zu beantworten, tat es mir gut, dass Ingrid sich so für mich interessierte. In den sechs Tagen, die wir miteinander verbrachten, schien sie es als ihre Mission anzusehen, mich aufzupäppeln.

»Du bist so ein hübsches Mädi«, sagte sie beispielsweise, nachdem meine Mutter mir beim Haarewaschen geholfen hatte. »Du könntest doch JEDEN Jungen haben. Lass dich von diesem Schweinshund nicht verunsichern!«

Die Sache mit meinem Ex-Freund schien sie sehr zu beschäftigen. Als wir am dritten Abend hungrig unser Abendessen verschlangen, fragte sie ganz unvermittelt in die Stille hinein: »Du, glaubst du eigentlich, dass er eine andere hat?«

Während ich zu ihr hinüberschielte, piepste ich: »Wen meinst du denn?«

»Na, deinen Ex-Freund! Der MUSS eine andere haben, sonst verhält man sich doch nicht SO! Eine SCHANDE ist das!«

Sie ließ die Gabel mit einem lauten Klirren auf ihren leeren Teller fallen und setzte zu einer Schimpftirade über junge Männer an, die, das betonte sie, SO LIEBENSWERTE WESEN wie uns Frauen einfach nicht verdient hätten.

»Unreif sind die!« Sie schüttelte den Kopf, während sie ihr Kompott löffelte. »Denken ständig, dass vielleicht doch noch was Besseres kommt, und können das, was sie haben«, sie hielt kurz inne und deutete auf mich, »überhaupt nicht wertschätzen.«

Wie ein Häufchen Elend saß ich in meinem zu großen Krankenhaushemd an der Kante des Bettes, konzentrierte mich darauf, nicht schon wieder in Tränen auszubrechen, und lächelte Ingrid schwach zu. Während ich noch überlegte, was ich darauf erwidern könnte, kam die Schwester, um mir eine neue Infusion anzuhängen, und ich merkte, dass Ingrid eingeschlafen war.

Irgendwann wurde mir klar, dass sich in ihrem großen blauen Koffer keine Kleidung, sondern einfach nur eine Unmenge an Chipspackungen und Schokolade befanden.

»Als ich vor zwei Jahren im AKH war«, erklärte sie, »haben die uns dort nicht erlaubt, unser eigenes Essen mitzubringen. Das war eine BODENLOSE Frechheit damals. Da musste ich dann vier Tage lang den UNERTRÄGLICHEN Krankenhausfraß essen. Der Horror! Seitdem hab ich immer Proviant dabei, für den Notfall.«

»Magst ein Stück?«, ergänzte sie dann und hielt mir die Schokoladentafel hin, die sie aus dem Koffer gefischt hatte.

Während wir die Schokolade aßen, sagte Ingrid, dass es

eigentlich nichts Schlimmeres auf der Welt gebe als Liebeskummer. Ich stimmte ihr zu.

»Meine älteste Tochter, die hat brutal mit ihrem ersten Freund Schluss gemacht. Dabei ist das so ein lieber Kerl, der Elias. Wir schreiben uns jeden Tag, obwohl die Trennung schon zwei Jahre her ist. Der ist wirklich ein Schatz, wie ein zweiter Sohn für mich.« Ingrid war den Tränen nahe.

Ich fragte mich, wie ich mich fühlen würde, wenn meine eigene Mutter noch Jahre nach der Trennung regelmäßig Kontakt zu meinem Ex-Freund hätte. Ich konnte viel eher von Glück reden, dass meine Mutter ihn nicht persönlich aufgesucht und verdroschen hatte. Das traute ich ihr durchaus zu.

Ingrid schwärmte weiter vom Ex-Freund ihrer Tochter. »Ein fescher Bub« sei er, sagte sie.

Plötzlich setzte sie sich kerzengerade auf.

»Soll ich ihm deine Nummer geben?«, schlug sie enthusiastisch vor. »Das wär doch was!«

Ich winkte ab und sagte, dass ich im Moment kein Interesse hätte, ich müsse jetzt erst mal gesund werden.

Wenige Stunden später wurde mir eine Nachricht von einer unbekannten Nummer auf meinem Handydisplay angezeigt.

Ich begriff, dass Ingrid mein Desinteresse als falsche Schüchternheit interpretiert hatte. Jetzt hatte ich einen Ex-Freund, den es nicht interessierte, wie es mir nach meiner Herzschrittmacheroperation ging, und dazu noch den Ex-Freund der Tochter meiner Zimmernachbarin, den es allerdings sehr wohl interessierte, wie es mir nach meiner Herzschrittmacheroperation ging. Das war fast schon zu skurril, um wahr zu sein.

Drei Wochen nachdem mein Ex-Freund sich nach drei

Jahren Beziehung mit einer WhatsApp-Nachricht von mir getrennt hatte, bekam ich einen Herzschrittmacher eingesetzt. Mein Krankenhauszimmer teilte ich mit einer netten Dame, die mich mit dem Ex-Freund ihrer Tochter verkuppelte. Wir sind jetzt seit zehn Jahren glücklich verheiratet.

Das klang wie aus einem Roman, und für einen kurzen Moment fand ich beinahe Gefallen an der Vorstellung, dass sich mein Krankenhausaufenthalt zu einer romantischen Liebesgeschichte entpuppen könnte. Dann erinnerte ich mich, dass ich gerade einen operativen Eingriff hinter mir hatte und dass da diese Wunde in mir war und dass die Person, die mir diese Wunde zugefügt hatte, sich nicht mehr für mich interessierte. Ich spürte, wie saure Übelkeit in mir aufstieg. Ich hatte absolut kein Interesse an dem Ex-Freund von Ingrids Tochter. Sorry, Elias.

Am Tag meiner Entlassung wartete meine Mutter im Eingangsbereich auf mich. Sie hatte mir am Tag zuvor Kleidung vorbeigebracht und meine Haare gewaschen und geföhnt.

»Du siehst aus wie neu geboren«, sagte sie und schloss mich in ihre Arme.

Als die Schwester mir die Entlassungspapiere reichte, lächelte sie mir zu und versicherte mir, dass sich durch den Schrittmacher mein Leben verbessern würde. Sie wünsche mir einen raschen Genesungsprozess, im Falle von Komplikationen wie Schwindel, Fieber oder Herzstolpern solle ich sofort kommen.

Als wir das Krankenhaus verließen, verkündete meine Mutter, dass wir essen gehen würden. Es war ein warmer Apriltag, die Luft roch nach Frühling und Neubeginn. Der Herzschrittmacher solle gefeiert werden.

Nachdem wir ins Auto gestiegen waren, fragte Massimo, der brav auf uns gewartet hatte, ob er die Musik einschalten dürfe. Wir hörten Beethovens Neunte, und ich dachte an all die Vorlesungseinheiten, die ich wegen meiner Operation verpasst hatte. Eine Studienkollegin hatte mir während meiner Abwesenheit ihre Mitschriften geschickt, aber ich hatte mir noch keine einzige genauer angesehen, geschweige denn für die nächste Klausur gelernt. Die Karteikarten lagen unberührt in meiner Tasche, genauso wie der Computer und die Dateien mit den Mitschriften. Ich nahm mir vor, zu Hause einen Lernplan zu erstellen. Ich musste aufholen, was ich verpasst hatte.

Massimo fragte, ob ich ihm meinen Medikamentenplan für die nächsten Wochen reichen könne, dort vorne sei eine Apotheke. Überrascht reichte ich ihm den Zettel. Für jemanden, der eigentlich immer hungrig war und für den ein solcher Zwischenstopp die Entfernung zum Restaurant nur noch vergrößerte, war sein Verhalten überraschend. Er kam mit zwei Packungen Schmerzmittel zurück, drehte die Musik auf und bemühte sich, die mit dem Zwischenstopp verlorene Zeit durch doppelte Fahrgeschwindigkeit wettzumachen.

Mein Stiefvater war ziemlich plötzlich in mein Leben getreten. Ich war etwa sechs Jahre alt, und auf einmal saß dieser schlaksige, sportliche Mann auf unserem kleinen Sofa in unserer kleinen Wohnung, und seine großen, schmutzigen Füße hingen in der Früh aus dem Bett meiner Mutter.

Die Beziehung zwischen den beiden musste sich ohne mein Wissen weiterentwickelt haben, denn als wir ihn eines Tages besuchten, führte er uns durch sein gigantisches Haus, wir saßen im Garten, ich trank einen Kakao, und meine

Mutter fragte mich, ob ich mir vorstellen könne, dort zu wohnen.

Massimos Haus war wie ein großer Glasbunker. Es bestand fast nur aus Fenstern. Es gab keine Vorhänge. Man fühlte sich also immer etwas beobachtet. Der Boden war aus kühlem Marmor. Selbstverständlich mit Fußbodenheizung im Winter. Es gab sehr viele Toiletten. Drei, um genau zu sein. In jedem Stockwerk eine. Es gab einige Stufen, die man erklimmen musste, um von einem Wohnbereich in den nächsten zu kommen. Wenn man also vom Arbeitszimmer meiner Mutter ins Schlafzimmer gelangen wollte, musste man zwei Stockwerke hochgehen. Wenn man dann bemerkte, dass man etwas vergessen hatte, musste man die zwei Stockwerke wieder hinuntergehen, um sie dann erneut hinaufzusteigen. Deshalb schnaubte unsere Putzfrau, Johanna, immer laut, wenn sie sich in die Küche schleppte, um eine Mittagspause zu machen. Sie war eine gebürtige Polin und eigentlich eine sehr nette Dame, die meine Familie im Laufe der Jahre ins Herz geschlossen hatte. Nur meine Mutter hegte Skepsis ihr gegenüber, denn sie fand, dass Johanna meinen Stiefvater Massimo immer besonders nett begrüßte. Das gefiel ihm, Massimo, natürlich sehr. Er liebte nichts mehr, als von bewundernden Frauen umgeben zu sein. Meiner Mutter gefiel es weniger. Aber ich glaube, es lag nicht nur an ihrer Wut auf Massimo, der Johanna immer mit besonders guter Laune wichtige Aufträge mitzuteilen hatte. Sie sagte oft, dass Johanna zwar freundlich und kompetent sei, sie aber unsere alte Putzfrau, Sofia, vermisse.

Sofia war auch eine gebürtige Polin gewesen, und sie war vor wenigen Jahren in Pension gegangen. Sie hatte ab und zu die kleine Wohnung geputzt, in der meine Mutter und ich zuvor gewohnt hatten. Seit ich mich erinnern konnte, war sie einfach da gewesen. Ab und zu hatte sie auch auf mich aufgepasst, wenn meine Mutter Arzttermine hatte oder schnell noch einkaufen musste. Wenn meine Mutter dann völlig abgehetzt zurückeilte, wartete Sofia mit einer Kanne warmem Tee, den sie gemeinsam tranken. Manchmal redeten sie dabei so lange, dass Sofia zum Abendessen blieb. Das freute mich immer besonders, denn ich mochte sie sehr. Zu Weihnachten schenkte sie mir Bonbons, die so hart waren, dass man Angst bekam, sich die Zähne daran auszubeißen.

Irgendwann als ich klein war, beschloss meine Mutter, dass es nun Zeit für eine Babysitterin wäre. Zu suchen brauchte sie keine, es kam einfach eine auf sie zu und bot sich ihr an. Eine fremde Frau auf der Straße. Die hielt ihr einen Zettel hin, auf dem ihre Telefonnummer stand. In einem Anfall von Gutgläubigkeit rief meine Mutter diese Nummer dann auch an und drückte mich, ihr hilfloses Kind, in die Arme der fremden Frau.

Ihr Name war Hema. Sie war Afroamerikanerin. Ich fürchtete mich sehr vor ihr. Ich hoffe, das macht mich jetzt nicht zu einer Rassistin. Sie war für mich einfach eine fremde Frau, die eine so tiefe Stimme hatte, dass ich sie nicht als Frau identifizierte. Ich hörte erst mit dem Schreien auf, als unsere damalige Putzfrau, Sofia, mich aus den Armen der Babysitterin riss. Dann schrieb sie eine Nachricht an meine Mutter: *Lilli schreien. Nix aufhören. Bitte zurückkommen.*

Ich würde mich im Nachhinein gerne bei Hema entschuldigen. Ich bin mir sicher, dass sie ihren Job fantastisch gemacht hätte. Es war mir damals einfach zu viel.

Die Suche nach einer neuen Babysitterin gab meine Mutter nach diesem Ereignis auf. Wenige Jahre später trat ein neuer Mann in ihr Leben.

Massimo, mein Stiefvater, arbeitete schon seit Jahrzehnten für eine Bank und hatte mit den Jahren einen Tagesablauf entwickelt, der seinen ganz eigenen Regeln folgte und der sich auch durch das Zusammenleben mit zwei Frauen nur wenig veränderte. Da er nur noch wenige Jahre bis zur Pension vor sich hatte, genoss er das Privileg, für relativ wenig Arbeit immer noch relativ viel Geld zu verdienen, und dieses Privileg nutzte er auch zu seinem vollen Vorteil aus. Seine Arbeit wurde von täglichen Meetings, zu welchen er früher immer vorschriftsgemäß in Anzug und Krawatte am Campus seiner Bank erschien, auf ein bis zwei Stunden Videokonferenz beschränkt. Ich weiß nicht genau, wie formell er für diese Videokonferenzen gekleidet sein musste, meistens trug er seine gewöhnliche Kleidung, die ich zwar nicht als hässlich, aber auch nicht unbedingt als elegant bezeichnen würde. Oft vergaß er, die aus den Lautsprechern in der Küche dröhnende Opernmusik abzuschalten, die er zuvor gegen meinen und den Willen meiner Mutter bis zur Maximallautstärke aufgedreht hatte. Manchmal ertönte während dieser Meetings auch ein lautes, maschinell klingendes Rumoren: sein größter Stolz, die Kaffeemaschine. Die Geräusche, die sie von sich gab, ließen einen vermuten, dass jemand Kieselsteine für Kaffeebohnen gehalten hatte und dass der letzte große Akt dieser Kaffeemaschine nun darin bestand, diese Kieselsteine zu gebären, wonach sie schlussendlich ihren Schmerzen unterlag, was durch ein lautes Klicken bekundet wurde. Auch wenn die Kaffeemaschine in Wirklichkeit nur spülte, war es ein sehr lautes Spülgeräusch, das mich jedes Mal auffahren ließ.

Ich fragte mich, ob es meinem Stiefvater nicht unangenehm war, seinen Kollegen während ihres wichtigen Meetings eine solche Geräuschkulisse zuzumuten. Er hatte nicht einmal Skrupel, seine Meetings ohne Kopfhörer durchzuführen, sodass seine Kollegen in der hellhörigen Fehlkonstruktion unseres Hauses jedes Geräusch doppelt so laut hören mussten. Infolgedessen redete er umso lauter. Meine Vermutung, dass er seine Aktivitäten den Kollegen und auch der ganzen Familie immer in dröhnender Lautstärke zumutete, weil er schlecht hörte, stritt er vehement ab. »So ein Blödsinn! Ich war beim Ohrenarzt, und der hat gesagt, ich höre ausgezeichnet!«, sagte er. Massimo verleugnete das Thema Krankheit. Er war schon immer stolz gewesen auf seinen vor Gesundheit nur so strotzenden, unverwundbaren Männerkörper.

Resultat seiner Weigerung, beim Arbeiten Kopfhörer aufzuziehen, war jedenfalls, dass ich fast täglich als heimliche Zuhörerin an den Meetings seiner Bank teilnehmen durfte. Ab und zu, wenn ich im Pyjama schlaftrunken die Treppe zu unserer Küche hinuntertorkelte, konnte ich auch einen Blick auf die Gesichter seiner Gesprächspartner erhaschen, die oft erschrocken zurückblickten, sich jedoch nie wagten, ein Wort an die jetzt nicht mehr ganz so heimliche Teilnehmerin zu richten.

Die zwei bis drei Stunden Onlinemeetings waren nur ein kleiner Bestandteil von Massimos mit Terminen überfüllten Tag, an dem er nur selten zur Ruhe kam.

Den morgendlichen Kaffee nutzte er meist, um Konversation mit seiner Familie zu betreiben, was bedeutete, dass wir ihm den genauen Tagesablauf inklusive Uhrzeiten zu schildern hatten. Anschließend begab er sich ins Fitnessstudio seines Vertrauens, um dort die Last seines anstrengenden Daseins loszuwerden.

Gegen Mittag kam er nach Hause, doch viel Zeit zum Essen blieb ihm nicht – die Arbeit rief. Nach zwei bis drei

Stunden höchster Konzentration schlurfte er völlig erschöpft in die Küche, um seine geliebte Kaffeemaschine in Betrieb zu nehmen und selig ihrem Todeslied zu lauschen.

Manchmal saß ich auf der Couch und las oder lernte, während er die Opernmusik von Lautstärke neunzig auf Lautstärke hundert schaltete, sich mit lautem Seufzen in den weichen Ohrensessel fallen ließ und seinen Kaffee schlürfte. Dies erschien ihm dann oft wie der perfekte Moment, um eine Unterhaltung zu beginnen.

»Und? Was hast du bis jetzt so getrieben?«, fragte er. Oder: »Und? Was treibst du heute noch?«

Wenn ich dann zaghaft zu erzählen begann, was ich bis jetzt getrieben hatte oder was ich heute noch treiben würde, war es ein Glück, wenn ich zwei Sätze hintereinander sagen konnte, bevor er mich unterbrach: »Wie? Noch mal langsam bitte!«

In solchen Momenten verdrehte ich innerlich die Augen, wusste aber, dass es keinen Zweck hatte, mit ihm zu schimpfen, weil er es nicht einmal schaffte, sich auf die wesentlichen Dinge zu konzentrieren, die sein Gegenüber ihm erzählte, und sich stattdessen in Nebensächlichkeiten verbiss. Bei der geringsten Form der Kritik brach er ein Gespräch komplett ab, um beleidigte Leberwurst zu spielen. Ich musste mich also sammeln und erneut mit der Erzählung beginnen, und diesmal sprach ich mit einer Einfachheit und in einem Schneckentempo, die mich selbst ungeduldig werden ließen. Meinem Stiefvater aber schien beides nichts auszumachen. Dieselben irrelevanten Kleinigkeiten, die ihn bei meinen Schilderungen über Was-ich-heute-noch-treiben-würde bzw. Was-ich-heute-schon-getrieben-hatte irritierten und ihn nicht selten zum Nachfragen bewegten, schienen in seinen eigenen Erzählungen die unentbehrliche Hauptrolle zu spielen.

Oft erzählte er von Zeitungsartikeln, die er gelesen hatte. Obwohl der Artikel, den er offensichtlich wissbegierig verschlungen hatte, sich nur über eine Seite erstreckte und man die Pointe in ein bis zwei Sätzen hätte zusammenfassen können, verlor sich sein Erzählfaden in unbedeutenden Details, sodass er nicht selten den Inhalt eines einseitigen Artikels wiedergab, als wäre es ein ganzes Buch. Dies führte dazu, dass es einem sehr schwerfiel, ihm zuzuhören. Manchmal, wenn wir Besuch bekamen und mein Stiefvater zu erzählen begann, konnte ich an den Gesichtern unserer Gäste ablesen, dass sie sich fragten, wann endlich die Pointe der Geschichte käme, oder infrage stellten, ob es überhaupt eine Pointe gab.

Wenn ich ihm dann also meinen Tag geschildert hatte und er dreimal nachgefragt hatte, zu welcher Uhrzeit und wie lange sich die Ereignisse abgespielt hatten, trank er seinen Kaffee aus, sank tiefer in seinen Ohrensessel und schlief, völlig ermattet von seinem anstrengenden Arbeitstag und der anschließenden Befragung, zu der mit Lautstärke hundert aus den Lautsprechern hallenden Opernmusik ein.

Auch an diesem warmen Apriltag konnte er sich eine seiner für ihn so typischen Fragen nicht verkneifen. Der kleine Tisch, an dem wir saßen, befand sich unter einem schattigen Baum. In regelmäßigen Abständen kam ein Kellner und erkundigte sich, ob eh alles in Ordnung sei. Eine Fliege krabbelte auf dem weißen Tischtuch herum, hielt immer wieder inne und sah dann aus wie ein kleiner Fleck Tinte. Zufrieden löffelte mein Stiefvater seine Tomatensuppe. Nachdem er sich das letzte Stück Brot in den Mund gesteckt hatte, woraufhin meine Mutter, die solche Unhöflichkeiten gar nicht leiden konnte, ihm einen vernichtenden Blick zuwarf, den er gekonnt ignorierte, fragte er: »Und? Wie fühlt man sich mit einem Herzschrittmacher?«

Ich starrte auf die Tischdecke und zuckte mit den Schultern. Ich wusste nicht, wie ich mich fühlen sollte.

Tatsächlich war ich die Erste in der Familie, der er diese Frage stellen konnte. Natürlich war ich einerseits froh, dass meine restliche Familie keine kardiologischen Probleme zu haben schien, schließlich war so etwas wirklich nichts Spaßiges. Andererseits fand ich es etwas erniedrigend, mit meinen zwanzig Jahren die Erste zu sein, die ein solches Hilfsmittel für ihren nicht ordentlich funktionierenden Körper benötigte.

Wenn man achtzig ist und einen Herzschrittmacher braucht, dann ist das meist keine große Sache. Dann stellen einem die Leute keine Fragen wie: »Ist das ein Witz? Du bist doch erst zwanzig?« oder versuchen, ihre Ungläubigkeit und ihren Schock durch Witze zu überspielen wie: »Du bist eben eine Zwanzigjährige, gefangen im Körper einer Achtzigjährigen, haha!« Und auch wenn sie dann lachen und den Kopf schütteln, als wäre das Ganze auf einmal nicht weiter schlimm, kannst du genau erkennen, dass sie dich bemitleiden, dass sie sich fragen, wie so etwas sein kann, und dass sie tief in ihrem Inneren froh sind, selbst einen funktionierenden Körper zu haben.

»Ganz okay«, antwortete ich schließlich. »Ich bin gespannt, wer der oder die Nächste ist!«

Mein Stiefvater schmunzelte und bat meine Mutter, ihm sein Telefon zu reichen, damit er ein Foto von mir machen könnte, ein »Lilli-mit-Herzschrittmacher-Porträt«, wie er es nannte, so als würde ich auf einmal anders aussehen als zuvor.

»Und?«, fragte er, nachdem er das Telefon in seiner Hosentasche verstaut hatte. »Fühlst du dich jetzt besser als vor der Operation?« Sensibilität im Umgang mit seinem Gegenüber war nicht seine Stärke.

Ich wollte gerade antworten, doch meine Mutter kam mir zuvor. »Natürlich geht es ihr besser als vor der Operation! Was ist denn das auch für eine dumme Frage? Glaubst du etwa, man bekommt zum Spaß einen Schrittmacher eingesetzt?« Sie schüttelte den Kopf, ihre Augen funkelten vor Wut, und zwischen ihren Augenbrauen bildete sich eine tiefe Zornesfalte.

Ihr Ausbruch erschien mir übertrieben, schließlich war es ja nicht ihr Körper, der operiert worden war, sondern meiner.

Ich ging nicht auf ihren Einwurf ein, sondern wandte mich an meinen Stiefvater und sagte ruhig, dass ich mich tatsächlich besser fühle, dass ich nicht mehr müde sei und dass ich das Gefühl hätte, besser Luft zu bekommen.

Mit einem interessierten Blick nippte er an seinem Bier.

Währenddessen atmete meine Mutter zitternd aus. Die Wut und die Angst schienen aus ihrem Körper zu weichen. Erleichterung machte sich breit.

Meine Eltern trennten sich, als ich noch so klein war, dass ich mich nicht mehr erinnerte, wie es war, als sie noch zusammenlebten.

Lange Zeit wohnte ich unter der Woche bei meiner Mutter, die Wochenenden verbrachte ich mit meinem Vater. Schon als Kind fielen mir die konträren Charaktere meiner Eltern auf. Ich kann mich nicht erinnern, je einen Streit zwischen ihnen miterlebt zu haben, aber innerlich spürte ich genau, dass wir dem Stereotyp »Vater-Mutter-Kind« nicht entsprachen und vermutlich auch nie entsprochen hatten.

Wenn ich ehrlich war, musste ich mir eingestehen, dass

ich die Wochenenden bei meinem Vater schon bald den Tagen, die ich mit meiner Mutter verbrachte, vorzog. Dies könnte daran liegen, dass mein Vater, ganz anders als meine Mutter, jeden Konflikt mit mir zu vermeiden versuchte, vermutlich aus schierer Angst, Konsequenzen ziehen zu müssen. Wenn ich statt eines Butterbrotes Schokolade essen wollte, ließ er mich die Schokolade essen. Wenn ich mich weigerte, zur Geburtstagsfeier meiner Kindergartenfreundin zu gehen, für die meine Mutter eine Zusage gegeben hatte, durfte ich zu Hause bleiben. Er versuchte auch nicht, mir ein schlechtes Gewissen einzureden, oder drohte, dass die anderen Kinder an meinem Geburtstag dann das Gleiche tun würden. Wenn ich den ganzen Tag fernsehen wollte, anstatt wie von meiner Mutter aufgetragen zwanzig Divisionen zu lösen, ließ er mich fernsehen und murmelte: »Zeit zum Faulenzen muss ja auch mal sein.«

Wenn ich bei meinem Vater war und seit Stunden an meiner Lösung für die Mathematikhausübung tüftelte und irgendwann aus Frust darüber, dass mein Ergebnis noch immer nicht stimmte, anfing zu weinen, zückte mein Vater meistens seinen Taschenrechner. Er rechnete nach, und wenn sein Ergebnis mit meinem nicht ident war, schlug er mein mit Tränen benetztes Übungsheft zu und sagte: »Das rechnen wir morgen in der Früh noch mal« oder »Du wirst Mathe sowieso nie im Leben brauchen« oder »Frag morgen einfach die Lehrerin, wie das geht.«

Mit meiner Mutter war das anders. Sie arbeitete ziemlich viel, weshalb ich eines dieser Kinder war, die den ganzen Tag im Kindergarten verbrachten, zusahen, wie die anderen Kinder mittags abgeholt wurden, und dabei sehnsüchtig die Stunden zählten, die sie noch im Kindergarten verbringen mussten, bis ihre eigenen Eltern sie in die Arme schlossen.

Anders als mein Vater eilte meine Mutter nicht zu meiner Rettung, wenn die Kindergärtnerin sie anrief und ihr mitteilte, dass ihr Kind weine, weil es nach Hause wolle. Mein Vater fand so etwas unerträglich und holte mich dann oft früher ab. Meine Mutter war konsequent. Sie vertrat die Meinung, dass ich das einfach lernen müsse. Sie schimpfte mit meinem Vater wegen seines vorauseilenden Gehorsams und prophezeite, dass ich ihm irgendwann auf der Nase herumtanzen würde.

Wenn es bei meiner Mutter Gemüsesuppe gab und ich sie nicht essen wollte, weil mir Fenchel nicht schmeckte, ließ sie keine Widerrede zu. Sie erlaubte mir erst Schokolade, wenn die Schüssel leer gegessen war, und selbst wenn die Schüssel leer gegessen war, garantierte mir dies nicht das Privileg einer Nachspeise. Wenn ich mich weigerte, zur Geburtstagsfeier einer Kindergartenfreundin zu gehen, für die meine Mutter bereits eine Zusage gegeben hatte, dann musste ich hingehen, egal, wie sehr ich weinte und tobte oder ob ich eine Krankheit vortäuschte.

Und obwohl wir jedes einzelne Mal dabei stritten, musste ich, sobald ich in der Volksschule war, jeden Sonntag die zwanzig Divisionen lösen. Oder Multiplikationen oder Additionen oder Subtraktionen oder welche mathematische Rechenart auch immer wir im Mathematikunterricht gerade behandelten. Ich verstand nicht, warum sie so sehr darauf beharrte, wenn sie doch wusste, wie sehr ich Rechnen verabscheute. Hatte sie Spaß daran, jeden Sonntag einen Streit vom Zaun zu brechen? Warum konnte sie nicht mehr wie mein Vater sein, der es nicht ertrug, mich verzweifelt oder unglücklich oder wütend zu sehen? Warum entschied sie sich wieder und wieder dazu, unseren Familienfrieden mit dummen Rechnungen zu zerstören?

Meine Mutter und mein Vater waren also ziemlich unterschiedlichen Gemüts. Sie trennten sich, als ich drei Jahre alt war, und drei Jahre später, als ich sechs war, zogen wir bei Massimo ein.

Sechs Wochen nach der Operation sitzen meine Mutter und ich erneut im Wartezimmer meiner Kardiologin, und ich starre erneut auf die Abbildung des Herzens an der Wand, betrachte das Organ und die Beschriftung. *Rechter Vorhof, rechte Herzkammer, Hauptschlagader, linker Vorhof, linke Herzkammer, Herzmuskel.*

Auf dem Tisch vor mir liegt eine Broschüre, die knalligen Farben brennen in den Augen, wenn man zu lange hinsieht. Das Titelbild zeigt einen Mann mit ergrautem Haar, der auf einer Schaukel in der Luft schwebt, zwischen seinen Beinen sitzt der Enkelsohn, strahlt ihn an, und auch der Mann strahlt, sieht so glücklich und unbeschwert in die Kamera, dass ich wegschauen muss. *Ein Schritt in Richtung Freiheit – unser Herzschrittmacher schenkt nicht nur Leben, sondern auch Lebensqualität. Damit Sie auch im fortgeschrittenen Alter die kostbaren Momente genießen können.* Das Pflaster auf meinem Schlüsselbein juckt.

Ich wende den Blick ab und bemühe mich, meiner Mutter zuzulächeln, die neben mir sitzt. Das Lächeln misslingt, fühlt sich unecht und falsch an, es rutscht an meinem Gesicht herab wie Regentropfen an einer Fensterscheibe. Ich weiß nicht, ob sie es merkt.

»Und? Wie gehts?«, fragt die Kardiologin, als ich wenig später auf dem kalten Untersuchungsstuhl sitze. Sie mustert mich, zugleich erwartungsvoll und skeptisch, als wäre ich eine seltene Salamanderspezies, die man aus dem Regenwald hat einfliegen lassen.

»Ganz gut. Besser als das letzte Mal, als ich hier war«, versuche ich es mit einem Scherz.

Die Miene der Ärztin bleibt nach wie vor ernst und hart. Sie starrt mich wie durch ein Vergrößerungsglas an, fragt in einem kühlen Ton, wie die letzten Wochen verlaufen seien, ob ich mich müde gefühlt, wie ich geschlafen habe, wie oft ich die Schmerzmittel genommen habe und ob ich den linken Arm noch bewegen könne.

Ich sage, dass die Müdigkeit weg sei, aber dass ich nachts oft lange wach liege und nicht einschlafen könne, weil es in meiner Brust poche und poche.

Mit monotoner Stimme sagt sie: »Na ja, wahrscheinlich muss man die Frequenz hinunterschalten und den Schrittmacher umprogrammieren.« Sie zuckt mit den Schultern.

Ich sage, dass ich den linken Arm sechs Wochen lang nicht über meine Schulter gehoben habe, dass ich Schmerzen vom Dreieckstuch habe, das ich nachts trage, dass sich der Arm taub anfühle und wie ein nutzloses Anhängsel an mir herunterhänge.

Sie tippt auf der Tastatur herum, wirft meiner Mutter einen prüfenden Blick zu, fragt, ob sie mir beim Anziehen und Waschen und Haarekämmen geholfen habe, und meine Mutter sagt, ja, sie habe mir anfangs, als die Schmerzen zu groß waren, noch geholfen, später hätte ich meine eigenen Strategien entwickelt und sei unabhängiger geworden. Trotzdem habe sie mich nicht aus den Augen gelassen, man wisse ja nie.

Ich sitze etwas verloren auf der Untersuchungsliege und höre meine Mutter und meine Kardiologin über meinen Kopf hinweg reden. Fast klingt es, als würde meine Mutter mich loben. *Sie kann sich jetzt schon alleine anziehen, letzte Woche hat sie es geschafft, sich mit einer Hand einen Pferde-*

schwanz zu binden, ja, sie hat einige Versuche gebraucht, aber immerhin!

Soll ich jetzt meine Wasserflasche auspacken? Dann kann sie auch noch damit angeben, wie gut ich alleine trinken kann.

Meine Kardiologin sagt: »Vermutlich braucht sie eine Massage, damit sich die verspannten Muskeln lösen.«

Ich lege mich auf den Rücken, und sie klebt die EKG-Elektroden auf, wartet, starrt gespannt auf den Bildschirm, sagt nichts, betrachtet die Grafik, die steigt und sinkt, genau wie mein Brustkorb sich hebt und senkt, während sich in meiner Magengegend dieses mulmige Gefühl breitmacht. In meinem Kopf beginnt es zu rattern, ich schlucke die aufkommende Säure in meinem Mund hinunter, warte und warte, zwinge mich, weiter zu atmen.

»Da stimmt etwas nicht. So was hab ich noch nie erlebt. Der Herzschrittmacher hat nichts verändert, der Herzschlag ist immer noch zu langsam.«

Innerlich wappne ich mich für diesen Satz, der schon regelrecht in meinen Ohren dröhnt und dessen Wucht mich trifft wie ein Schlag in die Magengrube. Ich sehe den Schock im Gesicht meiner Mutter, die ratlose Miene meiner Kardiologin und die fassungslosen Gesichtsausdrücke all jener Ärzte und Ärztinnen, die eine Zweitmeinung abgeben sollten. »Sie wissen nicht, wieso, es gibt keine Erklärung«, höre ich mich meinen Freundinnen sagen, während sie mir unverständliche oder mitleidige oder tieftraurige Blicke zuwerfen. Ich spüre den Schock, und ich spüre meine eigene Fassungslosigkeit, meine Trauer und die Scham. Jeder Muskel meines Körpers ist angespannt, das EKG piepst, die Kardiologin sieht auf.

Sie lächelt. »Alles in bester Ordnung. Die Frequenz ist

ausgezeichnet, der Schrittmacher leistet gute Arbeit, ganz wunderbar!«

Ich blinzle, der böse Tagtraum löst sich in Luft auf, das Déjà-vu verschwindet.

Der Schrittmacher leistet gute Arbeit.

Die Kardiologin entfernt die Elektroden und verkündet: »Jetzt werde ich das Pflaster entfernen und die Fäden ziehen!« So als gäbe es bald Torte und danach Geschenke.

Die Wunde liegt frei auf meiner Haut. Sie atmet die Luft ein und sieht zum ersten Mal die Welt ohne ihre Schutzdecke. Das Pflaster liegt einsam im Mülleimer, es klebt noch ein wenig Kruste daran.

Ich betrachte die Wölbung, untersuche den Schnitt, die abgeheilte Kruste, den leichten Bluterguss rundherum.

Ich sehe nicht hin, als die Fäden gezogen werden, kneife die Augen zusammen wie beim Kerzenausblasen. Atme scharf ein, als es sticht. Puste die Luft wieder aus und wünsche mir was. Niemand singt Happy Birthday, niemand klatscht. Dafür sagt die Ärztin, dass der Kollege sehr gute Arbeit geleistet habe. Die Narbe sei wunderschön geworden, gut verheilt, der Schrittmacher gut eingewachsen. Happy Birthday, Schritti. Hoch sollst du leben.

Der Kollege, der gute Arbeit geleistet hat, ist hörbar verärgert darüber, dass ihm der Genuss, die Fäden aus meiner Wunde zu ziehen, verwehrt geblieben ist. Perplex verfolgen meine Mutter und ich das Wortgefecht, das er mit meiner Kardiologin über das Telefon führt. Trotz ihres lauten Schnaubens können wir jedes Wort des Gesprächs verstehen.

»Ich kann nicht fassen, dass du das einfach gemacht hast! Das war *meine* Operation, diese Narbe ist *mein* Werk, ich habe sie absichtlich mit einer solchen Präzision gesetzt, glaubst du, ich habe mir nichts dabei gedacht? Ich will doch meine Arbeit sehen, bevor sie in die Welt geht!«, schreit der Chirurg, als wäre er ein berühmter Künstler, dessen neustes Gemälde beschmutzt worden ist.

Die Kardiologin bemüht sich um Gelassenheit, verdreht die Augen und tut so, als würde sie das alles kaltlassen. Ihre Brust schwillt an, während sie faucht: »Tja, ich war halt einfach schneller, Pech gehabt!«

2

Lilli P.

Acht Wochen nach der Operation fuhr ich mit meiner Mutter und meinem Stiefvater nach Salzburg. Meine Mutter bestand jedes Jahr darauf, dass wir ihrer Tante gemeinsam einen Geburtstagsbesuch abstatteten. Als ich klein war, langweilten mich diese Besuche, doch je älter ich wurde, desto mehr lernte ich die Skurrilität meiner Salzburger Familie zu schätzen und empfand die Gespräche während des Geburtstagsessens zunehmend als Komödie.

Wir traten die Fahrt nach Salzburg im frühen Morgengrauen an, und es dauerte keine zehn Minuten, bis meine Mutter und mein Stiefvater sich in eine hitzige Diskussion verstrickt hatten. Los ging es wie immer mit etwas völlig Belanglosem; der Tatsache, dass mein Stiefvater, nachdem er sich hinter das Steuer gesetzt und das Radio aufgedreht hatte, viel zu abrupt und ruckartig aus unserer engen Garage ausparkte, wobei er nicht nur von dröhnender Opernmusik begleitet wurde, sondern auch von dem immer lauter anschwellenden Piepsen der Parkhilfe, das signalisierte, dass er gegen ein anderes Objekt zu fahren drohte. Je lauter das Piepsen wurde, desto zischender wurde die Atmung meiner Mutter am Beifahrersitz, und sie fuchtelte unsichtbare Symbole in die Luft, als wollte sie instinktiv einen Bremsknopf drücken oder das Lenkrad in die entgegengesetzte Richtung reißen. Wenn mein Stiefvater dann gegen den Randstein fuhr, was ab und zu vorkam und in den Augen meiner Mutter eine Todsünde darstellte, brüllte sie: »Massimo!«

Ich fragte mich, warum sie, wenn die Kollision mit dem Randstein für sie die Grenzen des Erträglichen sprengte, erst brüllte, wenn es ohnehin schon zu spät war.

Wie sonst auch keiften sie einander dann eine Weile an, und wie immer endete der Streit damit, dass meine Mutter die Arme vor der Brust verschränkte und es für eine Weile still wurde im Wagen. Dann, etwa zehn Minuten später, wenn wir schon auf dem Weg zur Autobahn waren, sagte sie: »Fahrt bitte alleine. Ich fahre jetzt *sicher nicht* mit! Wenn einer so derartig deppat ausparkt wie du, vergeht mir gleich die ganze Lust, nach Salzburg zu fahren.«

Dass wir nach Salzburg fuhren, weil wir ihre Familie dort besuchten, schien sie vergessen zu haben. Ein Argument, mit dem sich mein Stiefvater sogleich bewaffnete.

»Gut, dann lässt du jetzt bitte die Lilli und mich aussteigen. Wir fahren mit dem Zug!«, erwiderte meine Mutter.

Ich saß hinten und wusste, dass wir nicht mit dem Zug nach Salzburg fahren würden. Ich wusste auch, dass die Opernmusik die ohnehin angespannte Stimmung im Auto weiter aufheizte, weshalb ich in einem ruhigen Moment vorschlug, den Kanal zu wechseln.

Tatsächlich schafften wir es jedes Jahr, zum Geburtstag meiner Tante in Salzburg anzukommen, alle zusammen und nicht mit dem Zug.

Meine Tante Irmi war seit Jahrzehnten schwerhörig. Das machte sich schon bemerkbar, bevor man die Wohnung, in der sie mit meinem Onkel Paul lebte, überhaupt erst betrat. Wir klopften ein, zwei Mal an die weiß gestrichene Türe, die so dünn war, dass man sogar im Stiegenhaus den Fernseher hören konnte. Beim dritten Mal klopften wir etwas lauter, und als sich immer noch nichts tat, meinte meine Mutter, dass Tante Irmi vielleicht ein Mittagsschläfchen halte, und beschloss, sie anzurufen. Das Telefon meiner Tante war ein uraltes Nokia-Modell, das so laut eingestellt war, dass man die Stimme am anderen Ende der Leitung während der Telefonate meiner Tante sogar hören konnte, wenn man zwei Zimmer entfernt saß und mit einer Bohrmaschine hantierte. Kurz nachdem meine Mutter die Nummer meiner Tante gewählt hatte, hörte man also den immer gleichbleibenden, unverwechselbaren Klingelton des Urzeittelefons, der aufgrund ihrer Schwerhörigkeit in der höchsten, schrillsten Lautstärke eingestellt war.

»Sie hört es nicht«, seufzte meine Mutter. »Sie trägt ihren Hörapparat nicht.«

Als ich gerade vorschlagen wollte, ihren Mann, meinen Onkel Paul, anzurufen, verstummte der schrille Klingelton, und im Lautsprecher meiner Mutter krächzte eine dünne Stimme: »Feistel?«

Meine Tante hatte zwar die Namen der Anrufer eingespeichert, las sie jedoch nie, bevor sie einen Anruf entgegennahm. Also hauchte sie beim Abheben stets fragend ihren Nachnamen, in der Erwartung, dass der unbekannte Anrufer ihr sogleich seine Identität offenbaren würde.

Nachdem meine Mutter ihr erklärt hatte, dass wir vor ihrer Wohnungstür standen, sagte meine Tante: »Ah, Puppi, ihr seid schon da? Dann mach ich euch gleich auf!«

Mit »Puppi« meinte sie meine Mutter oder mich. Da sie den Kosenamen immer in exakt derselben Betonung aussprach, war es schwer zu differenzieren, wen von uns beiden sie ansprach. Oft reagierte ich deshalb auch dann nicht, wenn sie tatsächlich das Wort an mich richtete.

Kaum hatte meine Mutter aufgelegt, drehte sich der Schlüssel im Schloss, die Tür ging auf, und meine Tante kam im Spalt zum Vorschein. Sie strahlte uns an, zuerst meine Mutter, dann mich, grüßte uns beide mit einem »Servus, Puppi!«, umarmte uns und schloss anschließend auch meinen Stiefvater in ihre knochigen Arme. Meine Tante war, trotz ihres fortgeschrittenen Alters, eine attraktive Frau, die immer glänzenden Goldschmuck trug und der ihre blitzend blauen Augen in Kombination mit dem grauen Haar, das sie als Kurzhaarschnitt trug, etwas Spitzbübisches verliehen.

Wir folgten Tante Irmi in die kleine Wohnung und warteten auf meinen Onkel Paul, der in der Küche im Erdgeschoss das Mittagessen zubereitete. Als gelernter Koch legte er Wert darauf, die besten Küchengeräte und vor allem genügend Platz zur Verfügung zu haben, weshalb er sich zu besonderen Anlässen in die gigantische Küche im Erdgeschoss zurückzog, wo er voller Hingabe seine Speisen zubereitete. Dabei wollte er nicht gestört werden und bestand darauf, das Gekochte selbst zu servieren. Meistens hörte und roch man ihn, bevor man ihn sah, denn er schnaubte laut beim Stufensteigen und trieb immer eine Tabakwolke vor sich her.

»Ich rauche jetzt schon seit sechzig Jahren«, sagte er stolz. »Und meine Lunge funktioniert prächtig.«

Das war nur die halbe Wahrheit. Er hatte zwar keine Lungenkrankheit, aber wegen der ständigen Raucherei mutete er seinen Mitmenschen einen schleimigen, rasselnden Husten zu. Manchmal, wenn wir am Tisch saßen, konnte ich vor Ekel nicht weiteressen.

Als mein Onkel die letzten Stufen bis zur Wohnung erklommen hatte und uns nacheinander an seinen dicken Bauch drückte, achtete ich darauf, seinen zum Kuss gespitzten Lippen durch eine schnelle Kopfbewegung auszuweichen, denn es war schon des Öfteren passiert, dass er mir gegen meinen Willen einen Schmatzer auf den Mund gedrückt hatte.

Nachdem wir im Wohnzimmer ein Glas Sekt getrunken hatten, gingen wir ins Esszimmer, wo die Vorspeise auf uns wartete, wie jedes Jahr eine selbst zubereitete Wildpastete. Wie jedes Jahr blieb die Pastete unberührt auf meinem Teller liegen, und wie jedes Jahr antwortete ich meiner Tante auf die Frage »Puppi, warum isst du denn nix?«, dass ich nicht viel Hunger hätte und nicht gerne Fleisch esse. Mein Onkel grunzte leise, und meine Tante, die sicher halb so viel wog wie ich, sagte, dass ich viel zu mager sei und mehr essen müsse. Meine Mutter warf ihr einen verärgerten Blick zu und sagte: »Irmi, du bist doch selber so dürr! *Du* solltest mehr essen!«

Meine Tante winkte ab und behauptete, sie esse sehr viel. Nach drei Bissen von ihrer Pastete gestand sie: »Puh, das ist mir jetzt zu viel! Ich kann nicht mehr.«

Die Augen meines Stiefvaters leuchteten auf, er nahm wortlos ihren Teller entgegen und verputzte die Reste.

Während wir aßen, redete meine Tante Irmi pausenlos. Sie erzählte die gleichen Geschichten wie jedes Jahr. Die meisten handelten von Kartenrunden mit ihren Freundinnen. Wie schön es damals gewesen sei, als sie sich alle wöchentlich zu Kaffee und Kuchen getroffen hätten, um anschließend »Herzeln« zu spielen. Ständig passiere ihren Freundinnen irgendetwas Schreckliches, die Minke habe Demenz, die Ulrike Krebs und die Susi habe ganz unerwartet der Tod geholt, es sei ein Wahnsinn. Man müsse froh sein, wenn einen das Leben mit Gesundheit segne! Meine Mutter war überzeugt, dass meine Tante ununterbrochen redete, damit niemand merkte, wie schlecht ihr Gehör wirklich war.

Wenn mein Onkel Paul die Gelegenheit bekam, sich zu Wort zu melden, zum Beispiel weil meine Tante das Geschirr in die Küche trug und die Hauptspeise holte, sagte er meist etwas Politisches. In solchen Momenten hielt ich immer die Luft an. Mein Onkel schimpfte, dass es schlimm sei, mitanzusehen, wie weit es mit Österreich gekommen sei. Seit die Ausländer den hier geborenen Menschen ihre Arbeitsplätze gestohlen hätten, schäme er sich für sein Land. Man müsse endlich Maßnahmen ergreifen und diese Menschen abschieben, anstatt tatenlos zuzusehen, wie sie sich bereicherten. Mein Stiefvater Massimo, ein nach Wien emigrierter Italiener, saß stumm neben meinem gestikulierenden, rauchenden Onkel, und meine Mutter, die aus Überzeugung die sozialdemokratische Partei wählte, biss die Zähne zusammen.

Wenn meine Tante sich dann wieder gesetzt hatte, konnte sie nicht anders, als auch ihre Meinung beizutragen. Sie unterbrach meinen Onkel und sagte: »Ja, Paul, du hast schon recht. Aber letztens im Supermarkt, da war eine Kassiererin, ich sags euch, die war pechschwarz! Aber sie war ausgesprochen freundlich, und stellt euch vor, die konnte sogar richtig gut Deutsch! Nicht mal einen Akzent hat man rausgehört.«

Dann lachte sie schallend und breitete die Arme aus, als erwartete sie, dass alle in ihr Lachen einstimmten. Doch abgesehen von ihrem Wiehern war das einzige Geräusch im Raum das erbärmliche Husten meines Onkels. Sein Kopf lief rot an, und seine Augen wurden ganz glasig unter der Anstrengung.

Meine Tante, die sich, obwohl sie sie täglich erduldete, der Unappetitlichkeit dieser Hustenanfälle durchaus bewusst war, versuchte, sobald sie abgeklungen waren, das

Thema auf etwas Unverfängliches zu lenken. Während mein Onkel sich, wie um dem Husten trotzen, die nächste Zigarette anzündete, fragte meine Tante: »Und, Puppi? Wie geht es dir mit dem Herzschrittmacher?«

Sie sagte das so, als wäre der Herzschrittmacher ein neues Haushaltsgerät, das eine Freundin erworben hat und für dessen Funktionieren man sich interessiert, weil man abschätzen möchte, ob man es sich vielleicht auch zulegen soll.

Ich antwortete so, wie ich seit der Herzschrittmacheroperation schon unzählige Male auf diese Frage geantwortet hatte. Ich sagte, dass es mir deutlich besser gehe, dass ich nicht mehr ständig von einer ungeheuren Müdigkeit überfallen werde, dass ich wieder gut Luft bekomme und dass ich mich besser auf das Lernen für meine Jusprüfungen konzentrieren könne.

Ich erzählte nicht von den ersten Wochen nach der Operation, erklärte nicht, wie anstrengend es gewesen war, den linken Arm sechs Wochen lang nicht über den Kopf heben zu dürfen, da sonst die Gefahr bestanden hätte, dass der Schrittmacher nicht richtig verwuchs. Ich erklärte nicht, wie schwierig es war, sich mit nur einer Hand die Haare zu waschen und sich an- und auszuziehen. Ich berichtete nicht von den Schmerzen, die ich von dem Dreieckstuch bekam, das ich nachts trug und das mich daran hindern sollte, den linken Arm im Schlaf über den Kopf zu heben.

Dafür zeigte ich ihnen meine Narbe und versuchte, mich über die Tatsache zu freuen, dass mein Onkel sie erst, nachdem er seine Brille aufgesetzt hatte, richtig erkennen konnte.

Ich saß mit meiner Salzburger Familie beim Essen, und meine achtzigjährige Tante, die schon stark zitterte, sagte mir, wie tapfer sie mich fand.

Mein Onkel, dessen Herz trotz jahrzehntelangem exzessivem Zigarettenkonsum immer noch einwandfrei funktionierte, erkundigte sich nach den technischen Details: ob der Schrittmacher sich von alleine einschalte, wie oft man die Batterie wechseln müsse und ob man spüren könne, wie so ein Gerät in einem arbeite. Als wäre es eine Küchenmaschine, ein Staubsauger, eine Mikrowelle. Meine Tante warf ein, dass es doch sicher eine Bedienungsanleitung gebe.

Ich lächelte. Weil einem in so einer Situation nichts anderes übrig bleibt, als zu lächeln. Wenn man zum hundertsten Mal hört, wie stark und fröhlich man trotz der Diagnose geblieben sei, nickt man nur. Und man fragt sich, warum die Leute erstaunt sind, dass man nach einer Herzschrittmacheroperation lebensfroh wirken kann, und ob sie stattdessen erwartet haben, dass man in Selbstmitleid und Scham versinkt.

Natürlich schämte ich mich, und es war mir peinlich, auf ein Gerät angewiesen zu sein. Natürlich war es mir unangenehm, eine Narbe auf meinem Schlüsselbein zu haben, die darauf hinwies, dass an dieser Stelle meines Körpers ein Fremdkörper eingesetzt worden war. Natürlich war es schmerzhaft, die Geschichte zu erzählen, wie ich mit meinen zwanzig Jahren zu so einem Hilfsmittel gekommen war. Doch was blieb mir anderes übrig, als es zu überspielen? Ich wusste ja, wie die Leute reagierten, wenn sie erfuhren, dass ich einen Herzschrittmacher in mir trug, und weil es mich traf, ihre ungläubigen, mitleidigen Blicke zu sehen, hatte ich den Versuch begonnen, die ganze Situation um ihret- und um meinetwillen zu entschärfen.

Ich lächelte auch diesmal und erduldete stumm die Lobrede auf mich und meinen kraftvollen Körper, und ich war froh, als meine Mutter auf ein eingerahmtes Bild an der Wand deutete und fragte: »Ist das das Bild, das die Lilli damals im Kindergarten gezeichnet hat? Das habt ihr aufgehoben?«

Meine Tante nickte und sagte: »Ja, das hat die Puppi so schön gemalt! Das ist so ein hübsches Haus und dieser Schornstein so gut getroffen!«

Ich verkniff es mir, richtigzustellen, dass es sich nicht um ein Haus, sondern um ein Einhorn handelte, dessen viereckiger Körper von langen Beinen getragen wurde und dessen spitzes, in die Höhe ragendes Horn mit einem Schornstein rein gar nichts gemeinsam hatte.

Meine erste Kindergartenfreundin hieß Céline. Irgendwie beschloss sie, sich meiner anzunehmen.

Ich trug damals eine dunkelblaue Brille, die aufgrund meiner starken Sehschwäche große, runde Gläser hatte. Ich war das einzige Kind meiner Kindergartengruppe, das eine Brille trug.

Hinzu kam, dass ich Angst vor Gruppenspielen hatte. Und ich gehörte zu den wenigen Kindern, die nicht darauf achteten, ob der Filzstift über den Rand des Mandalas malte. Es gab Kinder, die bei so einem Missgeschick in Tränen ausbrachen oder das Papier zerknüllten und trotzig auf den Boden warfen. Wenn so etwas vorkam, erschreckte ich mich. Aber ein wenig bewunderte ich diese Kinder auch für ihre Präzision und ihren Ehrgeiz, nicht über den Rand zu malen.

Die Kinder, die beim Ausmalen des Mandalas einen Wutanfall bekamen, waren meistens diejenigen, die sich bei Gruppenspielen hervortaten. Sie schrien, hetzten einen beim Sackhüpfen, brüllten: »Los! Schneller!«, als würde man durch diesen Befehl auf einmal besser und schneller vorwärtskommen. Wenn man in dem dummen Sack herumhüpfte und es nicht besser konnte und das Gefühl hatte, gar nicht von der Stelle zu kommen, war man nur froh, wenn man endlich am Ziel war und seine Beine aus dem stickigen Sack befreien konnte. Die Kinder, die beim Ausmalen des Mandalas einen Wutanfall bekamen, waren auch diejenigen, die den Gewinn für den zweiten Platz im Sackhüpfen, eine Gummibärchenpackung, beleidigt zu Boden warfen und tränenüberströmt hinausstürmten. Da stand man dann und starrte auf die Gummibärchenpackung und fragte sich, ob man sich nicht doch etwas mehr hätte anstrengen können. Die Kinder, die beim Ausmalen des Mandalas einen Wutanfall bekamen, waren auch diejenigen, die beim Mittagessen verkündeten: »Nächstes Mal gehe ich nicht mit der Lilli in eine Gruppe, weil ich will endlich mal gewinnen!«

Heiße Tränen kullerten, aber niemand sah sie, weil alle miteinander beschäftigt waren und über das Sackhüpfen oder die Mandalas redeten, und die dunkelblaue Brille mit den großen, runden Gläsern verschwamm vor meinen Augen.

Céline war ein pummeliges Kind und tat sich wegen ihres Körperbaus noch schwerer im Sackhüpfen als ich. Doch auch wenn sie als Sackhüpfpartnerin genauso unbeliebt war wie ich, schien ihr das Ganze deutlich weniger auszumachen als mir. Kritik der Mandala-Wutanfall-Kinder prallte an ihr ab wie Regentropfen an einer Fensterscheibe.

Unsere Unbeliebtheit im Sackhüpfen war die Gemeinsamkeit, die uns zusammenbrachte. Ich traute mich kaum, mit den anderen Kindern zu sprechen oder zu spielen, weil ich glaubte, dass sie meine Unfähigkeit im Sackhüpfen auch auf alle anderen Wettkampf- oder Gruppenspiele übertrugen. Ich wollte lieber das Mädchen mit der runden Brille bleiben, das schlecht im Sackhüpfen war, als das Mädchen mit der runden Brille zu werden, das schlecht im Sackhüpfen *und* schlecht im Reden und Spielen war. Ich war also mehr oder weniger eine Einzelgängerin, weil ich die anderen Kinder nicht noch mehr enttäuschen wollte.

Als wieder ein Tag anbrach, an dem Sackhüpfen auf der Tagesordnung stand und Céline und ich alleine auf der Bank saßen, weil wir nicht gewählt worden waren, bemühte ich mich, ohne zu blinzeln, auf meine Füße zu starren. Das machte ich oft, wenn ich nervös war. Ich tat so, als würde ich irgendetwas ganz genau beobachten, und hoffte, dass die andere Person sich dachte: Oh, die ist so in Gedanken versunken, die lasse ich lieber in Ruhe. Diesmal starrte ich auf meinen linken Schuh, eine braune Sandale, und stellte mir vor, dass kleine Käferchen über die Lederriemen liefen und Fangen spielten. Ich war vielleicht kein Talent im Sackhüpfen, aber ich hatte eine blühende Fantasie.

Doch Céline ließ sich davon nicht abschrecken. Sie wandte sich direkt an mich und nuschelte: »Magscht du mal die Prille abneehmeen?«

Céline fiel es schwer, harte und weiche Konsonanten zu unterscheiden. Sie sagte dann beispielsweise Pär statt Bär, Prennnessel statt Brennnessel oder auch: Benis statt Penis.

Ich brauchte ein bisschen, ehe ich verstand, was sie von mir wollte. »Bitte?«

»Magschtt du mal die Prille abneehmeen?«

»Wie bitte?«

Da griff sie mir hinters Ohr und nahm mir die Brille vom Kopf. Sie musterte mich und entblößte beim Lächeln eine große Zahnlücke.

»Schöner schaust du aus ohne die Prille.«

Das war der Beginn unserer Freundschaft.

Céline und ich hielten auch zu Beginn meiner Volksschulzeit Kontakt. Gemeinsam besuchten wir einmal wöchentlich einen Nachmittagssportkurs, der in einer viel zu kleinen Halle ohne Fenster stattfand.

Céline war mittlerweile nicht nur doppelt so groß, doppelt so breit und doppelt so laut wie ich. Sie war seit Neustem auch doppelt so selbstbewusst.

Sie hatte jetzt neue Ideen, was wir im Turnunterricht spielen könnten. Mal war sie eine Fee, die auf mir, einem Einhorn ritt. Sie zog an meinen Haaren, um während meines wilden Galopps nicht den Halt zu verlieren. Dann schubste sie mich, um mich vor dem Absturz in ein tiefes Loch zu bewahren, welches nur ihren magischen Augen sichtbar war. Und wenn sie mich mit dem Seil schlug, dann um eine tödliche Spinne von meiner Schulter zu entfernen.

»Meine Mami sagt, dass meine Vorstellungskraft meine größte Stärke ist«, erklärte sie stolz. Wenn ich mich traute zu sagen, dass ihre Vorstellungen mir körperliche Schmerzen bereiteten, entgegnete sie: »Alle Kinder, die Kritik an mir üben, sind bloß neidisch, weil ich heuer die Matheolympiade für meinen Jahrgang gewonnen habe.« Dann lachte sie fröhlich, kickte mir mit dem Ellbogen in die Eingeweide und brüllte: »Los, mein edles Ross! Bring mich im Streckgalopp zur Umkleide!«

Als meine Mutter von Célines Spielen erfuhr, war sie empört. Auch meine Tante Irmi, die für einige Tage zu Besuch war, bekundete ihre Fassungslosigkeit.

»Jesus Maria!«, hauchte sie. »Diese Kinder heutzutage! Bei uns war so etwas undenkbar. Da hat jeder mit jedem sein Butterbrot geteilt, außer wenn's ein Ausländer war!«

Eine Woche später holte meine Mutter mich vom Turnunterricht ab. Zu meinem Entsetzen sprach sie Céline an.

»Na, Céline?«, sagte sie fröhlich. »Hast du heute wieder jemanden mit dem Seil geschlagen?«

Ich versank im Erdboden.

Célines Augen weiteten sich. Sie flüsterte, dass sie so etwas nie tun würde.

»Dann muss das wohl eine andere Céline gewesen sein«, sagte meine Mutter schnippisch. »So was macht man jedenfalls nicht, egal, wie gut man bei der Matheolympiade abgeschnitten hat.«

In der Volksschule wurde ich etwas schneller zur Freundin auserwählt als im Kindergarten. Ich war schon am ersten Tag von einem Mädchen angesprochen worden, Yana, die, obwohl sie selbst schüchtern war, all ihren Mut zusammengenommen und mich gefragt hatte, ob ich neben ihr sitzen wolle. Seitdem bildeten wir gemeinsam die Clique der Introvertierten.

Als Yana im Verlauf der ersten Wochen mehr und mehr Zeit mit Dorothea, ihrer Sitznachbarin im Werkunterricht, verbrachte, wurde ich ängstlich. Dorothea war laut, sie war lustig, sie hatte immer die beste Jause dabei und besaß die coolsten Barbiepuppen. Ich bettelte meine Mutter an, das Butterbrot in meiner Jausenbox durch Briochekipferl zu ersetzen und mir die neueste Barbie aus Amerika zu bestellen. Sie ließ sich nicht überreden, und ich wurde von Tag zu Tag unruhiger, beobachtete Dorothea, die in meinen Augen deutlich mehr Unterhaltungswert bot als ich, und war mir sicher, dass das Ende der Freundschaft zwischen Yana und mir bevorstand.

Wenige Wochen nach Beginn meiner Schulzeit lud Céline mich zu ihrer Geburtstagsparty ein. Auch ihre neuen Schulfreundinnen würden kommen. Es war eine Übernachtungsparty, und obwohl ich ungern woanders schlief als zu Hause, überwand ich mich, weil ich mir sicher war, dass Céline und ich die ganze Nacht aufbleiben und reden würden, weil wir uns ja schon lange nicht mehr gesehen hatten und es viel zu erzählen gab.

Célines Schulfreundinnen sahen für mich alle gleich aus. Ich hatte auch das Gefühl, dass sie sich ziemlich gleich benahmen. Sie hatten lange Haare, die entweder blond oder braun waren, trugen Nagellack und trällerten den Soundtrack eines Films, den ich nicht kannte. Als ich gefragt wurde, tat ich so, als hätte ich den Film auch gesehen, und antwortete, dass ich nur leider nicht so textsicher sei. Die Freundinnen sahen mich mitleidig an und unterhielten sich weiter über die Szene, in der die Prinzessin endlich ihren verlorenen Bruder fand. Ich schwieg, nickte ab und zu und versuchte, an den richtigen Stellen ins Gelächter einzustimmen, auch wenn ich nicht verstand, was so lustig war.

Céline sprach kaum ein Wort mit mir, und nachdem wir die Schokotorte gegessen hatten, schlug eine ihrer Schulfreundinnen vor, Sackhüpfen zu spielen. Céline, die das Sackhüpfen immer genauso sehr verabscheut hatte wie ich, stieß auf einmal einen Jubelschrei aus. Insgeheim hoffte ich, dass sie sagen würde, Sackhüpfen sei das dümmste Spiel der Welt. Stattdessen holte sie zwei große, stinkende Säcke aus dem Keller. Während der Soundtrack des Films lief, den ich nicht kannte, und die Mädchen miträllerten und begeistert eine Route planten, fragte ich mich, warum ich nicht einfach normal sein konnte.

Meine Erwartung, dass Céline und ich die ganze Nacht aufbleiben und reden würden, bewahrheitete sich nicht.

Wir hatten ein Matratzenlager auf dem Boden aufgebaut, und der Platz neben Céline war besetzt, was mich enttäuschte, da wir noch immer keine Möglichkeit gehabt hatten, uns auszutauschen.

Bevor wir das Licht abschalteten, redeten Célines Schulfreundinnen von ihren Klassenkollegen, wer in wen verliebt sei und wer später wen heiraten würde. Ich konnte nichts beitragen und fühlte mich dumm, weil ich den Soundtrack des Filmes, den sie ununterbrochen summten, nicht kannte und weil ich ihre Klassenkollegen nicht kannte und weil ich nicht sagen konnte, wer in wen verliebt sei und wer später wen heiraten würde.

Ich lag lange stumm da und kam mir nutzlos vor, bis ich all meinen Mut zusammennahm und fragte: »Wer ist der Conrad?«

Zuerst dachte ich, sie hätten mich nicht gehört.

Dann kam, zögerlich, so als wäre sie sich nicht sicher, ob sie die Frage wirklich beantworten sollte, von Céline: »Den kennscht du nischtt.«

Und sie tuschelten weiter über den Conrad und seine roten Locken und über Sybille, in die er verliebt war, die aber auf Sebastian stand, der die Iris mochte.

Dann war es sehr lange Zeit still, und ich versuchte, nicht einzuschlafen, weil ich darauf hoffte, dass Céline den gleichen Plan hätte.

Als das einzige Geräusch im Raum unser ruhiges Atmen war, überlegte ich, wie ich Céline am besten signalisieren konnte, dass ich noch nicht eingeschlafen war, ohne die anderen zu wecken. Ich hob die Hand, um leise zu schnipsen, da hörte ich ein Flüstern.

»Céline?«

»Ja?«

»Diese Lilli ist wirklich schirch mit ihrer Brille.«

»Isch weisch. Prillenschlange.«

Ich weinte leise, brennende Tränen.

Ich erzählte Céline nie, dass ich sie gehört hatte. Den Kontakt brach ich komplett ab. Vielleicht war es auch sie, die den Kontakt zu mir abbrach. Ich weiß es nicht mehr. Ich hoffe, dass sie mittlerweile etwas gegen diesen schrecklichen Sprachfehler unternommen hat.

Meine Volksschulzeit war relativ erträglich. Unsere Volksschullehrerin war eine große Frau mit kurzen Haaren, die gern über ihre Katzen Iwan und Strolchi erzählte.

»Gestern hat mir der Iwan eine Maus gebracht, Kinder, könnt ihr euch das vorstellen? Das ist der größte Liebesbeweis, den man von einer Katze bekommen kann. Schöner als jeder Heiratsantrag.«

Das mit dem Heiraten schien ihr, obwohl sie auf dem Gegenteil beharrte, sehr wichtig zu sein. Aber sie hatte keinen Mann; neben den Katzen blieben ihr nur ihre Schüler, und vielleicht ließ sie den Frust über diese Tatsache manchmal an uns aus.

Wenn sie in die Klasse kam und den Satz *Paul libt Anna* auf der Tafel prangen sah, griff sie aggressiv nach dem Schwamm, ließ ihn mit einer so schnellen Bewegung über die Tafel fahren, dass das Wasser in die Reihen spritzte, und erklärte: »So ein Blödsinn! So etwas wie Liebe existiert heutzutage nicht mehr! Heute sagen dir die Männer, dass du schöne Augen hast und dass sie für dich sogar wieder anfangen würden, ihre Katzenallergiepillen zu nehmen, obwohl sie davon Haarausfall bekommen. Und nach dem zweiten Treffen passt es dann doch nicht, weil in ihrem Horoskop stand, dass ihnen eine südländische Schönheit begegnen wird. Mir egal, heute hat mir der Strolchi einen Vogel vors Bett gelegt. Kein Lebewesen liebt wie eine Katze!«

Dann räusperte sie sich, so als hätte sie sich gerade daran erinnert, dass sie eigentlich eine Volksschullehrerin war.

»Außerdem schreibt man Liebe mit ie, Kinder.«

Das Lieblingsspiel meiner Volksschullehrerin hieß »Rechenzug«. Man stellte sich in zwei Reihen auf, blickte sich tief in die Augen und wartete darauf, eine Rechenaufgabe angesagt zu bekommen. Wenn die Lehrerin dann eine verkündet hatte, stand man da, starrte sich an und rechnete im Kopf die Lösung aus. Derjenige, der das Ergebnis schneller ausspuckte, bekam einen Punkt für seine Mannschaft, die gespannt in einer Reihe hinter einem stand und mitfieberte. Jeder in der Reihe kam einmal dran, die Lehrerin schrieb jeweils den Punktestand an die Tafel. Die gewinnende Mannschaft durfte das Thema für den anschließenden Sachunterricht aussuchen, und weil unsere Lehrerin am liebsten über das Sonnensystem und die Milchstraße sprach, der Rest der Klasse sich aber viel mehr für Dinosaurier, Tiere im Meer oder Kaiserin Sissi interessierte, war die Belohnung umso begehrter.

Für mich war Rechenzug die Hölle. Rechnen allein fiel mir schwer. Rechnen unter Zeitdruck fiel mir umso schwerer. Am schlimmsten aber war es, dabei in ein anderes Augenpaar zu blicken und zu beobachten, wie das Gehirn meines Gegenübers arbeitete, während ich die genannten Zahlen schon wieder vergessen oder verdreht hatte. War es 167 + 143? Oder doch 176 + 134? Wenn ich die Zahlen auf dem Papier sah, konnte ich meine Rechenschritte aufschreiben. In die blanke Luft zu starren und mir die Ziffern vorzustellen, war eine Unmöglichkeit.

Meine Mutter übte das Rechnen täglich mit mir, und mit der Zeit wurde es auch besser. Natürlich nie gut genug, um im Rechenzug zu gewinnen. Aber das war okay. Ich freute mich, wenn ich im Kopf auf das richtige Ergebnis kam, auch wenn ich länger dafür brauchte als mein Gegenüber.

Die Bibliothekarin lächelt, als sie mich etwas ratlos vor dem bis zur Decke reichenden Bücherregal stehen sieht. Sie ist mir sympathisch, weil auch sie eine runde Brille trägt und mich nie komisch ansieht, wenn ich auf meinem linken Auge das Pflaster trage, das meinem rechten Auge helfen soll, sich mehr anzustrengen. Es gibt Kinder, die einen dann regelrecht anstarren und fragen, warum man so komisch aussieht, und es gibt auch Erwachsene, die skrupellos genug sind, einen zu fragen, warum man diese Augenklappe trägt. Wenn man gerade sieben geworden ist und antwortet, dass das mit der Hornhautverkrümmung zusammenhängt, die man von Geburt an hat, kommt man sich altklug vor.

Heute trägt die Bibliothekarin einen gelben Rollkragenpullover mit grünen Punkten, der mir gefällt, weil er mich an einen Marienkäfer denken lässt, der in ein Glas Honig gefallen ist und sich anschließend im grünen Gras gewälzt hat.

Ich stehe vor einem Regal und starre angestrengt nach oben und überlege, wie ich an das Buch in der obersten Reihe kommen könnte, ohne jemanden um Hilfe zu bitten. Dass der gelbe Marienkäfer mit den grünen Punkten auf einmal neben mir steht, fällt mir erst auf, als die Bibliothekarin fragt, ob sie mir helfen könne. Ich nicke dankbar, zeige auf das Buch, das mir so unendlich weit weg erscheint, und beobachte ehrfürchtig, wie sie sich auf die Zehenspitzen stellt und danach greift.

»Die liest meine Tochter auch gern. Gefallen sie dir?«,

fragt die Bibliothekarin, als sie mir Thomas Brezinas *Sieben Pfoten für Penny* reicht.

Ich nicke eifrig, sie lächelt und verspricht, den nächsten Band für mich zu reservieren. Ich lege das Buch auf meinen Stapel und warte darauf, dass meine Mutter vom Supermarkt gegenüber zurückkommt.

Ich habe immer ein Buch dabei. Erst *Sieben Pfoten für Penny*, später Bände von *Harry Potter* oder *Herr der Ringe* oder anderer Fantasy-Reihen. Es ist nicht so, dass ich lieber lesen möchte, als mit meinen Mitschülern zu reden. Ich gehe mit meinen Freundinnen zum Pausenturnen und springe begeistert über Geräte oder klettere an Seilen hoch, ich gehe mit den anderen im Hof spazieren und spiele Räuber und Gendarm, ich setze mich in der Fünfminutenpause zu den anderen in die letzte Reihe und schreibe die Religionshausübung ab.

Ich lese, wenn die anderen Fußball spielen oder Sackhüpfen. Ich lese, wenn die anderen sich über die Matheschularbeit unterhalten. Ich lese vor meinen Nachhilfestunden, und ich lese nach meinen Nachhilfestunden. Ich lese, um mich zu beruhigen und um in eine Welt einzutauchen, in der ich nicht gezwungen bin, mich mit meinen mangelnden Rechenfähigkeiten auseinanderzusetzen. Ich lese, wenn mir die Welt dunkel erscheint. Es macht sie für einige Stunden hell. Ich lese, wenn mir alles zu viel wird und ich eine Zeit lang nicht mehr das Mädchen mit der runden Brille sein will, sondern eine Superheldin, die die Welt rettet.

Das Thema meiner ersten Deutschschularbeit war das Verfassen einer Bildgeschichte. Auf dem Angabezettel befanden sich vier Bilder, die man in eine erfundene Geschichte einbauen sollte. Die meisten Kinder fanden diese Übung anspruchsvoll, schließlich bestand die Gefahr, dass man keine gute Idee hatte.

»Was, wenn mir nichts einfällt?«, fragte eine meiner Freundinnen panisch, ehe wir anfangen durften zu schreiben.

»Das wird schon nicht passieren. Du hast doch eh die Bilder, die sind praktisch dein Gerüst. Dann musst du die Worte einfach freilassen«, sagte ich.

»Das verstehe ich nicht. Wie soll das gehen?«

Unsere Volksschullehrerin bat uns, still zu sein. Wir öffneten unsere Hefte. Ich schrieb und schrieb. Meine Freundin erreichte nur mit Müh und Not die geforderte Wortanzahl.

Ich bekam ein sehr gut auf die Schularbeit. Ich war so stolz, dass ich die Geschichte zu Hause vorlas. Mein häufigster Fehler war die falsche Bezeichnung der Rasse des Hundes, der der Protagonist der Bildgeschichte war. Weil er so viel Fell hatte, bezeichnete ich ihn wiederholt als »Yoshiterrier«, nicht wissend, dass die korrekte Bezeichnung »Yorkshireterrier« war. Nach der Bezeichnung der Rasse war nicht gefragt worden, aber ich fand sie wichtig. Wie sollten all diejenigen, die meine Geschichte in dreißig Jahren lesen würden, sonst wissen, um welche Art von Hund es sich handelte? Die Bilder wären dann womöglich längst verblichen. Es machte doch einen gewaltigen Unterschied, ob der Hund, der die Leberwurst aus der Jausenbox des kleinen Jungen stahl, ein kleiner frecher Yorkshireterrier war oder ein großer furchteinflößender Schäferhund.

Die Sommerferien verbrachten wir meist bei der Familie meines Stiefvaters, die ein Haus in einem sehr kleinen Dorf in Italien besaß. In diesem Dorf gab es etwa hundert Einwohner, und neunundneunzig Prozent dieser hundert Einwohner waren über achtzig Jahre alt. Wenn meine Mutter, mein Stiefvater und ich nachmittags das einzige Café im Dorf besuchten, um dort Kuchen zu essen, war die Wahrscheinlichkeit hoch, dass wir von einer der unzähligen sich dort zum Tratschen verabredeten italienischen Damen angesprochen wurden. Mein Stiefvater, der ungern Small Talk hielt, versuchte dann, das Gespräch kurz zu halten. Meine Mutter, die unbedingt ihr lückenhaftes Italienisch auffrischen wollte, versuchte dann, das Gespräch weiterzuführen.

Ich saß daneben, verstand kein Wort und dachte an die Geschichte, die auf dem Computer auf mich wartete.

Schon mit sieben hatte ich Spaß daran gehabt, mir Geschichten auszudenken. Ich schrieb sie mit Stift und Papier nieder. Die Geschichten, die ich mit sieben Jahren schrieb, handelten von einer Fee, die ich Blume nannte, und Blume wohnte in einer tatsächlichen Blume. Originell, ich weiß. Die Geschichten über die Fee Blume waren alle nur zwei Seiten lang, denn ich faltete ein A4-Blatt in der Mitte und beschrieb es, während ich die Außenseiten bunt bemalte, sodass es tatsächlich aussah wie ein Buch. Ich möchte später Schriftstellerin werden, dachte sich mein siebenjähriges Ich und stapelte die sich immer rascher vermehrenden Blume-Bücher.

Mit elf Jahren begann ich dann, auf dem Computer zu schreiben. Da ich keinen eigenen Computer hatte, musste ich mir den meiner Mutter ausleihen, und da meine Mutter auch an den warmen Augusttagen in Italien zig E-Mails bekam, die sie beantworten musste, war ich gezwungen zu warten.

Ich saß oft am Frühstückstisch und rührte gedankenverloren in meiner Tasse Kakao und malte mir aus, worüber ich schreiben würde und wie ich es schreiben würde. Meine Vorstellungskraft war in diesen Wochen grenzenlos. Immer wieder spähte ich im Laufe des Vormittags ungeduldig ins Arbeitszimmer meiner Mutter, und jedes Mal sah ich sie konzentriert tippen und dachte, dass ich auch bald so tippen würde und dass ich meine Gedanken dann in ein Word-Dokument übertragen könnte, und dann packte mich die Vorfreude, und ich setzte mich hin und begann, meine ersten Worte auf Papier zu schreiben. Dies tat ich nur, wenn ich besonders ungeduldig war und meine Mutter besonders lange mit dem Arbeiten brauchte. Dann schrieb ich Seite um Seite, meine Füllfeder flog förmlich über das Papier, und wenn meine Mutter mir den Computer brachte, tippte ich alles sorgfältig ab und ergänzte die Dinge, zu denen ich schriftlich noch nicht gekommen war. Eine Geschichte handelte von einem Einhorn und seiner Besitzerin, und als unser zweiwöchiger Urlaub zu Ende war, hatte sie hundert Seiten.

Die Euphorie, die ich beim Schreiben empfand, wurde jedoch durch die Divisionen, die ich jeden Tag mit meiner Mutter übte, gedämpft. Wir saßen in dem kleinen stickigen Raum, in dem ich zuvor geschrieben hatte, und ich starrte die Zahlen an, und der Raum kam mir viel kleiner und stickiger vor als zuvor. Wenn ich eine Division zum dritten Mal falsch gelöst hatte, verlor meine Mutter die Geduld, was sich durch ein immer stärkeres Aufdrücken der Bleistiftmine auf dem Papier äußerte, manchmal so stark, dass die Spitze des Bleistifts abbrach oder das Papier durchriss oder beides gleichzeitig. In solchen Momenten wusste ich, dass meine Mutter frustriert war. Wenn sie mich fragte, wie ich zu meinem Ergebnis, das falsch war, gekommen war, und ich es ihr erklärte, seufzte sie und sagte, dass ich logisch denken müsse.

Doch logisch zu denken fiel mir schwer. Ich konnte es einfach nicht. Ich dachte, dass sich mathematische Probleme sicher auch mit ein bisschen Fantasie lösen ließen und dass mir die Lösung mit der Zeit ganz einfach einfallen würde, so wie das mit den Ideen für meine Bücher ja auch der Fall war. Wenn ich mich dann weigerte, eine Division erneut durchzurechnen, drohte meine Mutter meist damit, mir ihren Computer zu entziehen. Fassungslos über diese Gemeinheit brach ich in Tränen aus und sagte trotzig, dass ich auf ihren blöden Computer nicht angewiesen sei.

Wenn sie aufstand, den Raum verließ und den Computer mitnahm, überkam mich ein großes Bedauern, weil sich meine ganze Geschichte auf diesem Computer befand und weil ich nicht mehr wusste, an welcher Stelle ich beim Schreiben stehen geblieben war und weil ich deshalb auch nicht mit Stift und Papier weiterschreiben konnte.

Dann eilte ich ihr meist hinterher, und wir versöhnten uns und rechneten die Divisionen fertig, und ich tippte zufrieden an meiner Geschichte über das Einhorn weiter.

Meine Eltern schickten mich nach der Volksschule auf ein katholisches Gymnasium. Nicht weil sie selbst wahnsinnig gläubig gewesen wären (wir gingen nicht mal zu Weihnachten in die Kirche, und meine Mutter fasste irgendwann sogar den Entschluss, aus der Kirche auszutreten), sondern weil die Schule eine gute Ausbildung versprach und außerdem in unserer Nähe lag.

Gleich am ersten Schultag kam es zu einem Eklat, denn mir wurde mein Name gestohlen.

Ausgerechnet mir, der die Leute normalerweise nicht glaubten, dass ich weder Elisabeth noch Lilliane hieß und dass die fünf Buchstaben Lilli keine Abkürzung und kein Spitzname waren, sondern mein voller Name und dass auf meiner Geburtsurkunde tatsächlich *nur* Lilli Polansky stand. Ausgerechnet mir, die sich beim Spazierengehen schon des Öfteren umgedreht hatte, weil jemand meinen Namen gerufen hatte, der jedoch nicht an mich adressiert gewesen war, sondern an den kleinen Dackel, der freudig seinem Besitzer entgegentorkelte. Ausgerechnet ich sollte plötzlich nicht mehr Lilli sein?

Wir wurden alphabetisch aufgerufen und sollten kurz etwas über uns erzählen. Ackerfeld, Rainbow-Lynn war die Erste, die dran war. Mit einem Selbstbewusstsein, das ich bewunderte, listete sie einige ihrer Eigenschaften auf: Sie liebe jegliche Art von Ballspielen. Volleyball, Völkerball, Fußball, Basketball. Außerdem, fügte sie fast beiläufig hinzu, würde sie gerne Lilli genannt werden. Rainbow-Lynn sei einfach zu lang.

Unterwürfig, wie ich war, akzeptierte ich nicht nur, dass dieses Kind, das nicht einmal ein i in ihrem Namen hatte, sich nun Lilli nennen ließ, ich akzeptierte auch, dass Rainbow-Lynn nun »Lilli« genannt wurde, während ich, die kraft meiner Geburtsurkunde tatsächlich so hieß, ab sofort »Lilli P.« war. Wenn jetzt jemand »Lilli, schau mal!« rief, drehte ich mich reflexartig um und war jedes Mal peinlich berührt, wenn es hieß: »Nicht du, Lilli P., die andere Lilli!«

»Lilli« wurde auf einmal ständig gerufen, denn Rainbow-Lynn war beliebt. Jedes Mal zuckte ich aufs Neue zusammen, jedes Mal blickte ich überrascht auf oder sah mich suchend um, und jedes Mal war es Rainbow-Lynn, die gemeint war.

Wenn im Unterricht verlangt wurde, dass Lilli das nächste Beispiel erklärte, dann war es Rainbow-Lynn, die sich zu Wort meldete. Sie dachte nicht einmal darüber nach, dass es noch eine zweite Lilli gab. Ich hingegen war den ganzen Tag lang mit ihrer Existenz beschäftigt, mit dem lauten Gebrüll nach meinem Namen, das mich erschreckte.

Meine Mutter, die meine Namensänderung degradierend und inakzeptabel fand, beschwerte sich bei unserem Klassenvorstand, womit sie erreichte, dass Rainbow-Lynn offiziell »Lilli A.« heißen sollte, während ich »Lilli P.« blieb. Aber so richtig setzte sich das A. nicht durch.

Mit der Zeit gewöhnte ich mich an meinen Namen. Lilli A. hingegen, die sich in den vier Jahren, die wir in dieselbe Klasse gingen, jeden Tag als »Lilli« bezeichnen ließ, verwendete bald wieder ihren eigenen Namen: Rainbow-Lynn.

In den ersten sechs Jahren meiner Schullaufbahn verliefen die Tage größtenteils vollkommen gleich. Ich fuhr die ersten paar Stationen meines Schulwegs mit der Straßenbahn und wurde meist von meinen Eltern, die auch zur Arbeit mussten, begleitet. Mein Stiefvater liebte nichts mehr, als sich um sieben in der Früh in einer völlig überfüllten Straßenbahn laut mit mir und meiner Mutter zu unterhalten. Irgendwann begann ich, so zu tun, als würde ich ihn nicht kennen, was ihn zunehmend kränkte.

»Und, Claudschi«, rief er dann. »Wie sah die Farbe deines Urins heute Morgen aus?«

Ich wandte mich ab und tat so, als würde ich konzentriert den Fahrplan studieren.

»Die Lilli tut jetzt so, als ob sie uns nicht kennt, wie schön! Meine Stieftochter ignoriert mich!«

Wenn ich ihm dann einen vernichtenden Blick zuwarf, grinste er.

Meine Schule war ein großer, schircher Betonblock. Nachdem man sie betreten hatte, nahm man als Erstes das riesige Kreuz wahr, das an der Wand lehnte. Es war ein gigantisches Kreuz; man munkelte, es hätte die Originalgröße des ursprünglichen Jesus-Kreuzes. Und weil meine Schule großen Wert auf religiöse Authentizität legte, war natürlich auch ein Jesus an dieses Kreuz genagelt. Dieser Jesus schaute jeden Tag traurig zu mir herab, als wollte er sagen: »Mein Beileid, dass du an diesem Höllenort gelandet bist.«

Diejenigen, die besonders religiös waren oder sich einbildeten, religiös zu sein, warfen sich jeden Morgen vor dem Jesus-Kreuz auf die Knie, und wenn du um acht Uhr früh eine Schule betrittst und das Erste, was du siehst, ein Haufen Kinder ist, die vor einem gigantischen Kreuz niederknien und beten, fragst du dich, ob du nicht statt in einer Bildungseinrichtung in einer Sekte gelandet bist. Erhärtet wurde der Verdacht durch den Anblick der flackernden Kerzen, die sich im Marmorboden spiegelten, und den Geruch von Weihrauch und die Tatsache, dass die Haupttreppe den Weg zur Kirche leitete, die in unser Schulgebäude integriert war.

Auf dem Weg zu meinem Klassenraum ging ich jeden Tag an dem Kreuz vorbei. Wenn ich Glück hatte und gerade niemand hinsah, kniete ich mich weder auf den Boden, um zu beten, noch bekreuzigte ich mich. Ich ging vorbei, ignorierte das gigantische Kreuz und den daran festgenagelten Jesus, und in diesen Momenten fühlte ich mich cool, weil ich dem aufgezwungenen katholischen Glauben meiner Schule trotzte.

Auch im Klassenraum war es schwer, dem Jesus-Kreuz zu

entkommen. Direkt neben der Uhr, auf die man als Schüler im Laufe eines Schultages Hunderte Male blickt, hing ein Holzkreuz, und direkt darüber das Bild des Papstes. Wenn der Lehrer den Klassenraum zur ersten Stunde betrat, dann mussten wir meist beten, und dieses Gebet war meist das Vaterunser, und wenn man im Kindesalter tagtäglich um acht Uhr früh das Vaterunser beten muss, dann geht es einem irgendwann in Fleisch und Blut über, und man lässt die Worte durch sich hindurchgehen, ohne ihren genauen Sinn zu hinterfragen. Wie im Chor rezitierten wir, etwa zwanzig Kinder, das Gebet und beendeten es mit einem Kreuzzeichen.

Der Unterricht war wohl relativ gewöhnlich; wenn man von dem Morgengebet und den Jesus-Kreuzen absah, hätte man unsere Schule fast für eine normale Schule halten können. Nur hatten wir, wie es sich für eine katholische Schule gehört, auch regelmäßig Religionsunterricht, und unser Religionslehrer, Pater Matthias, vertrat einige entschiedene Meinungen, die er uns Jugendlichen voller Inbrunst vorpredigte.

»Abtreibung ist Mord. Jeder Mensch, der ein Kind abtreibt, hat einem Wesen das Leben genommen. Einem wehrlosen, kaum entwickelten Etwas! Könnt ihr euch das vorstellen, Kinder?« Oder: »Homosexuell zu sein ist eine Krankheit. Und ich glaube, dass sie nicht heilbar ist.« Dann schüttelte er fassungslos den Kopf, bat uns, die Bibel aufzuschlagen, und las: »Darum sollst du den Herrn, deinen Gott, lieben mit ganzem Herzen und ganzer Seele, mit deinem ganzen Denken und mit deiner ganzen Kraft. Als Zweites kommt hinzu: Du sollst deinen Nächsten lieben wie dich selbst. Markus 12:30,31.«

Während wir dann eine Aufgabe bearbeiteten, die er uns

erteilt hatte, zog der Pater sein MacBook aus einer ledernen Aktentasche, tippte darauf herum und sagte mit bebender Stimme: »Kinder, es gibt so viele Menschen auf dieser Welt, die arm sind. Selbstverständlich schützt Gott auch diese Menschen, aber denkt immer daran, dass auch ihr etwas Gutes tun könnt. Spendet für diese Menschen, auch wenn es nur ein paar Euro eures Taschengeldes ist. Gott wird es euch danken!«

Alle paar Monate wurden wir aufgefordert, zur Beichte zu gehen. Wenn man zehn Jahre alt ist, mit einem alten Mann in einem dunklen Kämmerchen in einer kalten Kirche sitzt und gefragt wird, welche Sünden man beichten möchte, fällt einem sehr wenig ein. Da ich mir sicher war, dass man irgendetwas sagen musste, dachte ich lange und angestrengt nach, bevor ich mit leiser Stimme gestand: »Ich glaube, ich habe nichts zu beichten.«

»Willst du damit etwa sagen, dass du sündenfrei bist? Das kann nicht sein, Mädchen, jeder Mensch begeht Sünden, und ich bin mir sicher, dass auch du gesündigt hast. Denk noch mal scharf nach.«

Und ich dachte nach. Ich dachte daran, dass ich mich in der Früh, als ich an dem gigantischen Kreuz vorbeigegangen war, nicht bekreuzigt hatte, und dass ich manchmal nur so tat, als würde ich beim Morgengebet mitsprechen, und dass ich diese Dinge auf keinen Fall beichten konnte, weil ich sonst sicher genauer beobachtet werden würde, und das wollte ich auf keinen Fall.

»Ich habe gestern das Butterbrot, das mir meine Mutter mitgegeben hat, weggeschmissen«, piepste ich schließlich.

»Ich spreche dich los von deinen Sünden im Namen des Vaters und des Sohnes und des Heiligen Geistes. Gelobt sei Jesus Christus.«

»In Ewigkeit. Amen«, antwortete ich, wie es mir eingetrichtert worden war, und ich fragte mich, ob ich nun tatsächlich frei von meiner Sünde, dem weggeschmissenen Butterbrot, war und ob ich nun als reinerer, besserer Mensch durch die Welt gehen würde oder ob das Nichtbekreuzigen und Nichtmitsprechen, weil ich es nicht gebeichtet hatte, jetzt noch etwas schwerer wogen.

Der Pater bat mich, vor dem Verlassen der Kirche noch ein Gebet zu beten, und so kniete ich auf den kalten Stufen vor dem Altar und blickte zu dem vergoldeten Jesus-Kreuz hinauf und wiederholte in meinem Kopf das Gebet, welches mir der Pater aufgetragen hatte: »O mein Gott, es tut mir von Herzen leid, dass ich dich verletzt habe. Ich verabscheue all meine Sünden, weil ich den Verlust des Himmels und die Qualen der Hölle fürchte. Aber vor allem weil ich dich, meinen Gott, verletzt habe, der alles Gute ist und meine Liebe verdient. Ich werde mit deiner Gnade nicht mehr sündigen, Buße tun und jede Gelegenheit der Sünde meiden. Amen.«

Ich beendete mein Gebet mit einem Kreuzzeichen und fragte mich währenddessen, ob Gott spüren konnte, dass es mir eigentlich gar nicht leidtat. Weder das Nichtbekreuzigen und Nichtmitsprechen noch das Verschweigen noch das Weggeschmissenhaben des Butterbrots.

Ich kritzele in das blaue Notizbuch. Streiche Wörter durch und ersetze sie durch andere, die meiner Meinung nach besser dorthin passen. Lese die Sätze noch mal durch, bis ich endgültig zufrieden bin. Reiche das blaue Notizbuch an meine Sitznachbarin weiter. Yana liest und grinst und kritzelt in das blaue Notizbuch. Unser Geografieprofessor redet über die Klimazonen und die Flora und Fauna in Südafrika.

Yana und ich haben Besseres zu tun. Wir schreiben an einem Theaterstück.

Die Idee kam uns an einem heißen Sommertag im Juli. Wir saßen auf einer Parkbank und aßen ein Twinni-Eis. Yana aß den grünen Teil und ich den orangen, wie immer. Die Sonne brannte auf uns herunter, und Yana hatte sofort einen Sonnenbrand. Wir suchten Zuflucht unter einem großen Baum. Vielleicht lag es an der lauen Sommerluft, vielleicht auch am Duft der Nivea-Sonnencreme auf unserer Haut, jedenfalls war da plötzlich diese Idee.

Das Theaterstück handelt von einem Klempner namens Gerald und von seiner pummeligen Frau Trude. Yana hat eine schöne Handschrift, meine ist etwas krakelig und wirr. Yana schreibt, und ich warte. Der Geografieprofessor zeigt eine Grafik der Gesteinszonen. Yana schreibt, und ich warte darauf, auch schreiben zu können. Ich frage mich, welchen Ausgang die Geschichte des Klempners in diesem Akt nehmen wird.

Wenn man zu zweit an einer Geschichte arbeitet, bleibt es eigentlich immer spannend. Man weiß nie, was sich die andere Person gerade überlegt, das Ende, das man sich im Kopf ausgemalt hat, kann sich jederzeit ändern. Man muss sich anpassen. Man muss seine Kreativität anpassen. Ich mag es, mit Yana gemeinsam zu schreiben.

Sie reicht mir das Notizbuch. Der Geografieprofessor projiziert einen Wikipedia-Artikel über die Niederschläge an die Tafel. Ich lese, was Yana in ihrer schönen Handschrift geschrieben hat, und setze die Füllfeder an. Ich denke nicht nach, die Worte finden ihren Weg einfach so auf das Blatt Papier. Die Füllfeder schreibt und schreibt und schreibt. Die Szene wird länger, ich blättere um.

Lilli meldet sich zu Wort. Nicht ich, sondern Rainbow-

Lynn. Sie spricht laut und selbstbewusst, ich höre ihr gar nicht zu.

Yana verdreht die Augen, sie flüstert mir zu: »Rainbow-Lynn ist und bleibt unerträglich.« Yana mag Lilli nicht. Rainbow-Lynn, meine ich. Yana ist die Einzige in der Klasse, die Rainbow-Lynn stur bei ihrem echten Namen nennt. Gemeinsam mit meiner Mutter bildet sie einen Club, dessen Mitgliedschaft darauf beruht, dieses vorlaute Kind nicht als Lilli anzuerkennen.

»Das ist, als würde ich auf einmal verlangen, dass alle mich Gisela nennen«, sagt Yana.

Sie sah es nicht ein, und ich sehe es genauso wenig ein, aber ich will keinen Konflikt, kein Drama, ich will lieber unkompliziert, nein, unsichtbar bleiben.

Es läutet.

Ich schließe das Notizbuch. Am Abend schickt Yana eine E-Mail. Ein neuer Text.

Es quietscht. Stickige Luft. Es stinkt nach Schweiß. Ich schwitze. Ist es die Anstrengung? Ist es Angstschweiß? Mein Herz rast. Rainbow-Lynn darf wählen. Rainbow-Lynn wählt eigentlich immer, und wenn ihre Konkurrentin eine der guten Spielerinnen in ihre Mannschaft aufnimmt, verzieht sich ihr Gesicht zu einem wütenden Ausdruck. Rainbow-Lynn darf wählen, obwohl die Sportprofessorin versprochen hat, dass wir demnächst etwas Entspannendes machen. Yoga, Pilates oder Geräteturnen. Rainbow-Lynn will gewinnen. Rainbow-Lynn will eigentlich immer gewinnen. Beim Yoga, Pilates oder Geräteturnen geht es nicht ums Gewinnen. Neben mir sitzt Anja. Wir sind die Letzten, wie immer. Rainbow-Lynn überlegt, ob es taktisch klüger ist, eine pummelige, langsame Mitspielerin zu haben oder eine schnelle, die dem Ball unter keinen Umständen zu nahe kommen will. Sie seufzt. Laut. Die Sportprofessorin hat sie mal wieder in eine schwere Lage gebracht. Arme Rainbow-Lynn. Arme Lilli. Rainbow-Lynn denkt. Sie denkt und denkt, und ich will mich eigentlich lieber in Luft auflösen, als mich eine Sekunde länger wie ein Welpe in einem Tierheim zu fühlen, der nicht weiß, ob er endlich seinen neuen Besitzer gefunden hat.

»Na gut, komm her, Lilli P.«

Rainbow-Lynn erbarmt sich. Der Welpe weiß nicht, dass es ihm bei seinem neuen Besitzer schlechter gehen wird als im Tierheim. Ich trotte zu ihr.

Es geht immer alles ganz schnell. Es wird hin und her gerannt, der Ball wird durch die Luft katapultiert, Leute schreien. Los, schieß zu mir. Hier! Zu mir! Beeil dich! Das Licht im Turnsaal ist grell. Der Boden gibt nicht nach, wenn man angerempelt wird. Schürfwunde. Schneller! Hol dir den Ball! Nicht nur Rainbow-Lynn schreit, auch die Turnlehrerin brüllt. Sie geht dabei in die Hocke und hat diesen seltsamen Gesichtsausdruck, als täte ihr etwas ganz furchtbar weh. Dabei brüllt sie und klatscht in die Hände, manchmal stampft sie auch mit dem Fuß auf. Ihr Blick trifft meinen, sie kreischt: »LILLI P. NICHT DEPPAT SCHAUN! SPIIIEL!« Also rennt Lilli P. los, in die Richtung, in die alle rennen, und während sie rennt, hofft sie, dass sie bald abgeschossen wird, dann kann sie sich nämlich zu den anderen ins »Out« stellen und hoffen, dass sie von dort aus das restliche Spiel entspannt beobachten kann, ohne für den weiteren Erfolg verantwortlich zu sein. Der Ball fliegt durch die Luft. Wie in Zeitlupe. An mir vorbei. Rainbow-Lynn rennt los. Wie ein wild gewordener Stier schnaubt sie dabei, ihr Kopf ist schon ganz rot, Schweißflecken bilden sich unter ihren Achseln. Sie hat genau den gleichen seltsam schmerzverzerrten Gesichtsausdruck wie die Sportlehrerin, sie fuchtelt mit den Händen, sie brüllt: »LOOOS, schieß zu mir, LOOOS, beeil dich, bist du dumm?« Eine weitere Person wird abgeschossen, Rainbow-Lynn und ich sind die Einzigen unserer Mannschaft, die noch im Feld sind. Ich muss mich abschießen lassen, so schnell wie möglich.

»LOOOS, stell ihr eine Falle!«, brüllt Rainbow-Lynn und wirft sich vor ein Mädchen aus der anderen Mannschaft. Ich will keine Falle stellen. Ich will nicht von Rainbow-Lynn angebrüllt werden. Ich will diesem hässlichen Gummiball nicht mehr nachrennen. Ich will nicht, dass die Sportlehrerin »LOOOS, GIB ALLES!« brüllt, so als hätte dieses Spiel irgendeine tiefgründige Bedeutung. Rainbow-Lynn wird abgeschossen. Von hinten. Rainbow-Lynn geht zu den anderen ins »Out«, sie hebt die Beine dabei kaum und lässt die Schultern hängen, sie wirkt leblos. Die Sportlehrerin starrt mich an, fuchtelt mit den Händen, ruft »Gib alles, LOOOS!«, und ich stehe wie festgewachsen da, so viele Augenpaare ruhen auf mir. Stickige Luft und Schweiß. Angstschweiß. Kein Geräusch außer das meines rasenden Herzens. Ein Quietschen. Panik. Ich bin alleine in diesem Feld, und alle starren mich an und schreien und brüllen und feuern mich an. »LOS, GIB ALLES! LOOOS, LAUF! LOOOS, RECHNE! LOOOS, SEI EINFACH EINMAL IN DEINEM LEBEN NORMAL! LOOOS, MACH ENDLICH WAS RICHTIG!« Gewinnen. Jeder will gewinnen. Der Ball fühlt sich schwer an. Ich hole aus. Wie in Zeitlupe fliegt er durch die Luft. Er verfehlt sein Ziel.

Rainbow-Lynn schreit auf. Die Sportlehrerin schreit auf. Ich atme auf. Die Luft kommt wieder. Es ist vorbei. Rainbow-Lynn schüttelt ihren massigen Kopf, sagt: »Oida, wie unfähig bist du?« und rempelt mich an.

Verloren. Wegen mir haben wir verloren.

Rainbow-Lynn kann mit dieser Niederlage nur schwer umgehen. Den restlichen Nachmittag über ist sie gereizt und spricht kein Wort. Irgendwie bin ich froh darüber.

Als ich in die Oberstufe kam, änderte sich nicht nur mein Klassenverband, auch meine Lehrer wechselten, und das hatte zur Folge, dass wir eine neue Mathematikprofessorin bekamen. Ihr Name war Brigitte Kalkbrenner. Sie war eine korpulente Frau mit kupferrot gefärbtem Haar, die jeden Tag hohe Schuhe trug, sodass man schon von Weitem am bedrohlichen Klappern ihrer Absätze auf den Gängen hören konnte, dass sie bald in Erscheinung treten würde. Brigitte Kalkbrenner trug eigentlich nur Röcke oder Kleider, ich kann mich jedenfalls nicht erinnern, sie jemals in einer Jeans oder einer anderen Hose gesehen zu haben. Ihr Mund, der selten lächelte, war meist mit rotem Lippenstift bemalt.

Eigentlich hätte Brigitte Kalkbrenner eine gut aussehende Frau sein können, wären nur ihr Charakter etwas verständnisvoller und ihre pädagogischen Fähigkeiten etwas ausgeprägter gewesen. Ihr Mathematikunterricht war, kurz gesagt, schrecklich. Das schreibe ich nicht, weil ich immer schon schlecht in Mathe war und mein Gehirn Rechenvorgänge nur mit Mühe erfassen konnte. Brigitte Kalkbrenner gelang es nicht nur, Schülern wie mir, die schlecht in Mathe waren und es daher vielleicht verdient hatten, das Gefühl zu geben, sie seien minderwertige Menschen; das gleiche Gefühl vermittelte sie auch den guten Schülern. Oft stand sie in ihren Stöckelschuhen vor der Tafel und lauschte dem Rechenvorgang, den der oder die Klassenbeste gerade schilderte, nickte leicht, ihre Mundwinkel zogen sich ein wenig nach oben, und zuerst konnte man fast den Eindruck haben, dass sie lächelte. Doch ihre Augen lächelten nicht mit. Sie blieben kalte, unbewegliche Steine, und kein Wort des Lobes kam ihr über die Lippen. Der Eindruck eines Lächelns hatte getäuscht, denn Brigitte Kalkbrenner lächelte ihre Schüler nicht an, sie *be*lächelte sie. Ihr gefiel das Gefühl, besser zu sein als wir, mehr zu wissen und mehr zu können. Wenn sie durch das Klassenzimmer stolzierte und seufzte, weil sie zum dritten Mal erklären musste, weshalb die Wahrscheinlichkeit, eine rote Kugel mit Zurücklegen zu ziehen, höher war als die Wahrscheinlichkeit, eine blaue Kugel zu ziehen, wirkte es fast so, als würde sie es genießen, dass niemand eine solche Banalität verstand außer ihr. Oft schüttelte sie dann den Kopf, schaute in die Runde und sagte mit einem Seufzen: »Liebe Leute, das gibt es nicht, dass ihr das noch immer nicht versteht!« Wenn es dann still war, weil jeder die Luft anhielt und niemand sich traute, etwas zu erwidern, lachte sie und sagte fröhlich: »Es ist mir nicht nachvollziehbar, warum so viele von euch so große Defizite haben. Da wundere ich mich schon, wie ihr es überhaupt in die sechste Klasse geschafft habt. Ich kann euch jetzt schon prophezeien: Es wird im Sommer einige Nachprüfungen geben. Eins sage ich euch: Ich übe das hier sicher nicht bis zur Vergasung mit euch!«

»Scheiße«, flüsterte meine Sitznachbarin, als wir einmal ein Arbeitsblatt bearbeiten sollten. Wir würden nacheinander die Ergebnisse laut aufsagen müssen. »Ich kann das alles nicht! Weißt du, wie das geht? O Gott, sie wird mich so fertigmachen!«

Ich schüttelte den Kopf, denn ich hatte keine Ahnung, wie die Rechenschritte lauteten. Wir saßen in der letzten Reihe und beteten, dass die erste Reihe beginnen würde, und wir hatten Glück, denn Brigitte Kalkbrenner wandte sich an ein Mädchen, das in der ersten Reihe saß, und bat sie, die erste Aufgabe zu lösen. Während unsere Lehrerin donnerte, dass sie nicht *begreife*, wie man so einen *fatalen Fehler* im ersten Rechenschritt machen könne, und dass es ihr *vollkommen unverständlich* sei, wie man auf ein so *brutal falsches* Zwischenergebnis kommen könne, tuschelte es in den Reihen, und Ergebnisse wurden ausgetauscht. Zu unserem großen Glück saß in der Reihe vor uns ein Mädchen, das die Grundzüge der Rechnungen zu verstehen schien, und sie erklärte uns kurz die Rechenschritte, während Brigitte Kalkbrenner unbeirrt weiterschimpfte. Meine Sitznachbarin und ich rechneten und rechneten und beteten, dass unsere Ergebnisse stimmten und dass unsere Interaktion mit Brigitte Kalkbrenner kurz und schmerzlos verlaufen würde.

»Bei dir steht eine Kommazahl«, flüsterte meine Sitznachbarin. »Das kann nicht stimmen.«

Scheiße, dachte ich, *ich habe mich verrechnet, und jetzt ist alles falsch!*

Ich spürte den kalten Angstschweiß auf meinem Rücken, und ich vernahm das Gefühl von Übelkeit, das mit jeder Minute stärker wurde, und mein Magen verkrampfte sich, wie sich ein Magen verkrampft, wenn man am höchsten Punkt der Achterbahn ist und gleich tief hinunterfällt.

Noch fünf Leute, dann bin ich dran, dachte ich, und ich konnte nicht mehr denken, konnte nicht mal mehr versuchen zu denken, denn mein Gehirn fühlte sich verknotet und leer an.

Du musst diese Rechnung richtig lösen, sonst schreit sie dich an! Und wenn sie dich einmal auf dem Kieker hat, dann hat sie dich immer auf dem Kieker!

Ich starrte auf die Rechnung vor mir, und ich konnte

nicht mehr erfassen, welchen Rechenvorgang ich eigentlich durchführen sollte, und ich konnte nicht mehr erfassen, welcher Schritt meines Rechenvorgangs den Fehler, der zu einem falschen Ergebnis geführt hatte, beinhaltete.

Noch zwei Leute.

Ich konnte richtig spüren, wie meine Hände zitterten. Ich faltete sie im Schoß zusammen, damit es niemand bemerkte.

Du musst den Fehler finden! Los, rechne, du hast nicht mehr viel Zeit!

Doch die Wörter der Aufgabenstellung ergaben gar keinen Sinn mehr, und ich nahm nichts anderes mehr wahr als mein wild schlagendes Herz.

Noch eine Person, dann bist du dran.

Meine Sitznachbarin erklärte zitternd und unsicher ihren Rechenweg, und Brigitte Kalkbrenner nickte langsam, und ich konnte regelrecht sehen, wie meine Sitznachbarin zusammenzuckte und wie jegliche Anspannung aus ihren Schultern wich und wie sie aufatmete.

Brigitte Kalkbrenner wandte sich an mich, und ich nahm wahr, wie ihre Augen aufflackerten, und das Einzige, was ich denken konnte, war: *Sie sieht, wie sehr ich mich vor ihr fürchte. Sie sieht, dass ich Angst vor ihr habe, und sie genießt es.*

Ich schilderte ihr also mit leiser, zitternder Stimme meinen Rechenweg, und als ich beim Ergebnis angelangt war, unterbrach sie mich: »Und wie kommst du auf eine Kommazahl?«

»Ich weiß auch nicht«, piepste ich. »Ich glaube, ich habe mich irgendwo verrechnet.«

Sie lachte laut auf. »Das glaube ich auch! Wie man zu so einem derartig falschen Ergebnis kommen kann, ist mir ein Rätsel!«

Sie schüttelte den Kopf und nannte das richtige Ergebnis, ohne sich die Mühe zu machen, den Rechenweg an die Tafel zu schreiben.

Ich wischte meine verschwitzten Hände an einem Taschentuch ab, und das Gesicht meiner Sitznachbarin nahm langsam wieder Farbe an.

Erst auf dem Nachhauseweg begann ich, mich zu beruhigen.

Brigitte Kalkbrenners Prophezeiung, dass es in den Ferien sicher einige Nachprüfungen geben würde, bewahrheitete sich.

Ich lernte zwei Monate lang jeden Tag und versuchte, nicht an die donnernde Stimme meiner Mathematikprofessorin zu denken, ihren bohrenden Blick aus meinem Gedächtnis zu löschen.

»Du wirst es sicher schaffen«, sagte meine Nachhilfelehrerin, eine hübsche junge Frau, die vollstes Vertrauen in meine mathematischen Fähigkeiten zu haben schien und dies mit einem jubelnden »Supa!« nach jeder richtig gelösten Gleichung bekräftigte.

»Du wirst es sicher schaffen«, war ein Satz, den meine Nachhilfelehrer immer und immer wieder verwendeten, und er hatte sich bisher leider nur selten bewahrheitet.

Mit dreizehn hatte ich einen Nachhilfelehrer gehabt, der sogar so optimistisch gewesen war, dass er mir prophezeite: »Du hast das Potenzial, einen Zweier zu schreiben!« Doch ich schrieb keinen Zweier, und als ich ihm diese Botschaft wenig später überbrachte, schlug er ungläubig die Hände über dem Kopf zusammen, so als wäre es nicht zu fassen, dass ich, die seit Beginn ihrer Schullaufbahn immer Probleme mit Zahlen gehabt hatte und jedes Jahr nur knapp mit einem Vierer durchgekommen war, entgegen seinen Erwartungen keinen Zweier, sondern einen Fünfer geschrieben hatte.

Ich wusste, dass es zum Job des Nachhilfelehrers dazugehörte, seine Schüler aufzubauen, und ich wusste, dass »Du wirst es sicher schaffen« eigentlich nichts anderes hieß als »Ich *hoffe*, dass du es schaffst, denn ich will meinen Job als dein Nachhilfelehrer nicht verlieren.«

Auch diesmal trotzte ich den Erwartungen meiner Nachhilfelehrerin, und nachdem ich zitternd aus dem Konferenzraum gestolpert war und darauf wartete, dass man mir meine Note verkündete, tauschte ich mich mit meinen anderen Klassenkameraden aus, die alle so kreidebleich waren wie ich.

»Zu mir hat sie gesagt, sie merkt gar nicht, dass ich überhaupt gelernt habe«, flüsterte eine meiner Klassenkolleginnen.

»Zu mir hat sie gesagt, ich hätte in eine Mittelschule gehen sollen, das Mathematikniveau der AHS wäre zu anspruchsvoll für mich«, sagte eine andere.

»Zu mir hat sie gesagt, dass ich am besten die Klasse wiederhole. Ich habe zu große Defizite«, murmelte ich. Ich wusste, dass die Chancen für mich schlecht standen.

Meine Befürchtung, die Nachprüfung versemmelt zu haben, bewahrheitete sich.

Brigitte Kalkbrenner verkündete mir, anscheinend mit Genugtuung, dass meine Leistung leider nicht ausgereicht habe und dass sie mir alles Gute für meine weitere Zukunft wünsche. Leider werde sie mich in meiner Mathematikkarriere nicht weiter begleiten können, da sie die höheren Klassen betreuen müsse.

Sie lächelte mir zu, und obwohl sie mir gerade verkündet

hatte, dass ich wegen eines einzigen Faches dazu gezwungen war, ein ganzes Jahr zu wiederholen, war ich erleichtert, weil ich wusste, dass ich sie im Mathematikunterricht nie wieder sehen würde.

3

Die Blutung

Drei Monate nach meiner Herzschrittmacheroperation wurde ich erneut stationär im Krankenhaus aufgenommen. Ich hatte starke Kopfschmerzen, und jedes Mal, wenn ich mich aus einer Liegeposition aufsetzen wollte, musste ich mich übergeben. Mein Hausarzt wies uns an, sofort ins Krankenhaus zu fahren, da meine Symptome ähnlich wären wie jene einer Hirnhautentzündung.

Also fuhren wir ins Krankenhaus.

Das Aufnahmegespräch bestand aus dummen Fragen, die ich langsam nicht mehr hören konnte.

»Haben andere Leute in Ihrer Familie auch einen Herzschrittmacher?«

(Nein, ich bin die Einzige, doch ich trage dieses Privileg mit Würde und Stolz. Auch junge Menschen können Herzschrittmacher tragen, Susanne. Think out of the box!)

»Wie, Sie waren erst vor drei Monaten im Krankenhaus? Oje, Ihre *arme* Familie, die stehen sicher noch alle unter Schock!«

(*Ich* stehe unter Schock. Es ist schließlich *mein* Körper, der wie ein altes Haus zu zerfallen scheint. Aber schön, dass Sie sich um meine Familie sorgen, das ist auch das Wichtigste, wenn jemand mit Verdacht auf Hirnhautentzündung im Spital eingeliefert wird! Am besten schreiben Sie gleich noch eine Es-tut-mir-leid-dass-Ihr-Kind-im-Körper-einer-Achtzigjährigen-schwer-kranken-Frau-gefangen-ist-Karte und kümmern sich nicht länger um mich, mein Kopf fühlt sich zwar so an, als würde er jede Sekunde explodieren, aber keine Sorge, die übrig gebliebenen Fragmente meines Gehirns können Sie der Karte sicher als Andenken beifügen, damit meine arme Familie noch etwas länger etwas von mir hat.)

Ich verbrachte vier Tage im Spital, bekam täglich etliche Schmerzinfusionen und wurde, nachdem man eine Lumbalpunktion durchgeführt hatte, bei der man mit einer Nadel Hirnflüssigkeit aus meinem Rückenmark holte, die man anschließend untersuchen ließ, entlassen.

(»Wollen Sie einen Anästhesistenwitz hören?«, fragte der Arzt, während er mir mit einer langen Nadel die Hirnflüssigkeit aus meinem Rücken zog, so als wäre es das Normalste auf der Welt. Ich nickte. »Meine Frau sagt immer, sie spürt beim Sex nix. Dann sag ich, das ist mein Job, ich bin ja Anästhesist!« Ich zwang mich zu einem Lachen, das eher klang wie das Grunzen eines sterbenden Schweins, denn es war schwer, menschlich klingende Geräusche von mir zu geben, während ich förmlich spüren konnte, wie die Flüssigkeit aus meinem Gehirn gezapft wurde wie Bier aus einem Fass. Ich krümmte mich zusammen und konzentrierte mich darauf, nicht umzukippen, mich nicht zu übergeben und nicht zu schreien.)

Das Fazit der Ärzte lautete, dass man nicht genau wisse, was die Kopfschmerzen hervorgerufen habe. Sie vermuteten, dass ich mir ein Virus eingefangen hätte, und mir wurde angeordnet, eine Woche lang Blutverdünner zu nehmen, die verhindern sollten, dass mein Blut sich durch die Schmerzinfusionen verdickte und das Funktionieren des Herzschrittmachers beeinträchtigte.

Meine Kardiologin, die mir die Blutverdünner vor meiner Entlassung vorbeigebracht hatte, stellte die aufmunternde Diagnose: »Die Kopfschmerzen können immer wieder kommen. Aber sie vergehen meistens genauso schnell, wie sie gekommen sind.« Ebenso gut hätte sie sagen können: »Das nächste Mal, wenn du das Gefühl hast, dass dein Kopf explodiert und jegliche Eingeweide aus dir herausplatzen, machst du am besten gar nichts. Leg dich einfach hin und mach die Augen zu.«

Ich verkniff es mir, einzuwerfen, dass die Kopfschmerzen trotz Schmerzinfusionen keineswegs schnell vergangen seien und dass ich mir nicht sicher sei, ob ich eine erneute Attacke dieser Art überleben würde.

Stattdessen nickte ich und wartete, dass die Schwester meine letzte Schmerzinfusion anhängte. Während die Infusion tropfte und tropfte, fragte ich die Schwester, ob es normal sei, dass ich zusätzlich zu den Kopfschmerzen nun auch Bauchschmerzen hätte. Die Bauchschmerzen waren erst seit zwei Tagen da, und sie fühlten sich ein wenig wie Regelschmerzen an, weshalb ich es anfangs unterlassen hatte, genauer nachzufragen.

Sie musterte mich ein wenig überrascht.

»Na ja«, sagte sie dann. »Das kann schon sein. Die Schmerzinfusionen gehen einfach auf den Magen. Aber eigentlich hast du jeden Tag einen Magenschutz dazubekommen. Vielleicht bist du einfach sensibler.«

Und sie zuckte mit den Schultern und verließ den Raum.

Ich war nach diesen vier Tagen im Krankenhaus froh, wieder zu Hause zu sein. Das Kopfweh war verschwunden, doch die Bauchschmerzen waren nach wie vor da und stachen wie eine Bohrmaschine in meinen Körper.

In der ersten Woche nach meiner Entlassung lag ich nur herum, presste eine Wärmeflasche auf meinen Bauch und versuchte, mir einzureden, dass es Regelschmerzen sein müssten oder dass mein Magen tatsächlich sensibel auf die Schmerzmittel reagierte. Ich schluckte den Schmerz mit den Blutverdünnertabletten hinunter und ignorierte ihn und ignorierte meinen Körper, der müde und schwach war.

Ich lag herum und fragte mich, warum mein Körper mich erneut betrogen hatte, warum mein Körper erneut auf ärztliche Hilfe angewiesen gewesen war, warum mein Körper sich nicht einfach zusammenreißen und normal sein konnte. Ich fragte mich, ob es einfach mein Schicksal war, einen instabilen Körper zu haben, ob meine Krankheiten die eine große Sache waren, die mich als Mensch ausmachten. Ich fragte mich, ob das alles war, was ich war. War ich mehr als das Mädchen, das mit zwanzig einen Herzschrittmacher bekommen hatte? War ich mehr als das Mädchen, das mit einem Verdacht auf Hirnhautentzündung, der sich nicht bestätigt hatte, ins Krankenhaus eingeliefert worden war? War ich mehr als das Mädchen, deren Ex-Freund sich mit einer WhatsApp-Nachricht von ihr getrennt hatte, der, während sie an Krankenhausbetten gefesselt war, sein bestes Leben leben konnte, der sich nach einer dreijährigen Beziehung nicht einmal bei ihr melden konnte, um sie zu fragen, wie es ihr ging? War ich mehr als das Mädchen, das von allen Seiten bemitleidet wurde, dem täglich Dinge gesagt wurden wie »Du bist so arm!« und »Ich bewundere, wie stark du bist!«?

War ich tatsächlich so stark?

Ich fühlte mich nicht so. Ich fühlte mich schwach und dämlich und faul. Ich hatte das Gefühl, dass meine Krankheitsgeschichte sich in meinen Körper eingefressen hatte und dass jeder, der mich ansah, sie sehen konnte. Ich hatte das Gefühl, dass ich ein schweres Holzschild mit mir mitschleppte und dass dieses schwere Holzschild mit tausend Nägeln an meiner Haut haftete und dass die Nägel sich mit jeder Bewegung meines Körpers tiefer in meine Haut bohrten, bis das Schild mit meinem Körper verschmolz. Ich hatte das Gefühl, dass Leute, die mich ansahen, nur auf dieses Schild starrten, nur die Dinge sahen, die mir in den vergangenen drei Monaten widerfahren waren.

Ich wollte mir das Schild vom Leib reißen, alles, was mir in den letzten drei Monaten passiert war, mit einem fetten Radiergummi auslöschen, mir das Schild mit einer Flamme von meiner Haut brennen, bis nichts als Asche übrig war. Doch je mehr ich zerrte und rüttelte, riss und zupfte, desto tiefer bohrten sich die Nägel in meine Haut und desto stärker verschmolz das Schild mit meinem Körper, und je mehr ich versuchte, dagegen anzukämpfen, desto enger umschloss es mich, bis das Schild so tief eingewachsen war, dass ich das Gefühl hatte, es war alles, was von mir übrig blieb.

In diesen Tagen fühlte ich nicht nur Trauer, sondern auch Wut.

Die Wut, die ich empfand, fühlte sich an wie ein Gift, das durch meine Venen schoss. Ich war wütend auf alles. Ich war wütend auf meinen Ex-Freund, der genau wusste, wie ungenügend ich mich oft fühlte, und der mir durch die Art und Weise, wie er unsere Beziehung beendet hatte, noch mehr das Gefühl gegeben hatte, dass ich wertlos war. Ich war wütend auf meinen Körper, weil er mir schwach vorkam. Ich war wütend auf meine Mutter, die meiner Kardiologin auf deren Hinweis, dass ich traurig und leblos aussehe und vielleicht Antidepressiva bräuchte, um mich zu stabilisieren, geantwortet hatte, dass ich so etwas nicht benötige, da ich zwar eine harte Zeit durchmachte, mich aber bald wieder aufrappeln werde. Ich war wütend, weil ich mir so unfassbar schwach vorkam. Ich war wütend, weil ich das Gefühl hatte, dass ich mehr auf meinen Schultern zu tragen hatte als andere Menschen, und ich war wütend, weil mir der Gedanke, mich mit anderen Menschen zu vergleichen und dabei zu beschließen, dass mein Schicksal tragischer sei als ihres, missfiel. Ich war wütend, weil es mir so vorkam, als würde das Universum testen, wie viel ein Mensch aushalten konnte, und ich war wütend, weil ich das Gefühl hatte, ich sei das Versuchskaninchen dieses Experiments. Ich war wütend, weil ich mir der Intensität meiner Emotionen bewusst war und weil ich diese Intensität ausnutzen wollte, um etwas daraus zu kreieren und weil ich keine Kraft hatte, irgendetwas anderes zu tun, als an die Wand zu starren oder zu schlafen.

Jemanden zu lieben fühlt sich an wie eine lange Umarmung, die man ganz dringend braucht. Jemanden zu lieben fühlt sich an wie das Gefühl, das man bekommt, wenn man etwas, das man jahrelang gesucht und als schon verloren geglaubt hat, wiederfindet. Jemanden zu lieben fühlt sich an wie die Wärme, die Sonnenstrahlen auf deiner Haut erzeugen können, ohne dass sie dich verbrennen. Jemanden zu lieben fühlt sich an wie das Gefühl, nach einem langen Tag endlich nach Hause zu kommen.

Obwohl ich mit aller Macht versuchte, die Bauchschmerzen zu ignorieren und so zu tun, als wäre mein Körper ein normaler Körper, dessen Eingeweide nicht in Minutenabständen innerlich auseinandergerissen wurden, war es mir irgendwann nicht mehr möglich, der Realität zu trotzen.

Meine Mutter reagierte alarmiert, als ich ihr von den Bauchschmerzen erzählte. Sie wollte umgehend ins Krankenhaus fahren und die Ärzte befragen, was es zu bedeuten hatte, dass ihre Tochter sich im Bett krümmte, dass ihr ganzer Körper von Gänsehaut überzogen war und dass sie aussah, als wäre jegliches Blut aus ihrer Haut gewichen.

Doch ich weigerte mich. Ich sagte, es sei nicht so schlimm und dass wir den nächsten Tag abwarten sollten, denn vielleicht hätte ich einfach nur etwas Schlechtes gegessen.

Ich wollte unter keinen Umständen ins Krankenhaus, ich wollte unter keinen Umständen erneut das Gefühl bekommen, dass mein junger Körper, der eigentlich tadellos funktionieren sollte, nicht vor Gesundheit strotzte. Ich wollte nicht herumliegen und mir sinnlos und dumm vorkommen, ich wollte nicht im Hochsommer an ein Krankenhausbett gefesselt sein, ich wollte kein Mitleid, wollte nicht, dass in meinem Freundeskreis Sätze wie »Hast du gehört, was der Lilli schon wieder passiert ist? Sie ist sooo arm!« die Runde machten. Ich wollte keine Spritzen oder Infusionen, wollte kein Krankenhausessen zu mir nehmen, das schmeckte, als wäre es bereits verdaut und wieder ausgespuckt worden, wollte keine Medikamente schlucken, wollte nicht den Geruch von Desinfektionsmittel riechen, und schon gar nicht wollte ich hören, dass man mich leider ein paar Tage zur Beobachtung im Krankenhaus behalten müsse, denn mein Zustand sei prekär.

Ich sagte meiner Mutter also, die Schmerzen, die mich von innen zu zerreißen schienen, seien nicht so schlimm. Ich sagte ihr, es gehe mir gut, und legte mich schlafen, und betete, dass der Schlaf käme und dass er die Schmerzen mit sich nähme, und ich biss die Zähne zusammen, um nicht laut aufzujaulen.

Als ich die Augen etwa zwei Stunden später öffnete, war es dunkel, und die Bauchkrämpfe waren schlimmer als zuvor. Ich zog die Knie an mein Kinn, in der Hoffnung, dass der Schmerz davon vielleicht vergehen würde, doch er war immer noch da. Ich legte mich auf den Bauch und betete, dass die Wärme, die mein Körper auf die Matratze ausstrahlte, sich wie eine heiße Wärmeflasche in meinen Bauch drücken würde. Die Krämpfe waren immer noch da, und obwohl ich mein Bestes gab, sie zu ignorieren, kam der Schlaf nicht. Ich fragte mich, wie lange ich wohl wach liegen müsste, bis meine Augen schwer würden und mein Kopf keine Gedankenwirbel mehr herumspuken ließ und ich einfach in einen tiefen, erholsamen Schlaf sinken könnte. Es war eine Sache, jede Nacht wach zu liegen und nach kurzen Perioden von Schlaf immer wieder aufzuwachen, doch es war eine andere, ewig wach zu liegen, nach kurzen Perioden von Schlaf immer wieder aufzuwachen und dabei höllische Bauchschmerzen zu haben, die sich anfühlten, als würde jemand mit einer Kreissäge die eigenen Innereien zerteilen.

Es war 4:35 Uhr, als ich auf die Uhr schaute und mit dem Gedanken spielte, mir aus dem oberen Stockwerk ein Schmerzmittel zu holen.

Ich wartete und wartete, doch der Schmerz verging nicht, sondern wurde nur immer noch schlimmer und schlimmer, und als ich schließlich aufstand, um nach oben zu gehen, erfassten mich eine namenlose Übelkeit und so immense Krämpfe, dass ihre Wucht mich gebückt in Richtung Toilette taumeln ließen, wo ich, beide Hände auf den Bauch gepresst, auf den Boden sank und hoffte, dass es bald vorbei wäre, dass ich mich nun übergeben würde und dass die

Schmerzen dann verschwinden würden, weil ich wahrscheinlich etwas Schlechtes gegessen hatte.

Ich saß auf dem kalten Steinboden und wartete, doch nichts passierte, und die Bauchschmerzen waren noch schlimmer als zuvor. Ich weinte vor Schmerz und versuchte, mir den Finger in den Hals zu stecken, damit endlich etwas passierte, damit diese elenden Schmerzen abklingen konnten.

Doch es kam nichts, nur ein Schauer, der sich über meine Haut zog und eine Gänsehaut hinterließ. Ich saß auf dem kalten Steinboden und starrte in die leere Klomuschel und dachte, dass es sich so anfühlen musste, wenn man vor Schmerzen stirbt, und zum ersten Mal seit langer Zeit dachte ich an Gott, an den ich eigentlich nicht glaubte und an den ich schon lange nicht mehr gedacht hatte. Und ich betete und dachte, Gott, wenn du existierst, bitte mach, dass dieser Schmerz weggeht, was es auch kostet, ich will diese Schmerzen nicht mehr erdulden müssen, Gott, ich kann nicht mehr.

Und ich saß auf dem kalten Steinboden, zusammengekauert wie ein Häufchen Elend, und betete und weinte und schaute in die Klomuschel und fragte mich, warum mein Körper nicht einfach etwas tun konnte, um den Schmerz loszuwerden, warum er mir nicht erlaubte zu erbrechen, warum er mich so im Stich ließ, warum meine Innereien sich anfühlten, als wären sie von einem Stacheldrahtzaun umschlossen, der seine Dornen in meine Haut und in die Haut meiner Organe und Gefäße grub.

Und dann merkte ich, dass sich etwas in mir bewegte. Ich hörte, wie es in meinem Unterleib grummelte und arbeitete, und ich beugte mich näher zur Klomuschel und dachte, jetzt passiert es, jetzt übergebe ich mich, und danach ist alles gut, und ich kann weiterschlafen.

Dann spürte ich etwas Nasses auf meiner Haut, und mein erster Gedanke war: »Das kann jetzt nicht wahr sein. Ich habe extremen Durchfall.« Ich hievte mich auf den Toilettensitz, und die Flüssigkeit explodierte regelrecht aus mir heraus, und mein Körper gab Geräusche von sich, die ich noch nie zuvor gehört hatte. Es floss und floss und floss, und ich griff nach dem Toilettenpapier. Durch die Bewegung meiner Hand ging das Licht, welches während meines verzweifelten Versuches zu erbrechen, ausgegangen war, wieder an.

Das Toilettenpapier in meiner Hand war nicht weiß oder braun, sondern tiefrot, genauso wie die Pyjamahose, die an meinen Knien hing, genauso wie die große Blutlache am Boden, die mein entsetztes Gesicht reflektierte.

Ich wusste, dass das, was da passiert war, nichts Normales war, ich wusste, dass ich noch nie in meinem Leben so viel Blut gesehen hatte, und ich wusste, dass die Tatsache, dass dieses Blut nach wie vor regelrecht aus meinem Körper herausspritzte, absolut gefährlich war.

Ich hievte mich von der Toilette hoch, ohne runterzuspülen, ohne die Blutlache am Boden aufzuwischen, ohne einen Blick zurückzuwerfen.

Nach wenigen Schritten überkam mich ein Schwindel, und wie ein Blatt, das vom Wind verweht wird, taumelte ich auf mein Bett zu und ließ mich darauf nieder.

Ich wusste, dass ich mich jetzt nicht wieder hinlegen konnte, ich wusste, dass ich nicht einfach meine Augen zumachen konnte, um die Tatsache zu ignorieren, dass das Blut aus mir herausströmte, ich wusste, dass ich dringend meine Mutter wecken musste, und trotzdem lag ich zusammengekauert auf dem Bett, meine Kleidung durchnässt von Blut, meine Hände pickig von Blut und meine Augen müde und unglaublich schwer.

Vielleicht sollte ich einfach einschlafen und ihr morgen zeigen, was passiert ist, dachte ich. Vielleicht habe ich diesen Monat meine Periode einfach besonders stark.

Ich schloss meine Augen, doch es flammte etwas in mir auf, vielleicht war es Panik, vielleicht auch nackter Überlebensinstinkt, und ich taumelte Richtung Tür, in meinen Ohren ein schrilles Geräusch wie von Glöckchen, vor meinen Augen Schwarz, meine Hände ausgestreckt nach der Tür, die ich nicht sehen konnte, die Blutspur hinter mir. Etwas Hartes knallte gegen meinen Kopf, ich weiß nicht mehr, ob ich geschrien habe oder nicht, dann war plötzlich alles dunkel.

Als ich vierzehn war, wurde bei mir ein eklatanter Eisenmangel diagnostiziert, der so stark war, dass mein Hausarzt mir sogar verbot, schwimmen zu gehen. Er hätte Angst, dass ich absaufen würde. Mein Blutbild sei so grottenschlecht wie das eines achtzigjährigen Mannes mit Leberzirrhose im Endstadium.

Ich nahm seine Worte relativ gelassen hin und schluckte brav die pinken Eisentabletten, die er mir verschrieben hatte.

Meine Mutter war schockiert. Sie las die unterschiedlichsten Artikel im Internet, kaufte homöopathische Globuli aus der Apotheke und mixte mir Säfte, die bei der Befüllung meiner Eisenrezeptoren helfen sollten. Ich schluckte die Eisentabletten monatelang, ohne erkennbare Besserung.

Als mir das nächste Mal Blut abgenommen wurde, entdeckte man, dass ich nicht nur einen Eisenmangel hatte, sondern auch zu wenig Blut im Körper. Ich bekam eine Überweisung zum Gynäkologen, denn bei jungen Mädchen könne das nur an der Periode liegen.

Da lag ich dann auf dem kalten Gynäkologenstuhl.

Der Gynäkologe hatte verschwitzte Hände und eine zu kleine Brille, nannte mich »junges Pupperl«, fragte, ob ich denn noch Jungfrau sei, und erklärte, dass er jetzt einen Ultraschall meiner Gebärmutter mache. Ich war erleichtert, denn ich hatte befürchtet, dass er eines der Mördergeräte in mich hineinstecken würde, die neben dem Behandlungsstuhl hingen.

»Und?«, fragte er beiläufig, während er meinen Bauch mit kaltem Gel beschmierte, »Freuen Sie sich schon auf das erste Mal? Sex ist etwas ganz Wundervolles. Aber bitte immer brav das Kondom verwenden, sonst passiert ein Hoppala!« Er lachte und presste das Ultraschallgerät noch tiefer in meine Eingeweide. »Oh, so schöne Eierstöcke! Ein Wahnsinn!«, sagte er dann.

Im Anschluss an seine Untersuchung erklärte er meiner Mutter und mir, dass ich eine Zyste hätte, die mit Blut gefüllt sei. Das sei nichts Tragisches, so etwas passiere andauernd. Sie werde sich höchstwahrscheinlich von selbst auflösen und zerplatzen.

»Da wird das Blut nur so rinnen!«, sagte er mit einem Grinsen, und ich dachte, dass Gynäkologe bei ihm eine grobe Berufsverfehlung war. Er hätte Horrorfilme produzieren sollen. FSK 16.

Die Zyste platzte bei meiner nächsten Regelblutung, das Blut rann, und nach drei Tagen war Schluss. Ich war mit einer leichten Periode gesegnet, und auch die aufgeplatzte Zyste konnte diesem Segen nichts anhaben.

Der Gynäkologe hatte mithilfe der Ultraschallbilder meiner äußerst schönen Eierstöcke eine mathematische Hochleistung vollbracht und das Volumen der Zyste berechnet. Sie war zu klein, um meinen Blutverlust zu erklären. Es konnte also tatsächlich nur eine Lösung geben: Periode. Der Ursprung aller Frauenprobleme. Ich beharrte darauf, dass ich wirklich keine starke Blutung hätte.

»Vielleicht merken Sie gar nicht, wie viel Blut Sie eigentlich verlieren«, sagte man mir. Auch der starke Eisenmangel. Ganz normal in der Pubertät. Das müsse sich alles noch einspielen. Gar kein Grund zur Sorge. Einfach einen Sommer aufs Schwimmengehen verzichten, sei ja halb so schlimm.

Natürlich wurden es ausgerechnet in diesem Sommer 35 Grad.

Die Farbe meines Blutes ist Tiefrot, und seine Konsistenz ist so flüssig, dass es sich auf dem hellen Marmorboden ausbreitet wie Wasser. Es rinnt und rinnt, als würde es sich selbstständig machen wollen, als wollte es jede noch so kleine Rille des Bodens einnehmen. Mein Blut gleitet langsam über den Steinboden, und es sieht so aus, als hätte jemand angefangen, rote Mohnblumen auf eine Leinwand zu malen, und dabei das Wasserglas umgestoßen, in dem sich die rote Farbe durch den Pinsel mit dem Wasser vermengt hat. Mein Blut breitet sich um meinen Körper herum aus, es saugt sich am Stoff meines Pyjamas an, und der weiße Stoff färbt sich dunkel und nimmt die tiefrote Farbe an, und der durchnässte Stoff klebt schwer auf meiner Haut, wie wenn man mit einem T-Shirt schwimmen geht. Mein Blut krallt sich unter meine Fingernägel, legt sich wie eine zweite Schicht um meine Haut. Als ich einatme, sehe ich, wie mein Atemzug eine Welle durch den roten See neben mir jagt. Der See ist tiefrot.

Die Eiseninfusionen bekam ich über Monate hinweg zweimal wöchentlich verabreicht. Sie kosteten ein Vermögen, aber sie taten ihren Job. Für wenige Monate waren meine Eisenwerte im Normalbereich, dann hieß es wieder achtzigjähriger Mann mit Leberzirrhose. Ich gab Stuhlproben ab, kreuzte auf die Frage *Nehmen Sie Eisenpräparate ein, oder bekommen Sie diese in anderer Form verabreicht? Ja* an und bekam das Ergebnis, dass alles in Ordnung sei. Ich war vierzehn und hatte Blutmangel. Die Pubertät. Die Regelblutung. Alles ganz normal in dem Alter.

Die Kühle des Steinbodens, der gegen meine Wange drückte, war das Erste, was ich wahrnahm. Mein Körper lag zusammengekauert auf dem kalten Boden, wie ein Vogel, der gegen eine Fensterscheibe geknallt ist und der regungslos liegen bleibt, bis er langsam vom Tod erfasst wird.

Der metallene Geruch von Blut lag in der Luft, meine blutdurchtränkte Pyjamahose klebte auf meiner Haut.

Ich spürte mein Herz in meiner Brust schlagen wie einen explodierenden Feuerwerkskörper.

Ich öffnete die Augen, sah meine Mutter, sah, wie sie wild gestikulierte, sah, wie sich ihr Mund zu einem Schreien verzog, sah, wie sich ihre Augen mit Tränen füllten, wie sie schrie und schrie und schrie, doch ich hörte kein Geräusch aus ihrem Mund kommen, konnte nicht verstehen, was sie sagte, konnte sie auch nicht fragen, warum sie so schrie, lag unbeweglich auf dem kalten Boden und fragte mich, ob das alles nur ein Traum sei, ob ich gleich aufwachen würde und nicht den Gestank von Blut wahrnehmen würde, ob ich gleich aufwachen würde und nicht zusammengekauert auf dem Boden liegen würde, sondern in meinem warmen Bett.

Ich konzentrierte mich darauf zu atmen, und je länger

und tiefer ich atmete, desto deutlicher wurde die Stimme meiner Mutter, und es war, als würde ich langsam vom Grund eines Sees auftauchen. Langsam konnte ich ihre Stimme wahrnehmen, auch wenn sie sich immer noch unendlich weit weg befand. Und plötzlich war es so, als würde ich die Wasserschicht durchbrechen, und ihre sich zuvor noch fern anfühlenden Schreie waren ganz nah und laut, und ich hörte, wie sie schrie, wie sie schluchzte, und ich dachte, dass ich noch nie einen Menschen so schluchzen gehört hatte, ich dachte, gleich zerreißt es sie, bis nichts mehr von ihr übrig ist außer diesem grauenhaften Geräusch.

Ich hörte, wie sie nach meinem Stiefvater Massimo schrie, wie sie anordnete, dass er sofort die Rettung rufen müsse, wie sie brüllte, dass er sich beeilen solle, dass alles voller Blut sei.

Dass mein Stiefvater Massimo unmittelbar neben ihr stand, bemerkte ich nicht, denn seine Stimme klang für mich noch viel weiter entfernt, so als wäre er irgendwo im Untergrund gefangen.

Ich hörte, wie er schrie, dass er die Nummer nicht wisse, und ich weiß noch, wie ich innerlich die Augen verdrehte, wie ich mir dachte, dass das doch nun nicht sein Ernst sein konnte, und ich hörte meine Stimmbänder vibrieren, hörte, wie sie einen Laut produzierten, hörte, wie ich »144« sagte.

Meine Mutter stürzte auf mich zu, sie drückte meine Hand, und sie weinte und weinte und schluchzte, dass wir sofort ins Krankenhaus fahren müssten, und ich sagte ihr, dass ich nicht ins Krankenhaus wolle, dass ich unter keinen Umständen noch einmal in einem Krankenhaus liegen wolle, ich sagte ihr, dass sie mich einfach zu unserem Hausarzt bringen solle, ich sagte ihr, dass es mir gut gehe und dass sie sich nicht zu sorgen brauche.

Meine Mutter erklärte mir mit zitternder Stimme, dass ich in meinem eigenen Blut liege, dass ich sofort ins Krankenhaus müsse, dass die Rettung bald komme, und wenn die Rettung nicht komme, würde sie mich fahren.

Ich schloss die Augen und hoffte, dass sie bald aufhören würde zu schreien, dass sie aufhören würde, so ein Drama zu machen, dass sie mich einfach in Ruhe ließe.

Ich hörte, wie der Rettungssanitäter am anderen Ende der Leitung Fragen stellte. Er wollte wissen, wie viel Blut da sei und wie mein Zustand sei, und meine Mutter riss meinem Stiefvater das Telefon aus der Hand, und sie schrie, dass da sehr viel Blut sei, dass ich in meiner eigenen Blutlache liege, dass das Blut überall sei, dass es an meiner Haut und an meiner Kleidung klebe, dass es tiefrotes, dünnflüssiges Blut sei. Sie schrie, dass mein Zustand extrem schlecht sei, dass sie Angst habe, dass ich wegkippen und nicht mehr aufwachen würde, sie schrie, dass sie das Gefühl habe, ihr Kind stirbt.

Meine Wange, die gegen den kühlen Steinboden gedrückt wurde, verzerrte sich zu einem leichten Lächeln, und ich dachte, dass der Gedanke zu sterben eigentlich schön sei, denn zu sterben bedeutete zu schlafen, und zu schlafen bedeutete, alles um sich herum auszublenden und zu vergessen, dass man auf einem kalten Steinboden lag und dass das Einzige, was einem Wärme spendete, das eigene Blut war, welches sich zwischen den kalten Steinboden und den auf diesem kalten Steinboden liegenden Körper drängte.

Ich lag eine halbe Stunde in dem Rettungswagen, bis mir gesagt wurde, in welches Krankenhaus sie mich bringen würden.

Meiner Mutter wurde gesagt, dass sie nicht mitfahren

könne, weil es wegen der hohen Ansteckungsgefahr von Covid-19 nicht möglich sei, eine Begleitperson im Rettungsauto mitzunehmen.

Sie fuhr mit ihrem eigenen Auto hinter uns her, und das Rettungsauto setzte sich langsam in Bewegung, fuhr über die holprigen Pflastersteine, und bei jedem Ruck, den das Auto machte, kam es mir vor, als würde irgendwo tief in meinem Inneren eine Wunde aufplatzen und das Blut erneut aus mir herausspritzen wie Wasser aus einem Springbrunnen.

Da ich zitterte, wurde ich in eine goldene Wärmedecke gewickelt, die sich wie ein Mantel über meine mit Blut verkrustete Haut zog. Das Blut stank fürchterlich, und durch die Hitze der Wärmedecke entwickelte sich ein Geruch von etwas Verdorbenen, und ich hatte das Bedürfnis, mich zu übergeben.

Meine Haut juckte. Die getrockneten Blutkrusten fühlten sich an eine zweite Haut, die ich nicht ablegen konnte. Ich wollte mir das Blut vom Körper kratzen, wollte das unangenehme Gefühl und den schrecklichen Gestank loswerden, wollte in einer warmen Badewanne liegen und alle Erinnerungen an die letzten Stunden mit einem Schwamm von meiner Haut schrubben; schrubben und schrubben, bis nichts mehr übrig war. Ich schloss die Augen und versuchte, an etwas Schönes zu denken, doch da war nichts als Finsternis.

Das Schaf mit der Zunge sieht tatsächlich aus wie der Furz, schreibst du.

Es ist Montagnachmittag, und ich sollte eigentlich Hausaufgaben machen, bin aber von dieser plötzlichen und unerwarteten Nachricht meines neuen Klassenkameraden so aus dem Konzept gebracht, dass ich mich nicht mehr konzentrieren kann.

In der neuen Klasse, in die ich nach meiner gescheiterten Mathenachprüfung gesteckt worden bin, habe ich erstaunlicherweise schnell Anschluss gefunden, und das, obwohl ich mich anfangs geweigert hatte, meine Schule überhaupt zu betreten. Ich wollte nicht das Mädchen sein, das eine Klasse wiederholen musste, und ich wollte nicht in einer fremden Klasse sitzen, in der sich alle bereits kannten, und ich wollte mich nicht meinem tragischen Schicksal stellen, eine Einzelgängerin ohne Freunde zu sein.

Als ich die Klasse dann doch betrat, mit Herzklopfen und einem flauen Gefühl im Bauch, wurde ich, zu meinem Erstaunen, freundlich empfangen. Ein blondes Mädchen mit einer lauten, rauen Stimme hakte sich bei mir ein, sagte: »Hallo, ich bin die Mimi! Ich glaub, ich hab dich bei der Nachprüfung gesehen, du hast Mathe nicht geschafft, oder?«, und als ich vorsichtig nickte, lachte sie und erwiderte: »Halb so schlimm, wenigstens hattest du nur eine, ich hatte drei! Bin irgendwie mit Ach und Krach durchgekommen, in Französisch hab ich ein bisschen geschummelt.«

Mimi stellte mich ihrer Freundesgruppe vor, und so kam es, dass ich innerhalb kürzester Zeit Anschluss fand und nach nur einer Woche das Gefühl hatte, immer schon in dieser neuen Klasse gewesen zu sein.

Dass du mir an diesem Montagnachmittag eine Nachricht schreibst, erscheint mir wie eine Bestätigung, dass meine Klassenkameraden mich tatsächlich als Teil ihrer Gemeinschaft sehen. Ein wesentliches Markenzeichen dieser Gemeinschaft ist, den Lehrern dumme Kosenamen zu geben.

Der Furz ist unser neuer Lateinlehrer, er ist riesig und

sehr trainiert, hat eine krumme Nase, spricht zehn verschiedene Sprachen, stottert und hat einen leichten Sprachfehler. Irgendjemand hat mal gesagt, dass er wie ein mähendes Schaf klingt, wenn er mit seinem R-Fehler Wörter wie »Rrrrrrechtsrrrrradikal« oder »Rrrrrrechtschrrrreibfehlerrrr« ausspricht. Und weil Schüler im Alter von sechzehn Jahren bekanntlich besonders gemein sein können, habe ich das Bild eines Schafes herausgesucht und es mit unserem Lateinlehrer verglichen. Dieses Schaf, dessen Zunge ihm frech aus dem Maul hängt, während es störrisch in die Kamera blickt, starrt mich aus unserem Chatverlauf mit weit aufgerissenen Augen an, als wollte es mir etwas sagen und als könnte es nicht anders, als diesen wilden Blick aufzusetzen.

Ich grinse und antworte, dass es wirklich eine starke Ähnlichkeit mit dem Furz hätte.

Drei kleine Punkte erscheinen auf dem Display. Du schreibst.

Wochenlang machen wir uns über den Furz lustig, beobachten jede seiner Bewegungen, um sie im Anschluss an die Lateinstunde zu analysieren. Ich verfasse Gedichte über ihn, und du schickst mir alte Fotos, die das Internet ausspuckt, wenn man seinen echten Namen googelt.

Am Abend schreibst du, dass du jetzt leider schlafen gehen müsstest, du würdest jetzt dann das Handy weglegen und noch etwas lesen. Du liest *Wir Kinder vom Bahnhof Zoo*. Ich lade das Buch auf meinen E-Reader herunter. Es ist das erste Mal seit Monaten, dass ich wieder Zeit und Lust zum Lesen finde. Mit den Gedanken bei Christiane F., Drogen und Prostitution schlafe ich ein.

Als ich am nächsten Tag die Klasse betrete, wird angekündigt, dass wir eine neue Sitzordnung bekommen. Es wird gelost.

Du riechst nach Seife und etwas anderem, das ich später als den Geruch deines Haargels identifizieren werde.

Ich mag die Art, wie du deine Stifte hältst, wenn du mit deiner etwas krakeligen, aber doch leserlichen Handschrift etwas auf das Papier kritzelst.

Ich mag es, dass du bunte Hosen trägst, deren Farbe einem bei längerem Hinsehen in den Augen wehtut.

Ich mag es, dass du Witze über Sebastian Kurz machst, auch wenn sie niemand außer mir lustig findet.

Ich mag es, dass du immer genau das sagst, was du denkst.

Ich mag es, dass es dir nicht peinlich ist, das Wort »buongiorno« im Italienischunterricht zum fünften Mal in Folge falsch auszusprechen.

Ich mag es, dass du weißt, was du später studieren willst, auch wenn Wirtschaftsrecht etwas trocken klingt.

Ich mag es, dass du mir jeden Tag schreibst und dass du sogar einmal angeboten hast, dass wir auch telefonieren könnten.

Ich mag es, dass du mir Musik schickst, auch wenn sie mir nicht gefällt.

Ich mag es, dass wir das »r« betonen, wenn wir miteinander schreiben, und ich mag es, dass wir das »rrr« lang ziehen, wenn wir miteinander reden und den Furz nachmachen wollen.

Es ist unsere ganz eigene Sprache.

Es war sechs Uhr früh, als ich in die Notaufnahme eingeliefert wurde.

Ich wurde von einem Haufen Pfleger empfangen und lächelte ihnen zu, als ich sie sah. Einer von ihnen fragte den

Rettungssanitäter, ob sie mir irgendwelche Beruhigungsmittel verabreicht hätten, was der Rettungssanitäter verneinte.

»Ich habe noch nie eine Patientin gesehen, die so freundlich gelächelt hat, als sie in die Notaufnahme gekommen ist«, murmelte der Pfleger und musterte mich eindringlich.

Ich fragte mich, was daran so verwerflich sei, und dachte, dass mir in dieser Situation sowieso nichts anderes übrig blieb, als optimistisch zu sein.

Die männlichen Pfleger verließen den Raum, während ich gewaschen wurde, und der Geruch von Blut wurde bald von dem des Desinfektionsmittels, welches die Pflegerinnen verwendeten, übertönt.

Mir wurde ein Krankenhauskittel übergezogen, und als man mein Zittern bemerkte, brachte man mir zwei weitere Decken.

Meine Mutter hielt meine Hand, als ich einschlief, und sie hielt meine Hand immer noch, als ich eine halbe Stunde später aufwachte und man mir sagte, dass man mir Blut abnehmen müsse, um die Entzündungswerte anschauen zu lassen. Ich kniff die Augen zusammen, und der Stich der Nadel kam, und wie jedes Mal hoffte ich, dass es bald vorbei wäre, und wie jedes Mal wurde mir gesagt, dass ich sehr schlechte Venen hätte und dass sie leider erneut stechen müssten. Bei jedem Stich kniff ich die Augen zusammen, bei jeder gemurmelten Entschuldigung, dass sie es leider nochmals probieren mussten, spürte ich einen Klumpen in meinem Hals, und jedes Mal dachte ich, ich halte es nicht mehr aus, wenn sie mich jetzt noch einmal stechen müssen, dann schreie ich, und jedes Mal tat der Stich der Nadel in meine Haut etwas mehr weh als zuvor, und jedes Mal sammelten sich mehr Tränen in meinen Augen, bis ich irgendwann nicht mehr verhindern konnte, dass sie meine Wangen hinunterkullerten. Sie kullerten und kullerten, und die Nadel wurde erneut in meinen Arm gestochen, in die Venen meiner Finger, schließlich sogar in die Venen meiner Füße, und die Stimme in meinem Inneren schrie und bettelte und schluchzte, während ich stumm dalag und die Prozedur über mich ergehen ließ.

Irgendwann füllte sich das kleine Behältnis mit meinem Blut, und ich schloss erleichtert die Augen und dachte daran, dass eine gewisse Ironie in der Tatsache lag, dass das Blut zuvor wie Wasser aus einem Schlauch aus meinem Körper ausgetreten ist, sich dann aber nicht mittels einer kleinen Nadel aus meiner Vene abzapfen ließ.

Ich lag mehrere Stunden in der Notaufnahme, ohne dass etwas unternommen wurde. Ich lag auf meiner Liege und wurde mit jeder Stunde müder und erschöpfter und fragte mich, warum sie mich nicht einfach nach Hause gehen ließen.

Meine Mutter saß neben mir und hielt meine Hand und beobachtete die kleinen Bläschen in der Infusion, die an meinem Arm hing.

Kalter Schweiß klebte an meinem Rücken, doch mir war nicht mehr kalt, und ich wollte nichts weiter, als zu schlafen und zu hoffen, dass ich mich in einem bösen Traum befand.

Die Stellen meiner Haut, die mit der Nadel durchstochen worden waren, verfärbten sich bläulich und juckten. Mein Gesicht fühlte sich käsig und schwer an, der Arm, in dem die Nadel steckte, hing schlapp am Rand des Bettes herab, ich hatte keine Kraft, ihn zu heben und anders zu positionieren. An meiner anderen Hand hing eine weitere Infusion, die mich mit Flüssigkeit versorgte, denn wie die Pfleger mir später erklärten, hatte ich durch die Blutung sehr viel Flüssigkeit verloren, die sie mir nun intravenös verabreichten.

Meine Mutter wurde gebeten, den Raum zu verlassen, um einen Coronatest zu machen, denn sie konnten nur getestete Personen in die Notaufnahme lassen. Sie drückte meine Hand und verließ den Raum, und ich lag alleine unter der schweren Decke und wollte nur weinen, doch die Tränen kamen nicht.

Eine Schwester betrat den Raum, um auch mich zu testen, sie drehte das Stäbchen ein paarmal in meinem Nasenflügel und entschuldigte sich dafür, dass es sich möglicherweise unangenehm anfühlte, und ich dachte, dass das der geringste Schmerz war, den ich seit Langem gefühlt hatte, dachte an meine vor Schmerz pulsierenden Arme und Hände, an die Bauchkrämpfe, an das Gefühl des Blutes auf meiner Haut, an den Aufprall meines kraftlosen Körpers auf dem Steinboden.

Die Schwester verließ den Raum, und ich schloss die Augen, dachte, dass ich mich nun ausrasten könnte, wusste aber, dass ich mich nicht nur ausrasten wollte. Ich wollte in einen tiefen Schlaf sinken und nie wieder daraus aufwachen.

Ich döste, bis ich neben mir laute Geräusche vernahm. Ich wollte die Augen öffnen, den Kopf drehen, sehen, was da passierte, doch es ging nicht, meine Augenlider waren schwer wie Blei, mein Kopf absolut unbeweglich. Ich hörte die Stimmen der Sanitäter, die ruhig und gefasst waren, die den Ärzten erklärten, dass es ein Notfall sei, Herzinfarkt, Reanimation notwendig. Ich hörte, wie die Ärzte von drei bis eins hinunterzählten, und ich dachte, ich möchte nicht hier sein, ich möchte nicht mitbekommen, wie eine andere Person reanimiert wird, ich möchte nicht nebenan in meinem Bett liegen und mir vorkommen, als würde ich bei etwas Verbotenem zusehen wie ein Eindringling in einem fremden Haus.

Als ich erneut aufwachte, fühlte ich mich, als wären Tage vergangen, und kurz dachte ich, es wäre Nacht, bis meine Mutter mir sagte, dass es neun Uhr morgens war. Ich lag seit drei Stunden in der Notaufnahme, doch es kam mir vor, als wären Wochen seit meiner Einlieferung vergangen.

Ich fühlte mich, als hätte ich jahrelang kein Auge zugetan, die Müdigkeit hing wie ein schwerer Stein an meinem Körper.

Die Pfleger fragten mich, ob es mir schon besser gehe, und ich sagte, dass ich sehr, sehr müde sei, und meine Mutter bemerkte, dass sie das Gefühl habe, dass sich mein Zustand von Stunde zu Stunde verschlechtere, dass ich von Stunde zu Stunde blasser und lebloser aussehe, und die Pfleger versicherten ihr, dass sie ihre Sorge verstünden, dass ich in der Tat nicht gut aussehe und dass sie mich stationär aufnehmen würden, sobald das Ergebnis meines PCR-Tests vorliege.

Irgendwann bemerkte ich, dass ich sehr dringend zur Toilette musste, meine Blase fühlte sich an, als stünde sie kurz vorm Explodieren.

Mit der Hilfe des Pflegers versuchte ich, mich aufzusetzen, doch alleine der Versuch, meinen liegenden Oberkörper aufzusetzen, verursachte ein so starkes Schwindelgefühl, dass ich nicht anders konnte, als sofort in die Liegeposition zurückzusinken.

Ich musste an meinen Lagerungsschwindel von vor einem Jahr denken. Genau das gleiche Gefühl, dachte ich, es fühlt sich an, wie wenn man auf einem Schiff mitten im wilden Ozean seekrank wird.

Wir starteten mehrere Versuche, mich aufzusetzen, doch jedes Mal überkam mich dieses Gefühl. Es kam mir so vor, als wäre mein Kopf losgelöst vom Rest meines Körpers, als wäre mein Kopf eine Feder, die in einem Tornado umhergeschleudert wird. Jedes Mal musste ich meinen Kopf sofort wieder in das Kopfpolster sinken lassen und die Augen schließen, weil ich befürchtete, sonst zu erbrechen.

Als der Pfleger schließlich mit einem Töpfchen kam, dachte ich, das kann nicht sein Ernst sein, er kann doch nicht denken, dass ich mich so sehr degradieren lasse, dass ich jetzt wie ein Kind in dieses Töpfchen pinkele, und ich sagte, dass ich erneut versuchen wolle, aufzustehen, um mir diese Erbärmlichkeit zu ersparen.

Also stützte ich mich erneut mit meinen pochenden, zerstochenen Armen am Rande des Bettes ab, und versuchte erneut, meinen Kopf, der sich noch nie so schwer angefühlt hatte, aus dem Polster zu heben. Meine Muskeln arbeiteten wie in Zeitlupe, aber plötzlich saß ich aufrecht in meinem Bett. Mein Kopf pulsierte zwar, und für den Bruchteil einer Sekunde war mir schwarz vor Augen, doch ich dachte voller Stolz, dass ich es endlich geschafft hatte, dass ich diesen Akt, der für die meisten Menschen komplett selbstverständlich und automatisch funktioniert, erfolgreich absolviert hatte.

Vorsichtig versuchte ich, meinen Kopf zu drehen, und alles wurde dunkel und schummrig. Der Schwindel riss mich wie ein Sturm in den Abgrund, und ich sackte in mein Polster zurück.

Ich wollte schreien und fluchen und wünschte mir nichts mehr, als alleine auf die Toilette gehen zu können, um meine Blase zu entleeren, die sich so anfühlte, als würde sie jede Sekunde platzen.

Die Pfleger verließen den Raum, und das Töpfchen wurde

unter mein Becken geschoben und ich wartete darauf, dass etwas kam, doch es kam nichts, und mit jeder Sekunde, die verging, wurde ich frustrierter und fragte mich, warum mein dummer Körper es nicht einmal schaffte, den primitivsten Bedürfnissen nachzugehen, warum ich über diesem dummen Töpfchen liegen und darauf warten musste, dass meine Blase sich entleerte, und warum meine Blase, die ohnehin schon so voll war, sich nicht einfach entleeren konnte.

Ich lag über dem Töpfchen und weinte und dachte, ich will nichts sehnlicher, als dass das blöde Töpfchen sich füllt, ich will nichts sehnlicher, als dass dieser Druck auf meiner Blase verschwindet. Doch das Töpfchen füllte sich nicht, und der Druck auf meiner Blase verschwand nicht, und meine Tränen kamen nicht.

Es war siebzehn Uhr, als ich auf die Station gebracht wurde. Ich lag in einem großen Zimmer und starrte an die Decke, während meine neue Zimmernachbarin, eine etwa fünfzigjährige Frau, ununterbrochen telefonierte, und das in einer Lautstärke, die es mir unmöglich machte, einzuschlafen.

Meine Mutter saß neben mir und hielt meine Hand, und meine Zimmernachbarin redete wie ein Wasserfall auf ihren Gesprächspartner ein, redete von ihrer Leber und von der Operation, die bevorstand, sagte, dass das Essen eine Zumutung sei, dass es keinen schlimmeren Ort gebe als ein Krankenhaus, redete und redete und machte nur Pausen, um kurz Luft zu holen.

Ich wollte nichts sehnlicher, als in den Schlaf zu sinken, doch meine Zimmernachbarin telefonierte durchgehend und hörte erst auf, als zwei junge Krankenpfleger den Raum betraten, sich neben meinem Bett niederließen und mich befragten.

»Wie fühlen Sie sich?«, fragten sie. »Welche Konsistenz hatte Ihr Blut, als es vor fast zwölf Stunden aus Ihrem Körper gespritzt ist?« und »Was haben Sie gestern gegessen?«

Ich beantwortete ihre Fragen trocken, schloss die Augen, während sie sich meine Antworten notierten, und war unglaublich erleichtert, als sie den Raum endlich verließen. Meine Blase fühlte sich immer noch schwer und voll an, und ich bettelte meine Mutter an, mich zur Toilette zu begleiten. Gemeinsam versuchten wir, mich aufzurichten, doch sobald mein Kopf senkrecht war, kam wieder dieser elende Schwindel, und ich sank zurück und schloss die Augen, bis die Welt sich nicht mehr drehte.

Als der Arzt wenige Minuten später den Raum betrat und ich ihm schilderte, dass ich noch immer nicht zur Toilette gehen konnte, und er sagte, dass mir eventuell ein Katheter gesetzt werden müsse, dachte ich, dass das das Schlimmste wäre, was mir heute noch passieren konnte. Dass ein Katheter mir noch mein letztes bisschen Würde und Freiheit nehmen würde, und ich sagte, dass ich das unter keinen Umständen wolle.

Er lächelte entschuldigend und ließ sich neben mir nieder.

Der Arzt erklärte mir, dass sie in einer halben Stunde eine Magenspiegelung durchführen würden, um herauszufinden, wo die Blutungsquelle lag und ob sie noch blutete. Im Optimalfall könnten sie die Blutung dann stoppen. Er erklärte, dass ich eine leichte Narkose bekommen würde und daher nichts essen und trinken dürfe. Ich nickte stumm und hoffte, dass dieser Albtraum bald endete.

Die Magenspiegelung verlief schnell und schmerzlos. Mir wurde ein Sauerstoffschlauch in die Nasenlöcher gesteckt, der mich, während ich schlief, mit Luft versorgte.

Die Narkose versetzte mich in einen tiefen Schlaf, und als

ich aufwachte, verspürte ich ein unangenehmes Gefühl in meinem Hals. Das sei normal, sagte man mir, wenn eine Untersuchung mit einem Gastroskop durchgeführt werde, welches von der Speiseröhre in Richtung Magen und Zwölffingerdarm geschoben wurde.

Mit einer Sorgenfalte zwischen den Augenbrauen erklärte mir die Ärztin, welche die Untersuchung durchgeführt hatte, dass sie die Blutungsquelle nicht hatten finden können und dass sie daher am nächsten Morgen eine Darmspiegelung durchführen würden, welche hoffentlich mehr Klarheit bringen werde. Sie gab mir ein Pulver, das ich mit viel Flüssigkeit zu mir nehmen solle, damit die Darmspiegelung erfolgreich verlaufen könne, und ich dachte an meine Blase, und der Gedanke, zwei Liter Flüssigkeit zu mir zu nehmen, ohne auf die Toilette gehen zu können, verursachte mir Schwindel.

»Gibt es hier vielleicht eine Toilette?«, fragte ich die Ärztin und bereute es sofort, denn die Frage kam mir wahnsinnig dumm vor, weil wir uns in einem kleinen Kämmerchen befanden, in dem es ganz offensichtlich keine Toilette gab.

»Nein, aber du kannst dann oben auf der Station gehen«, sagte sie sanft und lächelte.

Kurz nachdem ich zurück auf die Station gebracht worden war und meiner Mutter von der Untersuchung berichtet hatte, wurde uns gesagt, dass die Besuchszeiten bald endeten und meine Mutter das Krankenhaus verlassen müsse. Die Schwester, die meinen Sauerstoffgehalt und meine Temperatur maß, erlaubte ihr aber, ausnahmsweise noch zehn Minuten länger zu bleiben, und während meine Mutter mir die Hand hielt, traute ich mich, die Schwester zu fragen, ob ich probieren könne, zur Toilette zu gehen.

Zu zweit hievten sie mich hoch, ich stützte mich auf ihre Arme, und obwohl der Schwindel immer noch da war, schaffte ich es, einen Fuß vor den anderen zu setzen und mich langsam in Richtung Toilette zu bewegen.

Meine Mutter verschloss die Türe hinter uns, und die Schwester ließ uns wissen, dass sie am Gang auf uns warte, dass wir uns melden sollten, falls wir Hilfe bräuchten. Ich fühlte mich wie ein Kind, das zum ersten Mal alleine aufs Klo ging.

Ich ließ mich nieder und hörte es plätschern und plätschern, wie Regenwasser, das aus einer Dachrinne strömt. Als ich fertig war, verspürte ich ein Gefühl von enormer Erleichterung, und meine Mutter hievte mich hoch, und mein Körper kippte zur Seite wie einen Turm von Jenga-Steinen, den man zum Einbrechen bringt. Alles wurde schwarz, und ein schrilles Piepsen ertönte in meinen Ohren, und ich dachte, ich falle, doch der Fall fühlte sich an, wie wenn man von einem Trampolin in die Luft katapultiert wird und für wenige Sekunden schwebt.

Ich spürte den Aufprall nicht.

Seinen ersten Kuss an Silvester zu kriegen ist ein ziemliches Klischee, aber das stört mich nicht. Du küsst mich vor einer Kirche mitten in der Innenstadt, so wie es sich für Schüler einer katholischen Privatschule gehört.

Als ich am nächsten Tag aufwache, bin ich mir sicher, dass du es zutiefst bereust und dich dafür schämst und niemandem davon erzählen wirst. Ich denke, dass das wohl eine einmalige Sache war, oder, wie HC Strache sagen würde, »eine bsoffene Gschicht!«

Als du schreibst, ob wir jetzt eigentlich ein Paar seien, bin ich restlos überfordert.

Seit einigen Monaten nehme ich die Pille. Mein Frauenarzt zeigte sich begeistert darüber, dass ich nun endlich täglich den Hormoncocktail schlucken würde, der Migräne, Thrombose und Depressionen auslösen kann; es gebe kein besseres Verhütungsmittel für junge Frauen, sagte er und freute sich sichtlich, mich bald zu jenen Patientinnen zählen zu können, die keine Jungfrauen mehr wären.

Anfangs merke ich nicht viel, dann bricht das Gefühlschaos über mich herein. Ich weine ständig, wegen aller möglichen Dinge. Ich weine, weil da plötzlich so eine tiefe Traurigkeit ist, die sich wie ein Loch in mein Herz bohrt. Ich weine, weil wir in letzter Zeit immer öfter streiten, ich weine, weil du sagst, dass ich viel zu emotional sei, dass ich unerträglich sei, dass ich mir psychologische Hilfe holen solle, und ich weine, weil ich nicht will, dass du denkst, dass ich psychologische Hilfe brauche, und weil ich weiß, dass ich sie wirklich brauche.

Ich spüre einen Kloß in meinem Hals, als wir die Schularbeitstermine für dieses Schuljahr bekommen und Mathe ganz oben auf der Liste steht. Ich wische mir im Deutschunterricht die Tränen aus den Augen, ohne zu wissen, warum sie plötzlich da sind.

Ich habe das Gefühl, etwas in mir, das schon lange Zeit da und immer unbemerkt geblieben ist, schwappt über und breitet sich langsam in meinem Körper aus, brennt sich durch die Hautschichten und umschlingt mein Herz, treibt eine unendlich tiefe Traurigkeit in meine Venen, steigt bis zu meinem Kopf hinauf und nimmt ihn ein.

Ich versuche, dir davon zu erzählen, und du hörst aufmerksam zu und sagst, dass ich wirklich daran arbeiten müsse und dass du nicht verstehen könntest, dass ein lustiger und herzensguter und schöner Mensch wie ich so schlimme

Gedanken haben könne, und ich sage, dass ich es auch nicht verstehen könne und dass ich versuchen werde, daran zu arbeiten, doch stattdessen sperre ich die Gedanken weg in eine Schublade und tue so, als würde ich den Schlüssel nicht mehr finden.

Ich setze die Pille ab, und mein Frauenarzt sagt, dass sensible Menschen die Depressionen oft weniger gut vertrügen als jene, die eine dicke Haut hätten.

Ich bin sechzehn, und es ist das erste Mal, dass ich das Wort Depression in Verbindung mit mir höre.

Es gibt Tage, an denen mir alles dunkel und grau erscheint. An diesen Tagen wache ich auf und habe Angst vor allem, ohne dass es einen Grund dafür gibt. Es sind Tage, die sich anfühlen wie Wochen, die sich wiederum anfühlen wie Jahre. An diesen Tagen denke ich, dass all meine Freunde mich hassen. An diesen Tagen denke ich, dass ich auf keinen Fall auf die Party nächste Woche gehen kann, ohne dass ich einen Grund dafür nennen könnte. Es ist eine erstickende Angst vor etwas, was ich nicht benennen kann.

Wie wenn man ein Videospiel spielt und bedrohliche Musik hört, aber keine Feinde sehen kann.

Wie wenn man auf den Gleisen eines Zuges liegt und sich nicht von der Stelle rühren kann und hört, dass der Zug einfährt, ohne ihn zu sehen.

Wie wenn man beim Treppensteigen eine Stufe übersieht und einem für den Bruchteil einer Sekunde das Herz in die Hose rutscht und man nicht weiß, wie tief man fallen wird.

An solchen Tagen breitet sich das Gift in meinem ganzen Körper aus. Das Gift lähmt mich, während irgendetwas in meinem Kopf zu rattern beginnt und ein Schwall negativer

Gedanken über mich hereinbricht, und jeder einzelne dieser Gedanken die Angst weiter verstärkt, dass mich jeder in meinem Umfeld komisch finden könnte.

Es gibt Tage, an denen ich mit mir hadere, ob ich jemandem von diesen Gedanken erzählen soll, und es dann doch lasse. Ich mache einen Selbsttest im Internet, und das Ergebnis überrascht mich nicht, auch wenn ich sicher bin, dass ich keinen Grund dazu habe, mich so zu fühlen.

An diesen Tagen hilft es mir, deine Nähe zu spüren, auch wenn ich dir nicht erzähle, was in mir vorgeht.

An diesen Tagen hilft es mir, dich zu fragen, wie dein Tag war, ohne dir zu erzählen, wie mein Tag war.

An diesen Tagen höre ich zu, wenn du von irgendeiner coolen Party erzählst, auf der die halbe Klasse gestern war, und ich lüge, wenn du fragst, warum ich nicht mitgekommen bin.

Der letzte Tag im Jahr ist immer für dich reserviert.

Es ist unser Jahrestag, und jedes Jahr aufs Neue sagt meine Mutter, dass es doch bemerkenswert sei, dass zwei so junge Menschen nach drei Jahren, in denen sie sich jeden Tag in der Schule sehen, immer noch zusammen sind. Jedes Jahr gehen wir kurz vor Mitternacht zu unserer Kirche und warten, bis null Uhr vorbei ist. Jedes Jahr machen wir einen Witz über den Furz, der jetzt an einer anderen Schule unterrichtet und nicht mehr unser Lehrer ist. Jedes Jahr sage ich dir, wie dankbar ich bin, dich in meinem Leben zu haben, und merke dabei nicht, dass ich gar nicht mehr weiß, wer ich eigentlich ohne dich bin.

Das Lesen ist für mich zu einem zusätzlichen Stressfaktor geworden.

Jedes Mal, wenn ich ein Buch in die Hand nehme und die ersten drei Sätze lese, denke ich, dass ich eigentlich lernen müsste. Ich kann das Lesen nicht genießen, ich kann in keine neue Welt eintauchen, weil meine Welt viel zu laut ist und viel zu viel auf einmal von mir verlangt. Ich lese die Bücher, die wir im Deutschunterricht besprechen, und ich schreibe Aufsätze und Schularbeiten, die gut benotet werden. Ich schreibe nicht mehr Geschichten über Einhörner, weil ich nicht mehr zehn Jahre alt bin. Wenn ich von der Schule nach Hause komme, beruhigt es mich nicht mehr, ein Buch zur Hand zu nehmen. Stattdessen schaue ich Serien und erzähle meinem Freund am nächsten Tag auf dem Schulweg die Handlung. Ich gehe am Donnerstag aus, weil alle aus meiner Klasse am Donnerstag ausgehen, und manchmal gehe ich sogar in die Passage, einen Club, den ich eigentlich hasse, weil die Musik schlecht ist und die Leute alle nach dem gleichen, penetranten Parfum riechen und man ständig geschubst wird und weil immer an irgendeinem Punkt des Abends ein Mädchen kreischend auf einen zuläuft, einem links und rechts einen Schmatzer auf die Wange drückt und kaugummikauend erklärt: »Ich glaub, wir kennen uns! Warst du nicht auch auf der Homeparty letzte Woche?«

Dann kommt es immer drauf an, in welcher Verfassung man in der letzten Woche war, wenn es einem gut ging, war man natürlich auf der Party, weil es ein Fakt ist, dass immer etwas ganz besonders Cooles auf einer Party passiert, wenn man nicht dabei ist und weil man dieses Risiko natürlich nicht eingehen will, weil man unter keinen Umständen als langweilig abgestempelt werden will.

Wenn es einem schlecht ging, war man natürlich auch auf der Party, weil es ein Fakt ist, dass man mit sechzehn jegliche Traurigkeit und Angstzustände einfach in Alkohol ertränken kann und weil man natürlich mitreden will, wenn alle anderen am nächsten Tag davon erzählen, wie legendär der Abend war, und wenn man schon nicht mitreden will, dann will man wenigstens zuhören und das Gefühl genießen, dabei gewesen zu sein.

Wenn es einem besonders schlecht ging, ist man im Bett geblieben und hat durch die Instagram-Storys gescrollt und die anderen für ihren lustigen Abend beneidet, an dem ganz sicher etwas besonders Cooles passiert ist, und man hasst sich für dieses komische Gefühl der Angst, das einen davon abgehalten hat, hinzugehen.

Letzteres traf in meinem Fall häufiger zu als die anderen beiden Optionen, und als ich dem kreischenden, kaugummikauenden Mädchen dies zu Verstehen gebe, dreht es sich ohne ein weiteres Wort um und verschwindet wieder in der Menge von Menschen, die alle gleich riechen und gleich sprechen und sich gleich anziehen.

Ich gehe später noch mit den anderen zu McDonald's, und alle ziehen über unseren Deutschlehrer, den Neuretter, her, weil er von uns verlangt, bis nächsten Montag zwei Aufsätze zu schreiben, und weil es zach ist, Aufsätze zu schreiben, und weil man ewig dransitzt und einem nichts einfällt und weil Schreiben ja generell eine Qual ist und Lesen erst recht.

Am nächsten Tag stehe ich auf und schreibe die Aufsätze. Wie immer sind sie zu lang.

Der Neuretter sagt, dass die Deutschschularbeit katastrophal ausgefallen ist. Dass er schon verstehe, dass man als junger Mensch andere Sorgen hätte, als eine Erörterung zu schreiben, aber dass wir uns doch alle auch mal zusammenreißen könnten. Dass er manchmal wirklich an seiner Berufswahl zweifle, wenn er zum dritten Mal in Folge einen Beistrich an einer Passage ausbessern müsse, wo keiner hingehöre.

Ich schlage das Heft auf, sehe das *sehr gut* und merke, dass das *nicht genügend* in Mathe jetzt zumindest nicht mehr ganz so bitter schmeckt wie zuvor.

Ein brutales Rütteln katapultierte mich zurück in die Gegenwart.

Ich hörte, wie meine Mutter meinen Namen schrie, und ich hörte, wie die Schwester sagte, dass sie mich reanimieren müssten, wenn ich nicht bald wieder zu Bewusstsein komme. Zuerst dachte ich, dass ich mich in einem Traum befand. Eine Gruppe von Menschen, Ärzte und Krankenschwestern, stand in einem Kreis um mein Bett herum, direkt neben mir meine Mutter, die mich energisch rüttelte. Ihre Stimmen kamen mir unglaublich laut vor; am liebsten hätte ich mir die Hände vor die Ohren gehalten.

»Geht es dir gut? Du hast auf der Toilette das Bewusstsein verloren!«, erklärte meine Mutter und musterte mich besorgt.

Die Worte kamen nur langsam aus meinem Mund.

»Mir geht es gut«, sagte ich, »ich bin nur sehr müde.«

Die Schwester, die am Gang darauf gewartet hatte, dass wir von der Toilette zurückkehrten, wischte sich den Schweiß von der Stirn und murmelte, dass ich ihnen einen unglaublichen Schrecken eingejagt hätte. Sie erklärte, dass ich durch die Blutung in der Früh sehr viel Blut verloren hätte und dass sie keine andere Wahl gehabt hätten, als mir Bluttransfusionen zu verabreichen.

Ein Schauer überkam mich, aber ich versuchte, mir nichts anmerken zu lassen.

Dann verließ die Schwester den Raum, und meine Mutter drückte mir die Hand, sagte mir, dass sie jetzt leider gehen müsse und dass sie morgen in der Früh sofort wieder bei mir sei.

Während ich den Geruch ihrer Haare einatmete, sagte ich: »Dass das jetzt passiert ist, war es mir wert. Wenigstens konnte ich endlich auf die Toilette gehen!«

Sie lachte ungläubig und küsste mich.

Die sieben Bluttransfusionen, die über meinem Bett hingen, vermengten sich langsam mit meinem Blut, und ich musste daran denken, dass es so aussah, wie wenn Tomatensaft mit einem Strohhalm getrunken wird.

Die Nacht war schrecklich, denn ich hatte unglaublichen Durst, wusste aber, dass ich wegen der Darmspiegelung am nächsten Tag nichts trinken durfte.

Ich lag unter der Decke, und mein Mund fühlte sich trocken und sandig an, und mein Hals brannte, und jedes Mal, wenn ich schluckte, kam es mir so vor, als wäre da ein großer, spitzer Kloß, der meinen Hals von innen aufschnitt.

Ich döste immer öfter ein, wachte dann aber wieder auf, rief über das kleine Funkgerät neben meinem Bett nach der Schwester und bat sie um eine Schlaftablette. Der Schlaf war nur leicht und unruhig, die Bauchschmerzen machten sich bei jedem Aufwachen etwas mehr bemerkbar, und ich wollte die Schwester nicht erneut zu mir rufen, um nach einem Schmerzmittel zu fragen, also presste ich die Hände an meinen Bauch, schloss die Augen und hoffte, dass der Schmerz sich in Luft auflösen würde.

Aber das tat er nicht. Er stach wie ein Dornengewebe durch meine Haut, durch meine Organe, und ich presste die

Augen fester zusammen und versuchte, meinen unter Flammen stehenden Körper zu ignorieren.

Ich fiel in einen unruhigen Schlaf.

Silvester 2021 verbringen wir in der Wohnung deiner Großmutter am Wörthersee.

Du kochst Ente, weil du weißt, dass es das einzige Fleisch ist, das mir schmeckt, obwohl ich immer so tue, als würde mir alles schmecken, was du kochst. Ich versuche, irgendwie behilflich zu sein, stehe aber dann doch nur ungeschickt im Weg rum und bringe dich mit meiner Zusammenfassung von *Wer die Nachtigall stört* zum Lachen.

Das Buch lese ich für die mündliche Deutschmatura. Ich bin die Einzige, die antreten will. Du sagst, dass der Neuretter, unser Deutschlehrer, das sicher gar nicht toll findet, weil er jetzt wegen einer einzigen Person am Tag der mündlichen Matura in die Schule fahren muss.

Ich sage, dass er froh sein soll, dass es in dieser Klasse überhaupt eine Person gibt, die sich für sein Fach interessiert. Ich erzähle dir von den anderen Büchern, die ich für die Deutschmatura lesen werde, Hoffmann, Goethe, Schiller, und du sagst, dass ich vielleicht nach der Matura wirklich etwas Kreatives machen sollte.

Das Wort »kreativ« löst seit der Oberstufe immer ein flaues Gefühl bei mir aus, da denke ich gleich an die Tage in dem stickigen Zimmer in Italien in den Sommerferien, als ich lieber Geschichten schrieb, als mich mit binomischen Formeln zu befassen, und dann denke ich, wenn ich die Geschichten damals nicht geschrieben hätte und mich mehr angestrengt hätte und mein Gehirn im frühen Alter schon ein bisschen mehr auf logisches und mathematisches Denken programmiert hätte, vielleicht hätte ich dann diese ganzen Probleme mit Mathe nicht, vielleicht würde ich dann die Aufgabenstellung einer Wahrscheinlichkeitsrechnung lesen, und der Knopf würde sofort aufgehen.

Ich antworte, dass ich mir das noch überlegen müsse, und du meinst, dass ich sicherlich eine gute Journalistin wäre, weil ich immer gute Aufsätze schreibe und problemlos sinnerfassend lesen könne, und ich sage, dass ich nicht wisse, was man da am besten studieren solle. Studierten nicht alle Journalisten Kommunikationswissenschaften oder Jus?

Du sagst, dass du mich eigentlich gar nicht bei Jus siehst, weil das eher etwas für Menschen wie dich sei, die gerne recht hätten und gut argumentieren könnten.

Die Ente ist versalzen. Ich esse sie trotzdem.

4

Should I stay or should I go?

Das Erste, was ich nach dem Aufwachen wahrnehme, ist ein ziehender Schmerz in meiner Magengegend, der so stark ist und so abrupt kommt, dass ich reflexartig meine Hände an meinen Bauch presse. Dabei verlässt ein zischendes Geräusch meinen Mund, als wäre ich eine dampfende Kaffeemaschine.

Der Schmerz ist so überwältigend, dass ich für eine Sekunde vergesse, wo ich mich befinde, so intensiv, dass ich nichts anderes tun kann, als dazuliegen und mich ihm komplett hinzugeben.

Kalter Schweiß klebt auf meinem Rücken. Mein Mund ist staubtrocken. Die Decke liegt schwer auf meinem Körper. Die Luft ist dick und stickig. Die blauen Flecken, die die Infusionen auf meinen Armen hinterlassen haben, brennen. Der Monitor meiner Zimmernachbarin piept. Grelles Licht fällt durch einen Spalt durch unsere geschlossene Zimmertür. Ich höre meinen eigenen Atem und jenen meiner Zimmernachbarin.

Eine neue Welle von Schmerz bricht über mich hinein, diesmal geballter, mit einer Wucht, die mich die Zähne zusammenbeißen lässt, denn ich will nicht schreien. Ich drücke auf den Knopf, der mich mit der Schwesternzentrale verbindet, und bringe knirschend hervor, dass ich ein Schmerzmittel bräuchte; die Schmerzen seien wieder da.

Die Schwester sagt, sie komme sofort, aber sofort fühlt sich wie eine Ewigkeit an, sofort besteht aus quälenden Minuten, die mir vorkommen wie Tage, Tage, die kein Ende nehmen wollen, wie die Tage der Eintagsfliege, die ihrem Namen trotzt und wochenlang in einer Wohnung ausharrt.

Je länger dieses Sofort der Schwester andauert, je enger die Schmerzen mich umzwängen, mich verschlingen, desto mehr weine ich. Ich weine, bis die Tränen mein ganzes Gesicht überströmen, bis sie von meinem Kinn zu meinem Hals hinunterrinnen, bis sie jene Stelle erreicht haben, die der Schmerz wie eine Festung vereinnahmt hat.

Ich presse die Hände erneut auf meinen Bauch.

Ich krümme mich zusammen wie ein Zeitungspapier, das in die Glut geworfen wird.

Und dann entfacht sich das Feuer.

Gerade als die Schwester den Raum betritt, übergebe ich mich. Und während ich mich übergebe, merke ich, wie etwas unter mir nass wird, wie sich eine Flüssigkeit unter mir ausbreitet, wie sie mich verschlingt, bis ich nicht mehr ausmachen kann, wo ich anfange und wo die Flüssigkeit aufhört.

Als die Schwester mir einen Kübel reicht und ich meine Hände daran festklammere, sehe ich, dass die Abdrücke, die meine Hände auf dem Kübel hinterlassen, rot sind, und ich schaue auf meine Hände hinab und sehe mein Blut an ihnen kleben, und erst dann sehe ich die von Blut getränkte Bettwäsche unter mir, erst dann sehe ich mein blutiges Nachthemd, welches von großen roten Flecken übersät ist, so als hätte jemand Blutorangen darin ausgepresst.

Erst jetzt nehme ich den metallenen Gestank wahr, und ich höre, dass die Schwester um Hilfe schreit, und ich bemerke, dass ein Kreis aus Menschen um mein Bett herumsteht, die einander ernste Blicke zuwerfen, auf mich zeigen und dann wild gestikulierend miteinander sprechen, doch ich kann nicht verstehen, was sie sagen, ihre Stimmen sind weit weg, als wäre ich tief unter Wasser und sie weit weg an der Oberfläche.

Ich schließe die Augen und denke, dass es mir egal ist, wenn ich hier so liegen bleibe, dass es egal ist, wenn ich in meiner eigenen Blutlache versinke, wenn das Blut an meiner Haut kleben bleibt, wenn sie mich hier jetzt vergessen, denn ich habe es schon einmal geschafft, und ich werde es wieder schaffen.

Ich will nichts weiter als schlafen und mich der Müdigkeit hingeben, die ich seit Stunden fühle, die immer schlimmer zu werden scheint, die mich nicht mehr klar denken oder einen geraden Satz formulieren lässt, die mich taub macht für das, was die Ärzte in meinem Zimmer sagen, die mir das Gefühl gibt, ich wäre Zuschauer eines Filmes, und dieser Film ist mein Leben, und ich kann nichts anderes tun, als aus einer schrecklichen Ohnmacht heraus zuzusehen, wie die Dinge um mich herum passieren.

Wenn du stirbst, zieht dein ganzes Leben an dir vorbei, sagen sie.

Ich liege in meinem eigenen Blut, und alles zieht an mir vorbei, und ich schließe die Augen und alles, was ich denken kann, ist, bitte, bitte lasst mich schlafen.

In einer Woche beginnt die Matura. Jahrgang 2021. Coronamatura.

Ich starre auf das oberste leere Blatt des Schreibblocks vor mir, das ich eigentlich mit quadratischen Gleichungen, Integralen und anderen Rechnungen füllen sollte. Füllen *müsste*. Ich lerne seit Wochen für die Mathematikmatura, für jene Prüfung, die man mir, seit ich denken kann, als wichtigsten Schritt in ein erfolgreiches Leben verkauft. Wenn man das Volumen einer dreidimensionalen Zylinderfigur berechnen kann, wird man ein gutes Leben haben oder so.

Ich versuche, mich zu motivieren, mir zu denken, dass ich diesen letzten großen Meilenstein meiner Mathekarriere, auf den wir alle seit Jahren hingedrillt wurden, einfach hinter mich bringen muss, denn danach habe ich es ein für alle Mal geschafft.

In der Klassengruppe bei WhatsApp werden Ergebnisse ausgetauscht. Hysterische Nachrichten ploppen auf: *Wartet, Leute, wieso kommt bei mir -0,005 raus? Kann mir bitte jemand sagen, was ich falsch gemacht habe???* Die einen fragen, ob wir denn alle schon mit dem Stoff durch seien, andere antworten, sie hätten noch nicht mal begonnen.

Ich schalte das Handy aus und versuche, mein Gehirn einzuschalten, als wäre es ein altes Betriebssystem, das kurz vorm Absturz steht. Mein Kopf ist vollgestopft mit Formeln und Eselsbrücken und Angst und Müdigkeit. Vielleicht vom vielen Lernen oder vor Erschöpfung oder vor Angst und Stress. Eigentlich schlafe ich genug. Immer mindestens acht Stunden. Vielleicht ist es auch der Eisenmangel.

Ich schlage das abgenutzte Mathebuch auf. Ich lese die Aufgabe und verstehe nicht mal die Aufgabenstellung. Dabei bin ich in Deutsch eigentlich gut. Die Wörter verschwimmen, und die Zahlen werden kleiner, bis ich sie kaum noch erkennen kann.

Müdigkeit klebt an mir wie ein Blutegel. Ich muss mich zusammenreißen; nächste Woche ist Matura. Ich spüre einen Funken Panik in mir aufsteigen, doch die Müdigkeit ist stärker und lässt ihn verdampfen, wie Regentropfen fällt sie auf die lodernde Flamme und bringt sie zum Erlöschen. Alles fühlt sich schwer an. Meine Augenlider, meine Knochen.

Einatmen. Ausatmen. Wach bleiben.

Wahrscheinlich ist es wirklich der Eisenmangel. Ich sollte mal wieder zum Arzt gehen, ein Blutbild oder so. Keine Zeit. Matura schreiben, Matura schaffen, Maturareise. Ich starre die Aufgabe an, warte auf Tränen, die nicht kommen, warte auf Panik, die nicht in mir aufsteigen will.

Ich kann diese Müdigkeit nicht gebrauchen, nicht jetzt, eine Woche vor der Mathematikmatura.

Ich stehe auf, gehe einige Runden in meinem Zimmer auf und ab, um meinen Kreislauf wieder in Schwung zu bringen. Es ist stickig. Ich reiße das Fenster auf und versuche zu atmen. Da ist ein beengtes Gefühl in meiner Brust, als würde der Sauerstoff meine Lungen nicht erreichen. Ich versuche, noch tiefer ein- und auszuatmen. Ich gehe auf und ab, atme laut ein und aus, die Luft kommt nicht. Vielleicht brauche ich das Asthmaspray.

Ich stelle mich wieder zum Fenster, schließe kurz die Augen. Die Müdigkeit sieht das als ihre große Chance, mich zu überfallen, hängt sich wie ein schwerer Stein an meinen Körper, und ich denke, dass ich sofort erneut beginnen muss, mich zu bewegen, um nicht auf der Stelle einzuschlafen.

Ich gehe ins Bad, die Umrisse des Waschbeckens verschwimmen vor meinen Augen, ich muss mehrmals blinzeln. Vermutlich der Kreislauf. Ich nehme eine kalte Dusche, um mich aufzuwecken. Ich hole mir einen Kaffee. Es ist mein vierter an diesem Morgen. Ich darf nicht müde sein.

Ich setze mich zurück an den Schreibtisch, starre erneut die Aufgabe an. Alles fühlt sich schwer an, und ich muss kämpfen, um gegen die drückende Müdigkeit anzukommen, die sich in jeder Zelle meines Körpers ausgebreitet hat.

Der Schlaf überfällt mich, doch er ist nur kurz und leicht.

Ich wache auf und habe trotzdem das Gefühl, als wären Jahre vergangen. Ich liege immer noch in meinem Krankenhausbett, das Blut ist verschwunden, und meine Haut riecht nach Desinfektionsmittel.

Ein unangenehmes Ziehen durchfährt meine Leiste, doch es ist ein anderer Schmerz als zuvor, es ist kein Schmerz, der mich überwältigt und zusammenzucken lässt, sondern ein leichtes Ziehen, das mir nur eine leichte Gänsehaut über den Körper jagt.

Ich versuche, den Kopf zu drehen, um mich zu orientieren, denn der Ort, an dem ich mich befinde, ist nicht mehr das Zimmer, in dem ich zuvor gelegen bin. Mein Kopf fühlt sich unglaublich schwer an, und es kommt mir so vor, als würde ich ein Halsband tragen, an dem zehn schwere Steine hängen.

Ich rolle meinen Kopf zur Seite, etwas scheint sich wie ein Messer in das Innere meines Halses zu drücken, und ich gebe ein Geräusch von mir, das die Aufmerksamkeit der Ärzte erregt, die wenige Meter von mir entfernt stehen.

Ein junger Arzt, den ich noch nie gesehen habe, klärt mich auf, sagt mir, dass sie mir einen Katheter gesetzt hätten, da ich nach so einem immensen Blutverlust auf keinen Fall in der Lage sei, alleine zur Toilette zu gehen, sagt mir, dass sie mir einen Venenzugang an meinem Hals gelegt hätten, damit die Narkosemittel und Infusionen schneller in meinen Körper gelangen könnten, sagt mir, dass ich zehn Minuten geschlafen hätte, dass ich sehr viel Blut verloren hätte, dass so eine starke Blutung nicht normal sei und dass sie nun sofort handeln müssten, dass sie nun deshalb eine Computertomografie machen würden, um die Blutungsquelle möglichst schnell zu finden, denn mein Zustand sei instabil.

Ich liege stumm in meinem Bett und hoffe, dass er bald aufhört zu reden, denn alles, was ich will, ist, meine Augen wieder zu schließen.

Während sie mein Bett neben die Röhre schieben, in der das Röntgen stattfindet, hoffe ich, dass es schnell vorbei ist, und ich hoffe, dass ich währenddessen schlafen kann, dass ich nicht reden und denken und fühlen muss.

Ich schließe die Augen und denke, dass ich schon oft in dieser Röhre lag, dass ich weiß, dass ich nun einfach nur still daliegen muss und dass es dann bald vorbei sein wird und ich endlich schlafen kann. Ich schließe die Augen und warte darauf, dass der Schlaf mich einmummt.

Während ich warte, sagt eine Stimme: »Schaffen Sie es, auf das andere Bett zu gelangen?«

Ich öffne die Augen und sehe, dass die Liege des MRT direkt neben mir steht, dass sie so nahe neben mir ist, dass ich nur die Finger ausstrecken müsste, um sie zu berühren.

Ich versuche, mich mit den Händen aufzustützen, um mich aufzusetzen, und es wird alles schwarz, und die Welt dreht sich, und ich muss meine Augen schließen. Ich denke, dass ich nur noch kurz meine Augen schließen will, dass ich mich nur kurz ausrasten will, um Kraft zu sammeln, und für den Bruchteil einer Sekunde drifte ich tatsächlich in einen tiefen Schlaf ab, in dem ich mich leicht und schwerelos fühle, bis jemand an meinen Schultern rüttelt und ich wieder wach bin, mich wieder in dieser elenden Realität befinde, in der es mir nicht möglich ist, meine Hand nach dem Bett neben mir auszustrecken.

Der Arzt fragt mich erneut, ob ich es schaffe, mich auf das Bett zu begeben, welches unmittelbar neben mir steht, und in meinem Inneren schreie ich, schreie, dass ich das nicht kann, dass ich nicht mehr will, dass sie mich in Ruhe lassen sollen, dass ich keine Kraft mehr habe, mich auch nur irgendwie irgendwohin zu bewegen, dass sich jeder Knochen meines Körpers anfühlt, als wäre er aus Gummi. Ich möchte sagen, dass ich eine Versagerin bin, die es nicht einmal schafft, ihren eigenen Körper auf ein Bett zu heben, welches unmittelbar neben ihr steht, doch meinen Mund zu öffnen, meine Zunge zu bewegen, einen Laut zu produzieren, erscheint mir schlicht und einfach unmöglich.

Ich öffne die Augen, und ich weiß, dass ich keine andere Wahl habe, als diese Sache, die mir unmachbar vorkommt, durchzuziehen, und ich taste mich mit den Füßen vorsichtig heran, bis ich den festen Stoff der Matratze unter ihnen spüre, und ich spüre die Hände des Arztes, die meine Beine sanft auf das neue Bett legen, und ich spüre meine eigenen Arme, die zitternd versuchen, mein Gewicht zu stemmen, die unter diesem Gewicht zusammenbrechen und sich dabei anfühlen wie Wackelpudding. Und wie ich so über den beiden Krankenhausbetten hänge, mein unterer Teil schon am Ziel, während sich der obere Teil meines Körpers so anfühlt, als würde er unter der Anstrengung in Flammen aufgehen und verglühen, denke ich, dass das wohl meine letzte große Tat war, dass dieser Transfer vom Krankenhausbett in die Liege der Röhre die letzte anstrengende Meile ist, die mein Körper vollbracht hat.

Ich versuche erneut, meinen Oberkörper auf die andere Seite zu hieven, doch meine Arme geben nach, liegen zitternd und nutzlos neben mir, so als wären sie aus Brei.

Als der Arzt mir hilft, mich endlich auf die andere Seite befördert, wird mir bewusst, dass das Krankenhausgewand an meiner Haut klebt, dass der Schweiß aus jeder Pore meines Körpers ausgetreten ist.

Die Wochen nach der Matura verbrachte ich in einem Schockzustand, immer in der Erwartung, einen Anruf zu bekommen. Jeder weiß, dass die, die einen Anruf bekommen, durchgefallen sind und eine Kompensationsprüfung machen müssen. Ich wusste, dass ich Brigitte Kalkbrenner bei dieser mündlichen Prüfung wiedersehen würde, und alleine der Gedanke daran löste einen Schweißausbruch bei mir aus. Seit der sechsten Klasse, als ich durchgefallen war, hatte ich mich ein wenig von meinem Mathetrauma erholt. Das bedeutet nicht, dass ich im Rechnen besser geworden war, aber zumindest konnte ich mich im Unterricht so weit entspannen, dass ich keine Angst mehr hatte, eine Frage zu stellen, wenn mir etwas unklar war.

Die nächste Matheprofessorin war einfühlsamer und freundlicher. Sie versicherte uns, dass es keine dummen Fragen gebe, und nach drei Jahren Unterricht kannte sie noch immer keinen ihrer Schüler beim Namen, unabhängig davon, wie gut oder schlecht sie im Berechnen von dreidimensionalen Flächen waren. Sie sprach daher prinzipiell alle mit »Du dahinten« an, selbst wenn sie sich mit einer Schülerin unterhielt, die in der ersten Reihe saß. Weil sie für die, die sich schwertaten, sogar eine gewisse Sympathie hegte, beeilte sie sich immer mit dem Korrigieren der Schularbeiten, um, wie sie sagte, »den Schwächeren einen Vorteil zu verschaffen. Wenn sie gleich über ihre Note Bescheid wissen, können sie flink beginnen, für die nächste Schularbeit zu lernen!«

Da freute man sich dann, wenn einen am 23.12. das Ergebnis der Matheschularbeit vom Vortag erreichte, herrlich pünktlich, nutz doch gleich die Ferien zum Lernen, weiterhin besinnliche Feiertage und frohes Fest!

Weil wir also wussten, dass sie zumindest den Nieten ihre

Ergebnisse immer überpünktlich zukommen ließ, wappneten wir uns also schon in den Wochen nach den Maturaprüfungen für die Nachricht, »leider ein *nicht genügend*« erreicht zu haben. Und als das Telefon eines Abends klingelte, während ich mit meiner Mutter eine Serie schaute und mein Stiefvater danebensaß und die Zeitung las, wusste ich natürlich sofort, dass es vorbei war.

Ich konnte nicht rangehen, weil mir das Herz bis zum Hals klopfte, wo ein dicker, fetter Kloß saß, und weil die Tränen aufstiegen und weil ich daran dachte, dass ich mich morgen hinsetzen und Exponentialfunktionen zeichnen müsste.

Als ich dann in meinem Zimmer saß und meine Hände zitterten und ich dachte, ich müsste mich gleich übergeben aus Angst vor etwas, von dem ich wusste, dass es eingetreten war, denn was sonst sollte mir meine Matheprofessorin zwei Wochen nach der Matura an einem Sonntagabend zu sagen haben, wählte ich ihre Nummer und wartete.

Es tutete, und es tutete noch mal, und beim dritten Tuten ging sie ran, sagte »Grüß dich Gott!«, weil sie die Sache mit der katholischen Schule besonders ernst nahm, sagte, sie melde sich wegen meiner Mathematikmatura, und ich rüstete mich für die Worte, von denen ich sicher wusste, dass sie jetzt kommen würden, und sie sagte:

»Du, ich wollt dir sagen, du hast einen Vierer. Ich meld mich, um zu fragen, ob du vielleicht freiwillig eine Kompensationsprüfung machen möchtest? Dann ginge sich sogar der Dreier im Maturazeugnis aus.«

Ich liege in der Röhre und zittere. Die Computerstimme weist mich darauf hin, dass ich mich nun nicht mehr bewegen darf, und ich denke, das ist genau, was ich will.

Ich schließe die Augen, und alles ist still, bis ich ein Knacksen höre, das immer lauter wird und das ich irgendwann als die Stimme des Arztes identifiziere, der mir Anweisungen gibt.

»Halten Sie für zehn Sekunden die Luft an, und atmen Sie dann ruhig weiter.«

Ich möchte schreien, dass er mir das nicht zumuten kann, dass der Akt, mich selbst von einem Bett in das andere zu heben, schon so anstrengend gewesen ist, dass ich kaum die Kraft habe, meine Augen offen zu halten, und dass ich mir nicht vorstellen kann, jetzt die Luft anzuhalten.

Trotzdem halte ich die Luft an. Ich denke, dass es nur zehn Sekunden sind, doch die zehn Sekunden ziehen sich wie Kaugummi, und ich liege in der Röhre und spüre mein Herz in meiner Brust hämmern, höre es in meinen Ohren, spüre es in meinen Händen, in meinen Füßen, spüre es in jeder Zelle meines Körpers, wie es pumpt und pumpt und sicherstellt, dass ich nicht einschlafe.

Ich lasse die Luft aus meinen Lungen, atme tief ein und hoffe, dass es endlich vorbei ist, doch dann sagt die Stimme, dass ich den Vorgang dreimal wiederholen müsse, und ich denke jedes Mal, ich kann nicht mehr, es geht nicht mehr. Doch jedes Mal füllen sich meine Lungen erneut mit Luft, und jedes Mal strömt die Luft aus mir heraus, wenn die zehn Sekunden vergangen sind.

Ich schließe die Augen, und es ist das erste Mal, dass ich in einer MRT-Röhre liege und keine lauten, rumorenden Geräusche wahrnehme.

Wir sind in Verona, und über uns befindet sich der Balkon von Romeo und Julia.

Du bist stolz, dass du die Idee hattest, hierherzukommen,

sagst, dass das doch unglaublich romantisch sei, ein junges Paar, das vor nur zwei Wochen die schriftliche Matura geschrieben habe, und nun stünden wir hier und blickten auf diesen historischen Balkon.

Ich versuche, den Moment zu genießen und zu verinnerlichen, versuche, das Gefühl von deiner Hand auf meiner Schulter und das deines Kopfes auf meinem für immer in mein Gedächtnis einzubrennen, und ich versuche, mich irgendwie frei zu fühlen, weil ich die Matura geschrieben habe und weil ich das Privileg habe, mit meinem Freund, den ich liebe und der mich liebt, zwei Wochen in Italien herumzureisen.

Sosehr ich es auch versuche, es gelingt mir nicht, weil da ein großer, dunkler Schatten über mir schwebt.

Zwei Stunden zuvor hatte ich einen Anruf bekommen. Meine Deutschmatura war negativ.

»Dass eine Schülerin, die wirklich jedes Jahr ohne Probleme Einser schreibt und sich dazu nicht mal anstrengen muss, bei der Matura ein *nicht genügend* schreibt, so was ist mir wirklich noch nie untergekommen«, hatte mein Deutschlehrer am Telefon gesagt. Und dann lachend hinzugefügt: »Na ja, so bleibst du mir wenigstens für immer in Erinnerung, das ist doch auch schön, oder?«

Für mich ist es, gelinde ausgedrückt, ein Schock.

Die eine rettende Instanz, an die ich mich seit dem Volksschulalter geklammert habe, diese Sicherheit, dass mich mein Talent im Schreiben zwar vielleicht nicht vor einer Mathenachprüfung bewahren, mir aber zumindest die Zeit bis zur Mathenachprüfung erträglicher machen könnte, diese Möglichkeit, vor all meinen Problemen zu fliehen und sie zeitweise auf stumm zu schalten, sobald ich einen Stift in die Hand nähme, all das ist plötzlich verpufft. Wie ein

Schlag trifft mich die Erkenntnis, dass ich in meinem schlechtesten Fach bestanden habe, aber in meinem besten Fach durchgefallen bin.

Ich weine ein bisschen, auch wenn ich mir dabei unglaublich dumm vorkomme, und als ich in deinem Arm liege und mich beruhigt habe, meinst du, dass ich doch trotzdem etwas Kreatives machen könne, dass eine negative Deutschmatura mich doch nicht davon abhalten solle, etwas zu tun, für das ich Talent hätte.

Ich entgegne stur, dass so was doch megapeinlich wäre, dass ich wohl ganz offensichtlich nicht dazu gemacht sei, später irgendetwas Künstlerisches zu machen, wenn ich nicht mal eine positive Deutschmatura schreiben könne.

Zwei Tage später inskribiere ich mich für Jus.

Es ist Valentinstag, und ich bin müde. Ich bin eigentlich immer müde. Ich sitze auf deiner Couch und sehe dich über das Weinglas hinweg an. Meine Augen sind schwer. Vielleicht ist es der Wein, vielleicht auch mein zu langsam schlagendes Herz.

Du fragst, ob das Medikament schon wirke. Seit ein paar Wochen nehme ich Tropfen ein, die meinen Herzschlag beschleunigen sollen, und es besteht die Hoffnung, dass sie die Lösung für das Problem sind, das sich mein Herz nennt. Alle hoffen, dass die Tropfen wirken, alle hoffen, dass ich nicht ins Krankenhaus muss, dass ich nicht operiert werden muss, dass ich keinen Herzschrittmacher bekomme, denn das wäre ein Wahnsinn in meinem Alter, das wäre schockierend und verstörend und traurig.

Ich sage, dass ich eigentlich genauso müde bin wie zuvor, dass es vielleicht noch dauert, ehe eine Wirkung spürbar ist, dass ich genau spüren kann, dass mein Herz manchmal schneller schlägt als sonst. Ich sage nicht, dass das von den Panikattacken kommt, dass die Müdigkeit mich auslaugt und anstrengt und dass es mich eine unglaubliche Überwindung kostet, hier auf der Couch zu sitzen und ein Gespräch zu führen, weil ich so unendlich erschöpft bin, weil die Müdigkeit an mir zerrt und weil ich mich kaum konzentrieren kann und weil ich mich so fühle, als wäre ich unter Wasser.

Du sagst, dass ich stark bin, dass ich unglaublich arm bin, dass sicher alles gut werden wird. Du stehst auf und lächelst, aber irgendwie sieht dein Lächeln schwach aus, anders, du gehst in die Küche, ich weiß nicht, was du machst.

Ich lege mich kurz hin, nur ganz kurz, schließe die Augen, und nur für den Bruchteil einer Sekunde möchte ich mich dieser Müdigkeit hingeben, in ihr versinken.

Ich höre das Geschirr in der Küche klappern. Ich möchte aufstehen, um dir zu helfen, aber es geht nicht, ich bin wie festgeklebt, die Müdigkeit erschlägt mich, und ich liege steif und leblos da und bin unter Wasser, sinke immer tiefer, höre gedämpft die Geräusche in der Küche und deine Stimme.

Der Sekundenschlaf ist still, er hüllt meinen Körper ein, und mein Körper sinkt tiefer und tiefer, lässt sich mitreißen, wird schwerelos.

Dann ist er vorbei, ich tauche auf, wache auf und bin immer noch todmüde, will die Augen wieder schließen, doch ich höre dich in der Küche etwas fragen. Ich höre deine Worte und denke erst, dass das ein Witz ist, aber du lachst nicht, dein Ton ist ernst, und ich kann deinen Gesichtsausdruck nicht sehen, weil du in der Küche stehst und ich auf der Couch liege.

Ich hieve mich hoch, will aufstehen, alles dreht sich, und ich sinke erneut auf die Couch, und da höre ich deine Frage erneut.

»Hast du nicht auch manchmal Lust, was mit anderen Leuten zu haben?«

Ich denke, dass ich keine Lust auf andere Leute habe, dass ich dich brauche und dass ich dir niemals sagen kann, wie sehr ich dich brauche, weil es doch offensichtlich ist, und vielleicht liegt es daran, vielleicht weißt du ganz genau, wie sehr ich dich brauche, und vielleicht ist dir das zu viel, vielleicht bin ich dir zu viel, vielleicht sind es die Diagnosen, die Schwere, vielleicht ist es das Nachfragenmüssen nach jedem Arzttermin, vielleicht der Knoten in meinem Hals und der Tumor in meinem Kopf und mein krampfendes Herz und die Müdigkeit meiner Glieder und die Schwere in mir. Vielleicht hast du das Gefühl, dass es nicht nur meine Jugend ist, die mit den Diagnosen endet, vielleicht fühlt es sich für dich so an, als endete auch deine Jugend mit mir.

Du sagst, dass du manchmal daran denkst, mit anderen zu schlafen, und etwas fällt zusammen in mir, und ich denke, dass Valentinstag ist und dass ich dich liebe und dass ich dich irgendwie trotzdem verstehen kann. Und ich wünsche mir einen neuen Körper, einen Körper, den du lieben kannst, einen Körper, der nicht so müde ist und so kaputt.

Du siehst, dass ich weine, sagst, dass du es gar nicht so gemeint hast, dass du gar nicht weißt, was über dich gekommen ist. Du glaubst, die Sache wäre jetzt geklärt, nur ein kleiner Ausrutscher, nur ein Körnchen Wahrheit zwischen deinen Berührungen und den Ich-liebe-dichs, und du wunderst dich, dass ich an diesem Abend nicht mit dir schlafen möchte.

Ich liege wach neben dir, es ist Valentinstag, und ich spüre, dass es bald vorbei sein wird.

Es ist unser letzter wirklich guter Tag, und wir kochen.

Ich tue so, als wäre ich eine Chefköchin, obwohl du derjenige bist, der Zwiebeln schneidet und Fleisch anbrät. Du tust so, als würdest du mich noch lieben, und als du mich fragst, ob ich dir das Olivenöl reichen könne, spüre ich diesen Stich in der Brust und weiß nicht genau, warum, und ignoriere ihn.

Du sagst, dass du mich liebst, und ich tue so, als würde ich dir glauben. Ich sage, dass ich dich auch liebe, und du tust so, als würden sich meine Worte für dich nicht wie eine Belastung anfühlen.

Das Olivenöl spritzt aus der Pfanne und hinterlässt eine Brandwunde auf meinem Arm.

Als ich meine Augen das nächste Mal öffne, liege ich in einem gleißend hell erleuchteten Zimmer. In meiner Nase befindet sich ein Sauerstoffschlauch, die Infusion, welche über meinem Kopf hängt, tröpfelt. Ein Kreis von Menschen steht um mich herum, und erst als ich ihre ernsten Gesichter und ihre weißen Kittel sehe, merke ich, dass es Ärzte sind.

»Es ist uns gelungen, die Blutungsquelle zu finden. Wir werden jetzt versuchen, die Blutung endoskopisch zu stillen, das heißt, es wird dieselbe Prozedur durchgeführt wie bei Ihrer Magenspiegelung zuvor. Sie bekommen jetzt die Narkose, okay?«

Die Ärztin starrt mich eindringlich an, und ich nicke, schließe die Augen und denke daran, dass ich unglaublich müde bin und dass ich hoffe, dass der Schlaf, der sich langsam von meinen Zehenspitzen bis zur Mitte meines Körpers ausbreitet, sehr lange andauert.

Wie ein schwerer Stein, der sich dem Meeresgrund nähert, sinke ich in diesen Schlaf, fühle ihn in seiner ganzen Wucht, fühle, wie er mich in seine starke Umarmung schließt, wie er mich umhüllt, bis ich nicht mehr weiß, ob ich überhaupt existiere.

Von jemandem verlassen zu werden fühlt sich an, wie wenn dich jemand eine steile Klippe hinunterschubst und dir beim Fallen zusieht. Von jemandem verlassen zu werden fühlt sich an, wie wenn jemand einen großen Teil deines Körpers, den du zum Leben brauchst, herausgerissen hätte und ihn dir nicht wiedergeben würde, sodass statt des lebensnotwendigen Körperteils ein großes schwarzes Loch klafft, das eine gähnende Leere erzeugt. Von jemandem verlassen zu werden fühlt sich an, wie wenn dir jemand dein Herz ausgerissen hätte und nun mit Springerstiefeln darauf herumtrampeln würde.

»Wir haben versucht, die Blutung zu stoppen, aber es ist uns nicht gelungen. Wir werden jetzt versuchen, Sie zu operieren«, sagt die Chirurgin, als ich wieder bei Bewusstsein bin.

Das Licht des Operationssaals erscheint mir unglaublich grell, und schon nach einigen Sekunden verspüre ich das Bedürfnis, meine Augen wieder zu schließen, denn sie fühlen sich unerträglich trocken an, und alles, was ich will, ist wieder in einen tiefen Schlaf zu sinken. Ich nicke schwach und schließe die Augen wieder.

Der Anruf meiner Ärztin, der mich darüber informierte, dass ich tatsächlich einen Herzschrittmacher brauchen würde, weil zweiunddreißig Schläge pro Minute einfach nicht ausreichten, um ein sicheres und gesundes Leben zu führen, erreichte mich nur wenige Tage nach der Nachricht meines Freundes, in der er mir mitteilte, dass er sich von mir trennen wolle.

Da liegst du dann um zwei Uhr früh und kannst keine von beiden Informationen so richtig realisieren. Sie erscheinen dir wie etwas, was in einem bösen Traum passieren würde oder in Filmen, aber nicht wie etwas, was dir passieren würde.

Du denkst an die zitternde Stimme deiner Ärztin, die normalerweise kühl und gefasst klingt, an die zaghafte Art und Weise, mit der sie dir zu verstehen gegeben hat, dass es trotz deines Alters keine Alternative gebe, dass eine Herzschrittmacheroperation bei einer Zwanzigjährigen zwar etwas sehr Ungewöhnliches sei, aber dass ich mir keine Sorgen zu machen brauche, weil es sich um einen Routineeingriff handle, und dass der Herzschrittmacher mir zu einem besseren, erfüllteren Leben verhelfen werde, zu einem Leben, das nicht von drückender Müdigkeit geprägt wäre, einem Leben, in dem ich normal atmen können würde, einem Leben, in dem ich nicht bei der kleinsten körperlichen Anstrengung das Gefühl hätte, mein Herz würde in meiner Brust explodieren, einem Leben, in dem mein Herz nicht auf Hochtouren arbeiten müsse.

Du denkst daran, dass dein erster Gedanke, als sie ihre Worte ausgesprochen hatte, der gewesen war, deinem Freund davon zu erzählen, ihm, der jegliche Befunde deines Gehirntumors und deiner EKGs immer an befreundete Ärzte weitergeschickt hatte, von diesem nächsten großen Meilenstein in deiner Krankenakte zu berichten.

Und dann ist es zwei Uhr nachts, und du starrst auf die Nachricht, in der steht, dass er dir nur das Beste für deine Zukunft wünscht, und du hoffst, dass du bald aus dem bösen Traum erwachst.

Aber du wachst nicht auf, du bist in der bitteren Realität gefangen, die jetzt dein Leben ist, und in diesem Leben hast du ein Herz, das nicht richtig funktioniert, und einen Ex-Freund, mit dem du drei Jahre lang zusammen warst. Drei Jahre, das ist lang für die erste Beziehung. Das sagen zumindest alle. Wenn du dann erwähnst, dass ihr in derselben Klasse gewesen seid und euch jeden Tag gesehen habt, sagen die Leute, dass so etwas umso bewundernswerter ist für zwei so junge Menschen.

Ich war siebzehn, als wir zusammengekommen sind. Ich bin gerade zwanzig geworden, als er mir schreibt, dass er die besten Jahre seines Lebens nicht in einer Beziehung verschwenden will. Ich lese seine Worte auf meinem Handybildschirm, doch ich realisiere sie nicht.

Ich denke daran, dass er die Person ist, die mich am besten kennt, die Person, mit der ich schon so oft auf Reisen war, die mich unzählige Male zum Lachen gebracht hat, obwohl ich eigentlich weinen wollte. Ich denke daran, dass er die Person ist, die ich anrufe, wenn es gute Neuigkeiten gibt, und dass er die Person ist, die ich anrufe, wenn es schlechte Neuigkeiten gibt, und das, obwohl ich es hasse, Menschen anzurufen, und dass er die Person ist, bei der ich sofort abhebe, obwohl ich es hasse, Anrufe entgegenzunehmen. Ich denke daran, dass er jeden Millimeter meines Körpers kennt, und ich denke daran, dass er jedes Weihnachten nach der Bescherung bei uns vorbeigeschaut hat, um mich zu sehen. Ich denke daran, dass er mir vor wenigen Monaten bei unserem Weihnachtsfest einen Koffer geschenkt hat, der für all die Reisen stehen sollte, die wir noch gemeinsam machen würden.

Damals habe ich gelacht, jetzt liege ich hier und weine, starre auf seine Nachricht, starre auf die Buchstaben. *Ich wünsche dir nur das Beste für deine Zukunft! Wenn du wirklich einen Herzschrittmacher kriegst, ist diese Trennung für dich der Beginn eines neuen Lebensabschnitts!*

Die Tränen lassen die Buchstaben vor meinen Augen verschwimmen.

Ich denke an den Koffer, der vor wenigen Monaten noch ein Symbol für unsere Abenteuer war und der nun eine abrupte Endstation markiert. Er ist voll mit Irgendwann-reisen-wir-mal-nach und Diese-Stadt-müssen-wir-gemeinsam-ansehen, in ihm befinden sich Träume und Wünsche und Pläne, die wir nie erleben werden, denn es ist – Schluss. Aus. Ende. Das wars jetzt. Tschüss. *Ich wünsche dir nur das Beste für deine Zukunft!*

Ich denke daran, dass es schlechte Neuigkeiten gibt und dass ich die Person, die ich immer anrufe, wenn es schlechte Neuigkeiten gibt, obwohl ich es hasse, Menschen anzurufen, nicht mehr anrufen kann.

Ich liege da, und es ist zwei Uhr nachts, und die Person, bei der ich immer abhebe, obwohl ich es hasse, Anrufe entgegenzunehmen, ruft nicht an, meldet sich nicht mehr.

Eine einzige Nachricht kommt. *Ich glaube, es ist am besten, wenn wir uns jetzt schlafen legen. Gute Nacht und danke für die schöne Zeit.*

Das ist der Moment, in dem ich realisiere, dass es tatsächlich vorbei ist, und die Tränen schnüren mir die Kehle zu.

Da ist ein Seil um meinen Hals. Die Schlinge zieht sich zu. Es wird enger, immer enger. Atmen. Ich muss atmen, ich ringe nach Luft. Es gibt keinen Sauerstoff in meiner Lunge. Etwas zieht sich in mir zusammen. Mein Herz rast. Wie kann es überhaupt so rasen? Etwas bahnt sich an, ein scharfer Stich in der linken Rippe. Vielleicht ein Herzinfarkt. Die Luft wird knapper. Gleich kippe ich weg. Gleich falle ich.

Die Schlinge zieht sich zu. Herzinfarkt. Rasend. Nach Luft schnappen. Sinke. Unter Wasser. Gefesselt. Kämpfen. Dagegen ankämpfen. Explosion. Herzinfarkt. Luft. Atmen. Muss. Atmen. Schweißperlen. Explodierendes Herz. Pocht. Rast. Sticht. Feuerwerkskörper. Luft. Atmen. Stechen. Piepen. Lauter. Kreischen. Nichts.

Eine Panikattacke kommt oft langsam, ohne dass man sie erkennt. Oft braucht es nicht viel. Ich bekomme einen Herzschrittmacher. *Ich wünsche dir nur das Beste für deine Zukunft. Gute Nacht und danke für die schöne Zeit.* Endstation.

»Hey, nicht einschlafen! Du musst wach bleiben! Das ist jetzt ganz wichtig, verstehst du mich?«, ermahnte mich die Chirurgin und schüttelte meinen Arm.

Für den Bruchteil einer Sekunde überlegte ich, ob ich meiner unendlichen Müdigkeit, die meinen Körper wie ein schwerer Stein bis unter die Erde und noch viel, viel tiefer zu drücken schien, einfach nachgeben sollte, ob ich einfach so tun sollte, als hätte ich sie nicht gehört, ob ich meinem Körper den Schlaf, der sich wie ein warmer Mantel um meine Seele zu legen schien, gewähren sollte. Ich wollte nichts sehnlicher, als in diesen Zustand der passiven Bewusstlosigkeit zu versinken und schwerelos zu sein. Ich wollte von dieser Bewusstlosigkeit eingemummt werden wie eine Raupe in ihrem Kokon.

Die Schwester schüttelte mich erneut.

Ich öffnete mit aller Kraft meine Augen, deren Augenlider mir noch nie so schwer vorgekommen waren.

Die Chirurgin stand immer noch neben meinem Bett und sah besorgt zu mir herunter. Erst jetzt fiel mir auf, dass sie eine sehr hübsche Frau war, auch wenn man aufgrund der

FFP2-Maske nicht viel von ihrem Gesicht erkennen konnte. Ich starrte direkt in ihre braunen Augen und merkte, wie meine Augenlider schwer wurden. Dem Drang zu widerstehen, meine Augen zu schließen, fühlte sich an, wie wenn man mit letzter Kraft dem Bus nachläuft.

»Leider konnten wir die Blutung nicht stoppen«, wiederholte die Chirurgin. »Wir werden Sie gleich operieren. Gibt es jemanden, den wir informieren sollen?«

»Nein«, flüsterte ich, schloss die Augen zur Hälfte und spürte förmlich, wie mein Körper sich nach dem Schlaf sehnte, wie der Schlaf seine langen, kräftigen Finger nach mir ausstreckte.

»Gibt es wirklich niemanden, den wir informieren sollen?«, dröhnte die Stimme der Chirurgin irgendwo in weiter Ferne.

Ich spürte meinen eigenen Atem wie einen Luftstoß durch meinen Körper rasseln.

»Doch«, hörte ich mich sagen, nicht mehr wie die Bewohnerin meines Körpers, sondern wie eine Außenstehende, die sich selbst sprechen hörte. »Meine Mutter«.

Während die Chirurgin ihr Handy aus der Tasche ihres weißen Mantels fischte, öffnete ich mühsam die Augen.

»Okay, wissen Sie die Telefonnummer?«, fragte sie und musterte mich eindringlich.

Ich flüsterte die Telefonnummer, schloss langsam die Augen, und als ich die letzte Zahl sagte, zog mich der langersehnte Schlaf mit seiner ganzen Kraft zu sich, und ich war glücklich, mich ihm vollkommen hingeben zu können.

Von jemandem, den du liebst, verlassen zu werden fühlt sich an, wie wenn sich der böse Traum, der dich immer und immer wieder heimgesucht hat, bewahrheitet. Das Schlimmste daran, von jemandem verlassen zu werden, ist der Moment, in dem du aufwachst und denkst, dass alles nur ein Traum war, bis du merkst, dass der Traum deine Realität geworden ist, aus der du nicht mehr entfliehen kannst.

Dass ich überhaupt wieder aufwache, erscheint mir wie ein Wunder. Es dauert einige Sekunden, bis es mir wieder einfällt. Endstation. Dieser perfide Hoffnungsfunke, als ich zum Handy greife. Keine neuen Nachrichten. Es zerreißt mich förmlich. Da ist eine offene Wunde direkt auf meinem Herzen, und mit der muss ich jetzt herumrennen.

Ich stehe auf, sehe die Zeichnung von unserer Kirche, die du mir zu unserem letzten Jahrestag geschenkt hast, und übergebe mich.

Ich setze mich in die Küche und warte darauf, dass du mir schreibst, dass es ein schrecklicher Fehler gewesen ist und dass du ohne mich nicht leben kannst.

Du bleibst stumm. Umso lauter werden die Gruppenchats mit meinen Freundinnen. Jede schreibt, was für ein Arschloch du bist, und ich habe das Bedürfnis, dich zu verteidigen. Ich schreibe, dass ich ja doch etwas lasch gewesen sei in den letzten Monaten, natürlich wegen meiner Herzfrequenz von zweiunddreißig, aber vielleicht hätte ich mich einfach etwas mehr zusammenreißen können.

Ich versuche, etwas zu essen, aber mein Magen fühlt sich an wie das Schleuderwerk einer Waschmaschine. An der Wand hängt der Spachtel, den du meinem Stiefvater vor zwei Jahren geschenkt hast, damit er sich beim Wenden des Steaks leichter täte.

Ich versuche, zu atmen, aber da ist dieser Kloß, der mir das Gefühl gibt, zu ersticken.

Ich schleppe mich ins Badezimmer und sehe deine Zahnbürste im Becher. Sie ist schon ganz abgenutzt, und ich bin nie auf die Idee gekommen, dir eine neue zu kaufen. Im Wäschekorb liegt der pinke Pulli, den wir bei unserer ersten Städtereise nach Berlin gekauft haben.

Ich sitze auf der geschlossenen Klomuschel und denke, dass kein normaler Mensch dieses Gefühl aushalten kann, dass es ist, als würde jemand dir die Eingeweide rausreißen und literweise Desinfektionsmittel in die Wunde kippen.

Das Handy vibriert, mein Herz macht einen ungeschickten Stolperer. Meine Mutter fragt, ob ich Suppe essen möchte. Ich antworte Nein, öffne Snapchat und bereue es sofort. *Heute vor zwei Jahren* steht da. Ein Bild von uns in Venedig. Ich sehe unsere strahlenden, verliebten Gesichter und frage mich, wie man die Liebe für einen anderen Menschen einfach so verlieren kann. Ich überlege, dir das Bild zu schicken, entscheide mich aber dagegen.

Die Tage verfließen zu einem einzigen langen Albtraum, und ich hoffe die ganze Zeit, dass du dich meldest, dass du mir zumindest schreibst, dass es dir genauso dreckig geht wie mir, dass du mich genauso sehr vermisst wie ich dich, aber da kommt nichts. Als hättest du nie existiert, als wären die letzten drei Jahre eine Illusion gewesen, als hättest du mich aus deiner Erinnerung gelöscht, während ich in der Erinnerung lebe und sie nicht verlassen kann und will.

Ich überwinde mich und treffe meine Freundinnen. Wir gehen in eine Bar, und sie behandeln mich wie ein rohes Ei. Jede scheint dreimal zu überlegen, bevor sie ein Thema beginnt. Obwohl sie versuchen, nichts über dich, unsere ehemaligen Klassenkollegen oder allgemein die Schulzeit zu sagen, sitze ich nach wenigen Minuten da und heule. Ich betrinke mich, so wie alle Frauen, deren Herz gebrochen wurde, es in den Filmen machen, und weil ich denke, dass ich nach der Herzschrittmacher-OP sicher lange Zeit keinen Alkohol trinken darf.

Ich denke an den Abend, als ich eine Party im Haus meiner Eltern veranstaltet habe und du kotzen musstest und ich mich wochenlang darüber lustig gemacht habe, und ich denke daran, dass du dich wochenlang darüber lustig gemacht hast, dass ich einmal ganz am Anfang unserer Beziehung einen so heftigen Absturz hatte, dass die Veranstalter der Party sogar die Rettung rufen wollten.

Ich denke an unsere Italienrundreise und an den Abend, als du unabsichtlich in einem teuren Restaurant zwei Liter Wein bestellt hast, den wir dann gezwungenermaßen trinken und bezahlen mussten.

Ich denke an die Zugreise von Amsterdam nach Den Haag und daran, dass unsere Unterkunft als »Beachhouse« bezeichnet wurde und dass du dachtest, die Besitzerin des verfallenen Gartenhäuschens würde uns ausrauben.

Ich denke an die Klassenreise in der sechsten Klasse nach Genf und daran, wie einfach es war, sich kurz unauffällig von der Gruppe wegzuschleichen.

Ich denke an unsere Telefonate, als du beim Bundesheer warst und wir uns nicht sehen konnten.

Ich denke an den Abend, den wir in deiner ersten eigenen Wohnung verbracht haben.

Ich denke an deine Reaktion auf die Diagnose des Gehirntumors, und ich denke an dein Versprechen, mich nach der Herzschrittmacher-OP im Krankenhaus zu besuchen.

Ich denke an unsere Kirche und an den Furz und an seinen Sprachfehler und an das Schaf.

Ich trinke ausreichend Shots, um nicht mehr denken zu müssen, ich schleppe mich aus der Bar, steige in die U-Bahn und denke weiter, denke an unseren Skiurlaub und daran, dass du einmal gesagt hast, dass es in jeder Beziehung eine Person gibt, die die andere mehr liebt, und dass ich dich mehr lieben würde als du mich.

Der Waggon ruckelt, die Ansage ertönt: »Endstation, bitte steigen Sie aus.«

Ich stehe auf.

Als ich aufwachte, kam es mir so vor, als wären Jahre vergangen. Ich fühlte mich noch müder und kraftloser als zuvor. Das Licht blendete. Ich zitterte. Die Kälte war unerträglich. Das Gemurmel der Leute im Raum war wie ein lautes Summen. Mein Körper fühlte sich an, als wäre er gar nicht da.

Ich spürte nicht, dass ich auf einem OP-Tisch lag, dass ich eine Sauerstoffmaske trug und dass ein Katheter an meiner Harnröhre hing.

Ich spürte nicht, dass mir ein Zugang zur Halsvene gelegt worden war, dass fünf verschiedene Schläuche daran befestigt waren und dass sechs Blutkonserven sich langsam mit meinem Blut vermengten.

Ich spürte die Elektroden auf meiner Brust nicht.

Ich spürte meinen Herzschlag nicht, welcher, dank Herzschrittmacher, die passende Frequenz von siebzig auf dem Monitor des EKG aufleuchten ließ.

Ich spürte meinen Körper nicht, er schien auf einmal ganz leicht geworden zu sein, als würde er in der Luft schweben, als würde die Schwerkraft nicht mehr existieren.

Ich hatte das Gefühl, dass mein Körper schon lange weg war, dass er schon lange nicht mehr auf dem Operationstisch lag, dass er sich der Luft hingegeben hatte wie eine Wolke, die ein Atemzug an einem kalten Wintertag verursacht, und von ihr aufgenommen worden war und sich schließlich mit ihr vermengt hatte, sodass gar nicht mehr auszumachen war, dass er jemals ein individueller Bestandteil von etwas anderem, etwas Größerem, eines anderen Organismus gewesen war.

Es war nicht mehr mein Körper, der auf dem Operationstisch lag, denn er war schon lange unendlich weit weg. Es war meine Seele, die auf dem Operationstisch lag.

Und diese Seele war müde, so unglaublich müde, dass sie gar nicht wusste, ob sie jemals etwas anderes gefühlt hatte als diese unendliche, drückende Müdigkeit.

Diese Seele war klein, so abartig klein, wie ein Dorf im Vergleich zum Universum erscheint, so klein wie eine Ameise, die auf dem Rücken eines Elefanten krabbelt, so klein wie die erste Flamme, die flickert, bevor sie einen Waldbrand entfacht.

Diese Seele war zerbrechlich, wie der Flügel eines Schmetterlings, wie altes Porzellan, wie der Frieden kurz nach einem Krieg.

Aber diese Seele war auch stark, so stark wie die Wellen des Ozeans an einem stürmischen Tag, so stark wie der Wind, der die Blätter durch die Luft wirbelt, so stark wie die Sonnenstrahlen, die nach einem Gewitter einen Regenbogen zaubern.

Diese Seele strahlte, strahlte wie die ersten Sonnenstrahlen an einem düsteren Wintertag, wie das Licht einer Kerze nach einem Stromausfall, wie ein Sonnenaufgang, der einen neuen Tag einleitet.

Und diese Seele kämpfte, kämpfte wie ein Leistungssportler für seinen Sieg, kämpfte wie ein Schiff unter Einbruch der Wellen, kämpfte wie eine Löwin, die ihre Jungen verteidigt.

Diese Seele war wie eine Raupe in ihren Kokon eingemummt, diese Seele war eingemummt in meinen Körper. Und aus dieser Raupe wurde ein Schmetterling, der aus seinem Kokon hinaus in die Lüfte emporflog, und seine kraftvollen Flügel trugen ihn immer höher und höher, bis es so aussah, als wäre er nur noch ein kleiner Fleck, der sich in Richtung Sonne bewegt.

Ich wache auf, und da ist ein unfassbarer, ziehender Schmerz. Der Schmerz ist so überwältigend, dass ich nicht mal ausmachen kann, aus welcher Gegend meines Körpers er kommt. Es fühlt sich so an, als würde jemand meine Innereien quälend und langsam mit einer Kreissäge zerteilen und anschließend die Teile, die übrig geblieben sind, mit Dornendraht umwickeln.

Ich spüre, wie die Organe in der Mitte meines Körpers arbeiten, wie es gluckst und gurgelt und unglaublich wehtut.

Die Schwester sagt, dass ich sehr lange und sehr tief geschlafen hätte, dass alles gut gegangen sei, dass ich noch eine halbe Stunde zur Beobachtung auf der Intensivstation liegen müsse, und sie drückt meine Hand.

Erst als ich merke, dass ich ihren Händedruck nicht spüre, schaue ich auf meinen Körper hinunter.

Meine Hände, die nicht mehr aussehen wie meine Hände, liegen schlaff und aufgebläht neben mir. Ich versuche, sie zu heben, doch sie fühlen sich unglaublich schwer an, so als wären sie magnetisch an der Bettdecke befestigt, als würde ich versuchen, sie mit aller Kraft ihrem Magnetfeld zu entreißen.

Ich hebe meine Hände und suche meine schlanken, feingliedrigen Finger. Ich suche die Adern, die wie ein Netz aus Fäden meine Haut durchziehen. Ich suche meine Fingerknöchel, die sich über die Landschaft meiner Hände heben und senken wie sanfte Hügel. Ich suche meine Handgelenke, die immer zart und schlank gewesen sind. Ich hebe meine Hände und erschrecke über den Anblick dieser monströsen, riesigen Pranken, an denen kein einziger schlanker Finger, keine einzige feine Ader, keine Spur eines Fingerknöchels und auch nicht jene eines Handgelenks zu erkennen ist. Ich hebe meine Hände und frage mich, ob sie überhaupt zu meinem Körper gehören, ob sie überhaupt meine Hände sind, denn sie sehen nicht aus wie meine Hände, und sie fühlen sich auch nicht so an wie meine Hände. Ich hebe meine Hände und frage mich, ob sich überhaupt ein Knochen in ihnen befindet oder ob sie einfach für den Rest meines Lebens aus dieser schweren Masse bestehen werden, die sich nicht wie etwas anfühlt, was mein Körper jemals produzieren würde.

Als ich meine Hände, die eigentlich gar nicht meine Hände sind, wieder auf die Bettdecke sinken lasse, merke ich, dass ich zittere. Die Bettdecke ist dick, doch es kommt mir so vor, als würde ich nackt in einem kalten Keller liegen. Ich versuche, die Bettdecke enger um mich zu schließen, mit den Fingerspitzen die Decke nach oben zu ziehen, doch meine dummen, nutzlosen Finger gehorchen mir nicht, rutschen immer wieder ab, wie dicke Wurstfinger, die versuchen, etwas Filigranes zu fassen.

Als die Schwester mein Zittern bemerkt, bringt sie eine zweite Decke, sagt, dass so etwas normal sei nach einer schweren OP, sagt, dass ich unglaublich tapfer gewesen sei.

Erst als etwas Brennendes über meine ausgetrocknete Haut rinnt, merke ich, dass ich weine.

»Du darfst jetzt zurück auf die Station und wirst bald abgeholt und nach oben gebracht«, informiert mich die Schwester, nachdem ich meine Augen nach einer Ewigkeit wieder öffne. Ich versuche zu lächeln, doch meine Wangen hängen schlaff an meinem Gesicht herab, so als befände sich kein einziger Muskel in meinem Körper. Ich gebe den Versuch auf und merke dabei, wie trocken sich meine Lippen anfühlen, wie schwer meine Zunge in meinem Mund hängt, wie fest die getrockneten Tränen auf meiner Haut kleben.

»So, jetzt verlässt du unsere Intensivstation. Du warst irrsinnig tapfer«, sagt die Schwester und lächelt mir zu.

Ich öffne den Mund. Mein Kiefer fühlt sich an wie eine seit Jahren rostende Tür, mein Gaumen schwer wie Blei, mein Mund trocken wie die Wüste.

Ich versuche, etwas zu antworten, doch es kommt nur ein leises Krächzen wie von einem jungen Raben, der zum ersten Mal aus seiner Eierschale schlüpft.

Ich versuche es erneut, versuche, meine Stimmbänder, die mir vorkommen wie schwere Eisenblöcke, dazu zu bringen, einen Ton von sich zu geben, und mich zu vergewissern, dass wenigstens sie mich nicht im Stich gelassen haben.

Ich krächze erneut, und ein schrecklich unangenehmes Kratzen macht sich in meinem Hals bemerkbar, und ich denke, das wars jetzt, ich werde nie wieder ein Wort sprechen können.

Bis ich bemerke, dass das Kratzen in meinem Hals sich zu einem Ton, einem leisen, kaum hörbaren Wimmern formt.

»Danke«, flüstere ich vorsichtig, und es kommt mir so vor, als wären es meine ersten Worte seit sehr langer Zeit.

Die Rollen des Krankenhausbettes quietschen, als der Pfleger eine scharfe Kurve macht, um das Bett Richtung Gang zu manövrieren. Grelle Lichter schnellen an meinen Augen vorbei. Neben der Infusion, die über meinem Kopf hängt, befinden sich sieben leere Blutkonserven.

Mir wird übel, und ich drehe den Kopf zur Seite, mustere die leeren Stühle auf dem Gang, die an mir vorbeiziehen wie Häuser während einer Zugfahrt. Ich spüre einen tiefen Stich von bitterer Enttäuschung, als ich die leeren Stuhlreihen sehe.

Ich frage mich, wo sie ist. Warum sitzt meine Mutter nicht auf einem dieser Stühle und wartet auf mich, wie bei den etlichen Untersuchungen, die ich in meinem Leben schon hatte? Wo ist ihr besorgter Blick, wo sind ihre Arme, die sich weit öffnen, um mich zu empfangen? Wo ist das schnelle Klackern ihrer Schuhe, wo ist der feste Druck ihrer Hände, der wortlos »Ich bin hier« zu sagen scheint?

Jedes Mal, wenn der Pfleger eine Kurve fährt, spüre ich ein leichtes Flimmern der Hoffnung, denke, dass sie sicher auf einem der nächsten Stühle sitzen und besorgt aufschauen wird, dass sie mit energischen Schritten neben meinem Bett hergehen wird, so wie sie es getan hat, als ich auf der Bahre ins Rettungsauto getragen wurde. Jedes Mal spüre ich erneut diesen Stich, diese Enttäuschung, dieses Gefühl, dass ich alleine bin, dass ich den Kampf, in dem der Gegner mir zu diesem Zeitpunkt noch nicht bewusst ist, umsonst gekämpft habe, und dass niemand anerkennt, dass ich ihn gekämpft habe.

Niemand wartet auf einem der Stühle auf mich, niemand wirft mir einen besorgten Blick zu, niemand breitet seine

Arme nach mir aus, niemand geht neben mir her und drückt meine fetten, aufgeblasenen Hände.

Als wir den Aufzug erreichen, realisiere ich, dass meine Mutter nicht da ist, und ich realisiere, dass meine einzige Motivation, die Intensivstation zu verlassen, diejenige gewesen war, ihre Umarmung zu spüren.

Ich liege in der Dunkelheit meines Zimmers, und die einzige Lichtquelle ist der Bildschirm meines Telefons, welcher immer wieder aufflackert. Ich fühle mich wie versteinert, traue mich nicht, mich zu bewegen, liege steif auf der Matratze und weiß nicht mal, ob ich atmen soll. Ich habe Angst, dass die kleinste Bewegung eine erneute Blutexplosion auslöst.

Ich halte die Luft an, bis es nicht mehr geht, und während ich zitternd ausatme, bete ich, dass nichts passiert, ich flehe einen Gott an, an den ich eigentlich nicht glaube, dass er alles in seiner Macht Stehende tun soll, damit mein Körper nicht zerbricht.

Es fühlt sich an, als wäre mein Körper aus feinem Porzellan, und als stünde dieses Porzellan auf einer Klippe, und als würde jeder Windstoß das Porzellan um wenige Millimeter weiter in Richtung Kante schieben, bis es irgendwann fällt und auf den erbarmungslosen Untergrund trifft und dort in Millionen Teile zerschellt.

Mein Körper fühlt sich an wie aus feinem Porzellan, und ich warte auf den Windstoß.

Jedes Mal, wenn die Matratze vibriert, weil mein Handy eine neue Nachricht anzeigt, denke ich, das wars jetzt, es beginnt schon wieder, die Explosion findet erneut statt, und ich erwarte regelrecht, dass das Porzellan in Millionen Teilchen zerspringt.

Doch die Explosion kommt nicht, und das Porzellan

steht immer noch an der Klippe, und es bewegt sich nicht in Richtung der Kante, sondern in die entgegengesetzte, in die sichere Richtung.

Als mein Handy erneut vibriert, versuche ich, es in die Hand zu nehmen, doch es gleitet wie ein nasser Fisch an meinen Fingern vorbei. Ich taste danach, doch meine Finger fühlen sich taub an, und ich kann nicht abschätzen, ob sie Luft oder einen Gegenstand berühren. Ich versuche, das Handy mit Daumen und Zeigefinger zu heben, doch sie sind ungeschickt und kraftlos, und das Handy entgleitet ihnen. Ich versuche erneut, danach zu greifen, meine fetten, unnützen Finger danach auszustrecken, doch es gelingt mir nicht, sie fühlen sich an wie aus Gelatine, und ich spüre überhaupt nichts in ihnen, nicht einmal ein sanftes Kribbeln. Ich balle meine Hände zu Fäusten, in der Hoffnung, dass das Gefühl in ihnen wiederkommt, doch nichts passiert, meine Hände liegen halb geöffnet wie Halbmonde in meinem Schoß, sie sehen massiv und aufgequollen aus, und ich weiß, dass irgendwo unter den tausend Schichten, die meine Finger umgeben, ein Nerv sein muss, doch ich spüre ihn nicht, und ich habe für kurze Zeit Angst, ihn nie wieder spüren zu können.

Als ich es endlich schaffe, das Handy mit beiden Händen zu meinem Oberkörper zu ziehen, und es wie in einem Sandwich zwischen meinen Handflächen liegt, die mit aller Kraft verhindern, dass es wieder entgleitet, denke ich, dass ich die schwerste Hürde bewältigt habe.

Das Handy liegt auf meiner offenen Handfläche, und der Bildschirm leuchtet, und ich versuche, meinen Code einzutippen, versuche die sechsstellige Zahlenkombination einzugeben, die ich jeden Tag eingebe, um mein Handy zu entsperren. Meine Finger rutschen ungeschickt auf dem Display herum, als gehörten sie nicht zu mir, als spielten sie ihr eigenes Spiel, und ich sage mir in meinem Kopf eindringlich die sechs Zahlen vor, während meine Finger dumpf und wie ungeübt auf dem Bildschirm herumwischen und immer mindestens eine der sechs Zahlen verwechseln. Als der Hinweis erscheint, dass ich nur noch einen Versuch hätte, packt mich die Wut, und ich denke, dass das doch nicht wahr sein kann, dass es doch ein Witz sein muss, dass meine tauben, fetten Finger es nicht schaffen, etwas so Banales wie das Entsperren eines Handybildschirms für mich zu erledigen.

Ich strecke vorsichtig den kleinen Finger meiner einen Hand aus, während die andere, die das Handy hält, vor Anstrengung zittert. Der kleine Finger ist genauso angeschwollen wie die anderen, doch ihm gelingt es, den Code richtig einzugeben, und das Telefon entsperrt sich endlich. Es sind unzählige Nachrichten darauf, und ich muss mehrere Versuche starten, um die erste zu öffnen.

Es ist die Nachricht meiner Mutter, die schreibt, dass sie mich liebt, dass sie betet, dass sie weiß, dass ich es schaffen kann.

Die Finger, die das Telefon umklammern, zittern vor Anstrengung, und ich presse meinen gefühllosen Zeigefinger auf das Display und schicke ihr ein rotes Herz.

Die Animation dieses Herzens pocht, und zum ersten Mal, seit ich aufgewacht bin, spüre ich, wie auch mein Herz pocht, wie es in meiner Brust schlägt und mich daran erinnert, dass es da ist und dass ich lebe.

Die Umarmung meiner Mutter fühlt sich an wie die erste Berührung auf einem neu geborenen Körper. Sie drückt mich nur vorsichtig an sich, so als hätte sie Angst, dass ich zerbrechen würde, und auch ich habe Angst, zu zerbrechen.

Ich liege in ihren Armen und bete, dass das Loch in meinem Inneren nicht aufbricht, bete, dass dieser friedvolle Moment nicht durch meinen instabilen, kaputten Körper zerstört wird.

Als die Schwester den Raum betritt, um meine Infusion anzuhängen, schließt sie meine Mutter in die Arme, lächelt mir sanft zu und sagt, dass ich das Schlimmste vorerst überstanden hätte. Sie sagt, dass ich immenses Glück gehabt hätte und dass sie selten so viel Blut auf einmal gesehen hätte. Sie sagt, dass die ganze Station unter Schock stehe, dass sie noch nie eine Patientin gehabt hätten, deren Zustand sich so rapide verschlechtert hätte, sie sagt, dass alle für mich gebetet hätten, dass sie sich nicht sicher gewesen seien, ob sie mich ein zweites Mal sehen würden.

Meine Mutter weint stumm. Sie sinkt neben mir auf das Bett und drückt meine aufgequollene Hand, die ihre Berührung kaum spüren kann.

Die Schwester wendet sich zur Tür und sagt, dass wir uns beide gut ausrasten sollten, dass ich versuchen solle zu schlafen, dass ich mich sofort melden solle, wenn ich Schmerzen hätte.

Als sie die Tür schließt, ist der Raum dunkel. Ich höre meine Mutter im Bett neben mir atmen.

Ich schließe die Augen und versuche zu schlafen, denn ich spüre, wie erschöpft mein Kopf vom vielen Denken ist, doch der Schlaf, der mich in den letzten Tagen wie ein Zug überrollt hat, lässt auf einmal auf sich warten, so als müsste er sich von den letzten Stunden erholen. Meine Lider fühlen sich schwer an. Ich liege wach, und meine Gedanken rattern wie eine Achterbahn durch meinen Kopf, und ich merke, wie müde ich bin, doch der Schlaf kommt nicht. Stattdessen spüre ich mein Herz in meiner Brust schlagen, spüre, wie es auf Hochtouren arbeitet, als wollte es mich daran erinnern, dass es da ist.

Und ich spüre ein Glucksen in meinem Bauch, dazu ein Gefühl, als würde jemand Möbelstücke verschieben und mit den Kanten dieser Möbelstücke die feine Haut meiner Organe treffen. Jedes Mal, wenn ein neues Möbelstück verschoben wird, spannt sich mein ganzer Körper an, und ich traue mich nicht einmal zu atmen. Jedes Mal meine ich, dass das zuletzt verschobene Möbelstück mit der Kante heftig gegen die feine Haut meiner Blutgefäße gekracht ist, und ich sehe vor meinem inneren Auge, wie die dünne Haut aufplatzt und sich unglaublich viel Blut in meinem Körper verteilt. Das Blut fließt zuerst langsam, kaum merkbar, aus der Wunde, die die Kante des verschobenen Möbelstücks verursacht hat, bis es sich langsam immer schneller ausbreitet wie ein Wasserfall, der durch meinen Körper hindurchgespült wird. Ich spanne jeden Muskel meines Körpers an, um zu verhindern, dass das Blut weiter fließt, ich halte die Luft an, um zu verhindern, dass es meinen Körper verlässt. Wenn ich es dann wage, weiter zu atmen, habe ich das Gefühl, dass ich schon längst in einem See aus Blut liege, dass mein verzweifelter Versuch, das Blut bei seinem Weg aus meinem Körper aufzuhalten, von vornherein zum Scheitern verurteilt war. Ich liege hier, und ich atme, und ich spüre, wie mein Herz das Blut durch meinen Körper pumpt, und ich habe unglaubliche Angst, dass mein Körper mich erneut im Stich lässt. Die Möbelstücke meines Körpers verschieben sich, doch ich realisiere nicht, dass ihre Kanten nicht spitz, sondern rund sind, und ich realisiere nicht, dass die Haut meiner Organe und die meiner Blutgefäße nicht fein und zerbrechlich sind, sondern zäh und stark. Ich liege hier, und ich wage es nicht, in den Schlaf abzudriften, weil ich weiß, was letztes Mal passiert ist.

Ich weiß nicht, wie, aber irgendwann bricht der nächste Morgen an.

Die Sonne wirft ihr helles Licht in den düsteren Raum, und ich genieße das Gefühl von Wärme auf meiner Haut.

Ich schiele zu meiner Mutter hinüber, die in dem freien Bett neben mir liegt. Sie atmet regelmäßig und tief und wacht erst auf, als die Schwester wenige Minuten später das Zimmer betritt, um meinen Blutdruck und meine Körpertemperatur zu messen. Sie erklärt uns, dass mich heute ein Ultraschall erwarte, durch den überprüft werde, dass alles gut verwachsen sei.

Die Möbelstücke in meinem Inneren verschieben sich immer noch, und es gluckst und gurgelt, und der Schmerz ist immer noch da und flacht nur leicht ab, als die Wirkung der Schmerzinfusion eintritt.

Ich habe unglaublichen Durst, doch mir wurde gesagt, dass ich erst nach dem Ultraschall trinken dürfe, und ich liege da und versuche, nicht an Wasser zu denken und nicht an meine trockene Kehle.

Als ich von einem Pfleger nach unten gefahren werde, sagt meine Mutter, dass sie in der Zwischenzeit meinen Vater anrufe, um ihm zu erzählen, was passiert sei.

Ich nicke und schließe die Augen und bete, dass der Ultraschall unauffällig sein wird, ich bete, dass mein Körper nicht erneut zu bluten beginnt, und ich bete, dass die verdammten Möbelstücke, die sich wie Dornen durch mein Inneres schlängeln, endlich stillstehen, ich bete, dass sie sich nie mehr bewegen und dass der verdammte Schmerz endlich aufhört.

Der Raum, in dem der Ultraschall stattfindet, ist kahl und düster und kein Raum, den man in einem Krankenhaus erwarten würde, sondern eher wie ein dunkles Kämmerchen irgendwo im Wald, wo einen niemand finden kann. Der Arzt ist nicht sonderlich freundlich, er beachtet mich kaum. Er begrüßt mich nicht und verabschiedet sich auch nicht, als die Untersuchung zu Ende ist, sondern drückt den kühlen Ultraschallstab so tief in meine Eingeweide, dass ich kurz Angst habe, mich zu übergeben, und ich denke, dass die Wunde gleich aufplatzt, dass die Stelle auf meiner Haut, wo jetzt eine frische Narbe sitzt, niemals diesen Widerstand aushalten kann.

Doch ich übergebe mich nicht, und die Narbe, die ich bislang weder berührt noch gesehen habe, weil sie von einem dicken OP-Pflaster geschützt ist, bricht auch nicht auf.

Das Einzige, was bleibt, sind die Möbelstücke, die sich weiterhin verschieben, und mir kommt der Gedanke, dass meine Organe vielleicht komplett ungeordnet in meinem Inneren herumschwimmen, dass vielleicht mein Dickdarm an der Stelle liegt, an der mein Blinddarm sein sollte, und mein Blinddarm vielleicht an der Stelle liegt, an der mein Dünndarm sein sollte, und Panik erfasst mich, und ich denke, dass der Arzt mir gleich eine schlimme Diagnose offenbaren wird, dass er sagen wird, dass da etwas ganz gewaltig in Schieflage ist und dass ich sofort nochmals operiert werden müsse.

Doch er bleibt stumm, wischt mit einem Papiertuch die letzten Reste Flüssigkeit von meinem Bauch, drückt ein neues OP-Pflaster auf meine Narbe, steht auf und geht.

Ich werde auf den Gang gefahren, wo mir gesagt wird, dass man mich gleich abholen werde, um mich zurück auf die Station zu bringen.

Die Tür des Kämmerchens schließt sich, und ich bin alleine, liege in meinem Bett und kann mich nicht bewegen, während meine inneren Möbelstücke sich weiter verschieben und ich mich frage, was da eigentlich gerade in meinem Körper passiert, ob die Vorgänge normal sein können, ob es normal sein kann, dass der Schmerz so überwältigend ist.

Der Gang ist menschenleer, und ich warte auf Antworten, und ich weine.

Ich weine, weil ich verzweifelt bin und weil kein Mensch mich hören kann, weil ich nicht weiß, was mit mir passiert ist und was mit mir passieren wird, weil der Schmerz in jeder Zelle meines Körpers ist und weil ich nicht weiß, wie es um meinen Körper steht und ob die Möbelstücke in meinem Inneren sich tatsächlich verschieben und ob das eine neue Gefahr für meinen Körper ist.

Ich muss an das Porzellan denken, das an der Klippe steht, und ich denke, jetzt kommt der Windstoß, jetzt ist der Moment gekommen, in dem das Porzellan langsam von der Klippe stürzt und zerspringt, jetzt zerbreche ich in Millionen Teile, und diese Millionen Teile zerschellen in Milliarden noch kleinere Teile, bis nichts mehr übrig ist, bis ich nichts weiter bin als Staub.

Und irgendwann, als keine Tränen mehr kommen, ergebe ich mich und denke, dass es okay ist, jetzt zu sterben, dass es nichts bringt, dagegen anzukämpfen, dass ich akzeptieren muss, dass ich mich in einem menschenleeren Gang befinde und niemand mir zur Hilfe kommen wird, wenn ich schreie, dass ich hier keinen Knopf habe, der mich mit der Schwesternzentrale verbindet, und ich versuche, Kraft zu sammeln, versuche, den Schmerz über meinen Körper hereinbrechen zu lassen und nicht gegen ihn anzukämpfen, versuche, meinen Frieden damit zu machen, dass ich hier auf diesem Gang sterben werde und niemand es bemerkt. Ich atme ruhig und denke an die Porzellanscherben, die am Grund der Klippe liegen.

Erst als sich die Tür des Aufzugs öffnet und ein Pfleger sich in meine Richtung bewegt, merke ich, dass ich nicht dabei bin zu sterben.

Die Fakten wurden erst auf den Tisch gelegt, als ich zurück auf der Station war und mich trotz Infusion weiter vor Schmerzen krümmte. Meine Mutter verlangte in einem harschen Tonfall, dass jetzt endlich ein Arzt käme und uns erklärte, was mit meinem Körper passiert war.

Ein junger Mann betrat den Raum. Verlegen sagte er, dass er nur der Assistenzarzt sei, dass es leider im Moment nicht möglich sei, von einem anderen Arzt Auskunft zu erhalten, weil sie alle voll im Einsatz stünden.

In trockenem Ton erklärte er uns, dass ich einen immensen Blutverlust erlitten und sieben volle Bluttransfusionen bekommen hätte, und er fügte hinzu, dass ich Glück gehabt hätte, im AKH gelandet zu sein, denn in jedem anderen Spital wäre ich vermutlich verblutet.

Ich wusste nicht, was ich auf diese Aussage antworten sollte, also lag ich stumm da und überlegte, ob ich die Stille mit irgendeiner Frage füllen könnte.

Der Assistenzarzt führte schließlich aus, dass ich eine Ausstülpung im Dünndarm gehabt hätte, eine Art Anhängsel, die eigentlich nicht schädlich sei, die jedoch im Laufe der Behandlung meiner Kopfschmerzen durch die Schmerzmittel und Blutverdünner aufgebrochen sei, und dieser Aufbruch habe die Blutung verursacht, aufgrund derer ich in die Notambulanz eingeliefert wurde. Diese Blutung habe dann von alleine gestoppt und sei einige Stunden später erneut ausgebrochen, und ich hätte Glück gehabt, dass die Ärzte sofort gehandelt hatten, dass sie die Blutungsquelle entdeckt und geschlossen hätten.

Der Prozess des Schließens sei kein einfacher gewesen, denn zuerst hätten sie mir eine Operation ersparen wollen und versucht, es endoskopisch, also über den Rachen, zu bewerkstelligen. Sie hätten es stundenlang versucht, doch es sei nicht gelungen, und als ich wieder bei Bewusstsein gewesen sei und sie meine Mutter angerufen hätten, habe schon festgestanden, dass sie mich operieren würden, dass dies die einzige Möglichkeit gewesen sei, mich vor dem Verbluten zu bewahren.

Die Operation habe sich über Stunden gezogen, und die Stelle links unterhalb meines Bauches sei aufgeschnitten und mein gesamter Dünndarm entnommen worden. Die Abstülpung, welche die Blutung verursacht hatte, sei entfernt und mein Dünndarm zurück in meinen Körper eingesetzt worden. Das offene Loch sei verschlossen worden, und man könne von Glück reden, dass der einzige Schaden, den ich davontrug, die Narbe sei. Dass ich Schmerzen hätte, sei normal, denn mein Dünndarm müsse sich erst wieder in meinen Körper einordnen. Ich solle die Schwestern nach mehr Schmerzmitteln fragen. Er müsse jetzt leider gleich weiter, denn ich sei nicht die einzige Patientin in diesem Krankenhaus, die etwas von ihm wissen wolle.

Und weg war er.

Meine Mutter schrieb jedes einzelne Wort des Assistenzarztes in ihrer feinsäuberlichen Handschrift auf die Rückseite einer Rechnung, die sie auf die Schnelle in ihrer Geldbörse gefunden hatte. Obwohl ihre Miene ernst und ihr Blick konzentriert schienen, konnte ich sehen, wie ihre Hand zitterte.

So hatten ihre Hände auch gezittert, als sie während eines Elternabends in der Schule das Wort ergriff und darauf hinwies, dass der Großteil unserer Klasse panische Angst vor dem Mathematikunterricht hatte, weil Brigitte Kalkbrenner die Schüler und Schülerinnen entmutigte und demütigte. Ihr Vorschlag, mit der Lehrerin zu reden, wurde zwar dankbar angenommen, bewirkte jedoch wenig.

Ähnlich war es, als Rainbow-Lynn meinen Namen klaute. Meine Mutter schüttelte verärgert den Kopf, als sie von dem Gespräch mit meinem Klassenvorstand zurückkam. Sie sah es nicht ein, dass ich meine Hausübungshefte mit »Lilli P.« beschriftete, während Rainbow-Lynn ihre ganz selbstverständlich mit meinem Namen kennzeichnete. Der Klassenvorstand verstünde ihren Ärger, aber leider könne man da nichts machen, Rainbow-Lynn sei nun mal stur, und die Lehrerin wolle kein Drama innerhalb der Klassengemeinschaft auslösen. Außerdem hätte sie sowieso das Gefühl, dass es mir nichts ausmache, Lilli P. genannt zu werden, ich sei ja so still und zurückhaltend und hätte mich noch nie über meinen neuen Namen beschwert. Meine Mutter erklärte, dass das Problem genau in dieser Tatsache lag: dass ich still und zurückhaltend war und dass die Leute dadurch annahmen, dass sie Dinge einfach so über meinen Kopf hinweg entscheiden könnten. Sie sagte, dass man nicht einfach davon ausgehen könne, dass ein schüchternes Kind weniger Probleme mit einem Namensklau habe als ein selbstbewusstes.

Die Lehrerin zuckte mit den Schultern und meinte, dass sie sich eine Lösung überlegen werde.

Als ich den Herzschrittmacher bekam, schmuggelte meine Mutter in einer viel zu kleinen Tasche eine Dose Nougateis ins Zimmer, welches wir gemeinsam mit Ingrid verspeisten, deren Augen beim Anblick der Nachspeise aufblitzten.

Als ich wegen Verdachts auf Hirnhautentzündung im Spital lag, saß meine Mutter stundenlang mit ihrem Laptop neben mir und arbeitete.

Als mich die Rettung nur wenige Tage später mit Blaulicht in die Notfallambulanz einlieferte, hielt sie meinen Kopf, während ich von meiner Blutlache auf die Trage der Sanitäter gehoben wurde.

Sie war es, die die Schwestern auf mein immer blasser und leblos aussehendes Gesicht hinwies, sie war es, die das Personal dazu drängte, möglichst schnell etwas zu unternehmen, sie war es, die meinen ohnmächtigen Körper auffing, als ich auf der Toilette das Bewusstsein verlor.

Meine Mutter hatte immer schon wie eine Löwin für mich gekämpft.

Ich hatte es nicht immer sehen wollen, aber sie hatte sich immer schon bei noch so kleinen, unbedeutend erscheinenden Dingen für mich eingesetzt, wenn ich nicht den Mut hatte, es für mich selbst zu tun.

Als die Ärztin meine Mutter über meinen Zustand informierte, war es zwei Uhr früh. Ihr wurde erklärt, dass man mich notoperieren müsse und dass sie sich nicht sicher seien, ob ich überleben würde. Sie würden sich melden, wenn die Operation vorbei sei. Und meine Mutter schrie und weinte und betete, denn was bleibt einem anderes übrig, wenn einem gesagt wird, dass das eigene Kind auf der Schwelle zwischen Leben und Tod steht. Es dauerte fünf Stunden, ehe der Anruf zur Entwarnung kam. Erst am nächsten Tag informierte sie meinen Vater über das, was passiert war.

Da saßen sie dann gemeinsam und blickten auf ihr von Narkosemitteln aufgeblähtes Kind hinab, das kaum die Kraft hatte, die Hand zu heben, und man konnte ihnen den Schock und die Anspannung und die unendlich tiefe Trauer ansehen.

Der starre Blick meiner Mutter traf auf den meines Vaters, der Tränen in den Augen hatte, und in diesem Moment sahen sie so unglaublich müde aus, dass ich Angst hatte, dass sie komplett verblassen könnten. Sie hielten meine Hände, die linke und die rechte, und ich spürte ihre Berührungen nur ganz leicht unter der dicken Schicht meiner aufgequollenen Haut.

5

Nüchtern

Ich blieb sechs Tage im Spital, die sich zogen wie Kaugummi.

Meine Mutter verbrachte ihre Stunden neben meinem Bett sitzend, stand von Zeit zu Zeit auf, um mir Tee zu bringen, und hielt, während ich trank, meine aufgeblasene Hand.

Die ersten beiden Tage lag ich nur in meinem Bett, ohne mich zu bewegen, und als die Schwestern sich vergewissert hatten, dass mein Zustand stabil war, wurde ich in ein neues Zimmer verlegt, wodurch ich das Privileg von Ruhe, welches ich zuvor in meinem Einzelzimmer genossen hatte, verlor, denn jetzt hatte ich eine Zimmergenossin.

Viktoria war eine so kleine und zarte Frau, dass man sie auf den ersten Blick fast für ein Kind halten konnte. Anfangs dachte ich, sie spräche gebrochen Deutsch, doch mit der Zeit bemerkte ich, dass ihr Wortschatz nur aus wenigen Wörtern bestand: Nein, ja, nicht, Pipi, Viktoria, gehen, wollen, keine, Haus, mein und Maus. Den Grund für ihren Zustand nannte man mir zunächst nicht.

Mir war also schnell klar, dass ich mit Viktoria keine so vertraute Beziehung führen konnte wie mit Ingrid, die nach meiner Herzschrittmacheroperation meine Zimmergenossin gewesen war. Das störte mich aber nicht sonderlich, da ich nichts weiter wollte, als zu schlafen und meine Ruhe zu haben. Ich wusste nicht, dass das Gegenteil der Fall sein würde. Es folgte ein Drama der besonderen Art.

Da Viktoria sich weder ausdrücken konnte noch in der

Lage war zu verstehen, was die Schwestern oder Ärzte ihr in einfachen Worten zu erklären versuchten, kam es häufig zu Auseinandersetzungen, die meistens damit endeten, dass Viktoria laut »NEIN! Nix wollen!« schrie und die Schwestern verzweifelt versuchten, sie zu besänftigen.

Viktoria liebte es, aus ihrem Bett aufzustehen und sich langsam und bedächtig zu unserer Zimmertür zu bewegen, so als wüsste sie genau, dass sie etwas Verbotenes tat. Weit kam sie bei diesen Fluchtaktionen jedoch nie, denn sie hing mit Kabeln an einem EKG, und jedes Mal, wenn sich durch ihre ruckartigen Bewegungen eine der Elektroden löste, gab der Monitor ein schrilles Piepsen von sich, woraufhin die Schwestern alarmiert in unser Zimmer stürzten. Jedes Mal fanden sie eine vollkommen verwirrte Viktoria vor. Sie versuchten, Viktoria in einfachen Worten zu erklären, dass sie nicht aufstehen dürfe und im Bett liegen bleiben solle, weil sie krank sei. Viktoria schüttelte jedes Mal energisch den Kopf und entgegnete stolz: »Nein! Nix sein krank! Viktoria gehen nach Hause!« Die Schwestern zuckten mit den Schultern und drückten Viktorias kleinen Körper wieder sachte in die Matratze.

Dieses Spiel spielten sie im Fünfminutentakt. Jedes Mal stand Viktoria unerlaubterweise aus ihrem Bett auf, und jedes Mal ging der schrille Alarm des EKG los, spätestens wenn sie vor der Tür stand und auf den Gang lurkte. Jedes Mal kam die Schwester hereingestürmt, und jedes Mal wurde ihr Tonfall etwas schärfer und ihr Kopfschütteln etwas stärker. Wenn es dann fünf Minuten lang still war und das einzige Geräusch im Raum das leise Tröpfeln der Infusion war, die an meinem Arm hing, dachte ich, dass Viktoria vielleicht eingeschlafen war, oder den Versuch, die Flucht zu ergreifen bzw. die Krankenschwestern zu ärgern, schlicht und einfach aufgegeben hatte. Doch da hörte ich sie schon, ihre schlurfenden Schritte, die sehr langsam und vorsichtig über den Boden glitten. Ich öffnete vorsichtig die Augen, in der Erwartung, dass sie sich wie bisher auf die Türe zubewegen würde und der Alarm des EKG jede Sekunde losgehen würde.

Doch sie bewegte sich in die entgegengesetzte Richtung. In meine Richtung. Obwohl diese Frau wahrscheinlich drei Köpfe kleiner war als ich und etwa die Hälfte von mir wog, spürte ich, wie Panik in mir aufkam. Sie bewegte sich sehr langsam auf mich zu und blieb plötzlich stehen und sah mich lange Zeit an. In ihrer Hand hielt sie den Joghurtbecher, dessen Inhalt sie zuvor verspeist hatte. Sie begann, mit mir zu sprechen, aber ich verstand kein Wort, wusste nicht einmal, in welcher Sprache sie überhaupt sprach. Als sie ihr mir unverständliches Gebrabbel beendet hatte, sah sie mich erwartungsvoll an.

»Ich kann dich leider nicht verstehen«, sagte ich entschuldigend, in dem Versuch, ihr zu verstehen zu geben, dass ich ihr nichts Böses wollte.

Sie verstummte und musterte mich intensiv. Wie in Zeitlupe bewegte sich ihr kleiner Körper auf mich zu, und dabei redete sie auf mich ein, und es hörte sich so an, als würde sie einfach verschiedene Silben aneinanderhängen, in der Hoffnung, zufällig einen sinnvollen Satz zu produzieren.

Dann blieb sie abrupt stehen und betrachtete mich eindringlich, während ihre Frage oder ihre Aufforderung zwischen uns stand, und ich wiederholte, dass ich sie leider nicht verstehen könne, und ihre kleinen, zarten Hände, die mit blauen Flecken übersät waren, begannen zu zittern, und eine Falte bildete sich zwischen ihren Augen, deren Blick mich zu durchbohren schien.

Ich lächelte vorsichtig, in der Hoffnung, die in ihrem Blick liegende Wut zu besänftigen, doch diese beruhigend gemeinte Geste schien ihr Gefühl nur noch mehr aufzustacheln, und mit einem zornentflammten Aufschrei zielte sie mit dem Joghurtbecher in meine Richtung, und ein tiefes Knurren, das gar nicht zu ihrer zierlichen Statur passte, entfuhr ihrer Kehle, und während der Joghurtbecher sein Ziel knapp verfehlte und stattdessen neben mir zu Boden fiel, schrie sie laut: »NEIN!«

Ich zuckte zusammen und starrte sie entgeistert an und konnte nicht fassen, dass diese kleine, schmächtige, unschuldig wirkende Person mich attackiert hatte, und obwohl ich wusste, dass sie noch kleiner und schwächer war als ich, hatte ich für den Bruchteil einer Sekunde Angst vor Viktoria, die wie versteinert neben mir stand. Man hätte sie fast für eine Statue halten können, wenn sich ihre Brust nicht vom schnellen Atmen gehoben und gesenkt hätte.

Der Joghurtbecher lag wenige Zentimeter neben meinem Bett. Ich starrte ihn an und traute mich kaum zu blinzeln, und Viktoria stand nach wie vor wie versteinert vor mir und wirkte verwirrt, so als wüsste sie nicht mehr, was sie ursprünglich von mir wollte.

Erst als ich vorsichtig zu ihr schielte, bemerkte ich, dass die Schwester im Türrahmen stand und uns eindringlich musterte. Als sie meinen Blick bemerkte, eilte sie auf uns zu, nahm Viktoria, die aus ihrer Schockstarre zu erwachen schien, etwas forsch am Arm und rügte sie: »Viktoria, lass dieses Mädchen in Ruhe! Hast du mich verstanden? Sie ist auch krank, so wie du!«

Viktoria schrie eine Antwort, aber weder die Schwester noch ich begriffen, was sie uns sagen wollte.

Die Worte der Schwester hatten einen seltsamen Druck auf meiner Brust hinterlassen, und mir wurde bewusst, dass es mir missfiel, als krank bezeichnet zu werden, und dass es mir noch mehr missfiel, im direkten Vergleich zu Viktoria zu stehen, die, wie ich fand, in einem deutlich schlechteren Zustand war als ich.

Als die Schwester den Raum verlassen hatte, machte ich den Versuch, ein Mittagsschläfchen zu machen, und mit Mittagsschläfchen meine ich nicht die Art von Schläfchen, das man macht, wenn man zu viel gegessen hat und der eigene Körper sich schwer wie Blei anfühlt, sondern die Art von Schläfchen, das man macht, wenn man seit zwei Tagen nichts gegessen hat, künstlich ernährt wird, das Bett nicht verlassen kann und eine Zimmernachbarin hat, der alle drei Sekunden ein Gebrabbel entfährt, das es dir unmöglich macht, Schlaf zu finden.

Auch diesmal wurde mein Versuch durch einen lauten Aufschrei gestört, und ich konzentrierte mich darauf, die Zähne zusammenzubeißen, um nicht laut loszuschreien, und ich dachte, dass ich so viel mehr Verständnis für meine Zimmergenossin hätte, wenn sie wenigstens verständliche Worte von sich geben würde, doch Viktorias Sprache klang wie die Geheimsprache, die man als Kind mit seinen Freunden spricht, und sie gab ununterbrochen Laute von sich, die sich anhörten, wie wenn jemand sich verschluckt hat und mit aller Mühe die Tatsache verbergen will, dass er zu ersticken droht. »BASHBASH KRIIIIII« »EMOBIZA PAPAAA«, »VROLTSCHE WUSCHKA«.

Ich, die eigentlich immer eine tolerante, gutmütige Person gewesen war, lag in meinem Bett und fragte mich, warum man ihr nicht einfach ein Beruhigungsmittel spritzte und warum genau ich das Pech hatte, mit einer schreienden, jeglichen Regeln trotzenden Frau mein Zimmer teilen zu müssen.

Irgendwann kam die Schwester, um meine Infusion abzuhängen, und ich hatte immer noch kein Auge zugemacht. Sie entschuldigte sich und erklärte mir, dass sie sich auch nicht sicher seien, welche Sprache Viktoria sprach, da niemand sie verstehen könne, und dass demnächst ein Dolmetscher komme, der hoffentlich Klarheit schaffe.

Der besagte Dolmetscher kam wenige Minuten später und führte ein elendig langes Gespräch mit Viktoria, beziehungsweise versuchte er, ein Gespräch mit ihr zu führen, doch das stellte sich als schwieriger heraus als erwartet, denn Viktoria verstand den Dolmetscher nicht, und der Dolmetscher, der ein breites Repertoire an Sprachen sprach, verstand Viktoria nicht. Sie gab Ausdrücke wie »SCHAKABLU PRATA« und »VERKUL SUBLOP« von sich. Nachdem der Dolmetscher Viktoria auf verschiedensten Sprachen zu befragen versucht hatte, resignierte er und kam zu dem Ergebnis, dass Viktoria keine ihm bekannte Sprache sprach und dass diese Sprache auch keinerlei Ähnlichkeiten mit anderen Sprachen hätte, aus denen man einen Sinn ableiten hätte können. Die Frau, mit der ich mein Zimmer teilte, sprach eine Fantasiesprache, die niemand außer ihr verstehen konnte. Die Schwestern seufzten resigniert.

Als ich am nächsten Morgen aufwachte, wurde Viktoria schon zur täglichen Dusche aus unserem Zimmer geführt, und ich war froh, ein wenig Ruhe und Zeit für mich zu haben.

Gerade als ich alle Nachrichten mit Genesungswünschen auf meinem Handy gelesen hatte, kam eine Schwester herein, um meine Temperatur und Sauerstoffsättigung zu messen. Sie erklärte mir, dass es nun an der Zeit sei, meinen

Katheter zu entfernen, der mir vor der Operation ohne meine Zustimmung gesetzt worden war, während ich narkotisiert gewesen war. Sie schlug die Decke beiseite, die meinen Körper bisher bedeckt hatte, und begann mit der Prozedur. Zu meinem Erstaunen spürte ich bis auf ein leichtes Brennen nichts.

»So«, sagte die Schwester, »Jetzt kannst du wieder ganz alleine Pipi machen!«

Sie strahlte mich an, und ich hätte am liebsten einen Schnuller nach ihr geworfen.

Ich war froh, den Katheter los zu sein, aber meine neu gewonnene Freiheit brachte mit sich, dass ich nun selbstständig auf die Toilette gehen musste. Das bedeutete, dass ich die Sicherheit meines Betts verlassen und mich hinaus in die Wildnis begeben musste, und ich wusste nicht, ob ich meinem Körper, der sich nicht mehr anfühlte wie mein Körper, das zutrauen konnte.

Als hätte sie meine Gedanken gelesen, sagte die Schwester: »Zeit, sich ein bisschen zu bewegen! Du bist ein junger Mensch und hast jetzt zwei Tage nur im Bett gelegen, ohne ein einziges Mal aufzustehen. Wenn man sich nach einer Operation nicht bewegt, kann es schnell zu einer Lungenembolie kommen. Also los, versuch, langsam aufzustehen, keine Sorge, ich helfe dir eh! Gehen wir ein bisschen spazieren.«

Ich dachte mir, dass das kein großes Problem darstellen konnte, da ich ja sportlich war und einen muskulösen Körper hatte, der es gewohnt war, sich zu bewegen und auch längere Strecken zu Fuß zu bestreiten. Aber als ich versuchte, mich aufzusetzen, spürte ich einen ziehenden Schmerz in meiner Leiste, der mich zurück in die Matratze fallen ließ.

Verdutzt schaute ich die Schwester an.

»Na, was dachtest du denn?«, fragte sie. »Dein Körper ist von der Operation geschwächt. Du kannst jetzt nicht einfach so aufstehen wie immer.«

Ich war genervt von der Selbstverständlichkeit, die in ihrer Stimme lag. Ich war genervt von der Art und Weise, wie ich mich mit beiden Armen an der Halterung, die über meinem Kopf hing, hochhieven musste. Ich war genervt von meinem sich unendlich schwer anfühlenden Körper, von dem Gefühl, dass alle Muskeln in meinen Armen zu Brei geworden waren, von der Art und Weise, wie die Schwester mich beobachtete. Ich fühlte mich wie ein Käfer, der auf den Rücken gefallen war und verzweifelt versuchte, wieder auf die Beine zu kommen. Ich war genervt von meinen Augen, vor denen es schwarz wurde, als ich mich endlich mühevoll aufgesetzt hatte, von meinen Händen, die plump und aufgebläht in meinem Schoß lagen, von der Nutzlosigkeit meiner angeschwollenen Finger, die wie fette Würstchen an meinen Händen herabhingen. Ich konnte meine Hände noch immer nicht zu einer Faust ballen. Ich war genervt von meinen Zehen, die den Boden nicht spürten, von meinem Rücken, der mich nicht so aufrecht sitzen ließ, wie ich es gewollt hätte, der mir mein letztes bisschen Würde nahm, indem er mich wie eine alte Frau zusammenkauern ließ. Vor allem aber war ich genervt von der Narbe, die mich bei jeder noch so kleinen Bewegung durch ein starkes, unangenehmes Ziehen an ihre Existenz erinnerte.

Als die Schwester mich aus dem Sitzen hochhievte und ich auf eigenen Beinen stand, dachte ich, ich hätte das Schlimmste geschafft. Sie stützte mich, als ich meine ersten Schritte tat.

Gehen zu können war für mich immer eine Selbstverständlichkeit gewesen. Ich beherrschte es seit dem Kindesalter und hatte es seitdem nie verlernt. Jetzt kam es mir auf einmal unendlich schwer vor. Bei jedem Schritt hatte ich das Gefühl, dass man mir den Boden unter den Füßen wegziehen würde, und meine aufgeblähten Finger gruben sich immer tiefer in den Arm der Schwester, als wäre ich ein Mensch, der noch nie auf eigenen Beinen herumgelaufen wäre. Wir bewegten uns im Schneckentempo fort, und auch wenn ich mich mit jedem Schritt etwas mehr an das Taubheitsgefühl meiner Beine gewöhnte, wünschte ich mir nichts sehnlicher, als endlich wieder unter meiner warmen Decke zu liegen.

Besonders schlimm wurde es, als wir etwa die Hälfte des Raumes durchquert hatten und ich anfing zu husten. Ich versuchte mit aller Kraft, die ich noch hatte, den aufkommenden Hustenreiz zu ersticken, aber es gelang mir nicht. Stattdessen katapultierte meine Lunge ein lautes Rasseln in die Außenwelt.

Ich musste stehen bleiben, um mich zu krümmen und die Hand schützend vor die Narbe auf meinem Bauch zu halten, die sich anfühlte, als würde sie mit jedem weiteren Husten von einem Stacheldraht durchbrochen.

Das wars, dachte ich, jetzt platze ich auf, und sie müssen mich wieder operieren.

Doch ich platzte nicht auf. Es passierte eigentlich nichts, außer dass meine Augen vor Schmerz tränten und die Schwester beflissen sagte: »Schau, genau deshalb bewegen wir uns jetzt! Damit dieser grauenhafte Husten weggeht.«

Als wir endlich unser Ziel erreicht hatten, die Waage, die sich draußen auf dem Flur neben unserer Zimmertür befand, hatte ich das Gefühl, eine Weltreise absolviert zu haben.

Mit der Hilfe der Schwester schaffte ich es, mich darauf zu stellen, und stellte mit Erstaunen fest, dass ich fast fünf Kilo zugenommen hatte.

»Keine Sorge, das sind die Narkosemittel«, beruhigte mich die Schwester, als wäre meine Gewichtszunahme etwas, was mich ebenso in Aufregung versetzen könnte wie mein elendig schwacher, nutzloser Körper.

Ich nickte und war froh, wieder in mein Bett kriechen zu können.

Am dritten Tag nach meiner Operation war ich endlich stabil genug, um duschen zu dürfen. Meine Finger waren nach wie vor angeschwollen und plump, doch mein Gesicht nahm langsam wieder seine ursprüngliche Form an. Vorsichtig versuchte ich, mir im Badezimmerspiegel zuzulächeln, und starrte in meine müden Augen, in denen der Schock der letzten Tage noch deutlich zu erkennen war.

Gebückt stand ich in der Duschkabine und versuchte, mit meinen gefühllosen Fingern das gelbliche Desinfektionsmittel von meinem Körper zu waschen. Ungeschickt schrubbten und schrubbten meine aufgequollenen Hände über meine ausgetrocknete Haut.

Die Schwester reichte mir einen Waschlappen, sagte, dass es normal sei, dass das Desinfektionsmittel auch einige Tage nach der Operation noch auf meiner Haut zu sehen sei, und dass ich die Stelle, an der unter dem OP-Pflaster die frische Narbe saß, nur vorsichtig mit dem Waschlappen säubern solle.

Die Stelle, an der der Waschlappen auf das OP-Pflaster traf, war ungewöhnlich hart, und ich musste eine gekrümmte Haltung einnehmen, um das Gefühl, dass meine Haut an dieser Stelle auseinanderreißen würde, zu unterdrücken. Während ich versuchte, das Desinfektionsmittel mit dem Waschlappen zu bearbeiten, erschrak ich jedes Mal, wenn unter dem Waschlappen ein harter Widerstand zu spüren war, der sich anfühlte, als hätte ich einen kalten Stein geschluckt, und irgendwann spürte ich heiße Tränen auf meinem Gesicht, die sich einen Weg aus meinen Augen gebahnt hatten, ohne dass ich es bemerkt hatte.

Ich stand noch einige Minuten unter der Dusche und ließ das heiße Wasser meine Tränen wegspülen, bis die Schwester den Hahn ausdrehte, mich in ein Handtuch wickelte und begann, vorsichtig meinen Körper abzutrocknen.

Ich stand reglos da und ärgerte mich. Ich ärgerte mich, weil ich mich selbst abtrocknen wollte, weil ich zwanzig Jahre alt war und mich wie ein Kind fühlte, weil ich ganz genau wusste, dass ich niemals in der Lage wäre, mich in meinem Zustand selbst abzutrocknen, und weil die dumme Narbe unter dem OP-Pflaster bei jeder Bewegung zu glühen begann und einen ziehenden Schmerz durch meinen Körper schickte.

Die nächste Schwierigkeit bestand darin, mich auf dem Stuhl niederzulassen, der neben mir stand, denn obwohl meine Beine den Weg ins Badezimmer alleine bewältigt hatten, zitterten sie, als ich versuchte, mich auf den Stuhl sinken zu lassen, und die Schwester musste mich stützen, und meine dicken Finger krallten sich verzweifelt in ihren Arm, meinen einzigen Halt. Die Narbe loderte, als hätte jemand flüssiges Gift in eine offene Wunde geleert, welches sich nun langsam in meinem Körper ausbreitete und eine brennende Spur hinterließ.

Die Schwester kämmte meine Haare, und ich starrte mein Spiegelbild an und erkannte meinen Körper nicht wieder. Ich fragte mich, ob dieser Körper wirklich mein Körper war, warum dieser Körper sich anfühlte, als wäre er mein Feind, warum gerade dieser Körper mein Körper war, warum ich einen Körper hatte, dem ich nicht vertrauen konnte, einen Körper, der gegen mich arbeitete.

Ich starrte in meinen Schoß, betrachtete meine Hände, betrachtete das Bändchen an meinem Handgelenk, das man mir in der Notambulanz umgebunden hatte.

Im Spiegel traf mein Blick jenen der Schwester, und sie sagte mir, dass ich schön sei und stark, und ich weinte bitterlichst, denn ich fühlte mich weder schön noch stark, sondern schwach und aufgeblasen und von meinem eigenen Körper verraten, im Stich gelassen, ausgelaugt.

Ich öffne die App, die zu öffnen ich seit meiner Ankunft im Spital vermieden habe. Ich wollte und will sie alle nicht sehen. Die ganzen glücklichen Gesichter mit ihrem strahlenden Lächeln und ihren vor Freude glänzenden Augen, in denen sich die Erinnerungen des Sommers widerspiegeln. Ihre perfekten Körper, in perfekter Balance zwischen schlank und kurvig. Ihre langen, braun gebrannten Beine, ihre vom Sonnenlicht glänzende Haut und die wunderbar weich aussehenden Haare, die gestylt wurden, aber nicht aussehen, als wären sie gestylt worden. Die knappen Kleider, Bikinifotos unter strahlend blauem Himmel und Selfies, die jede Pore makelloser Haut entblößen. Große Freundesgruppen, Konzerte, Nachmittage am See, dieser eine legendäre Schnappschuss aus dem Club. Laue Sommernächte, um fünf Uhr früh nach Hause kommen und den ganzen Tag schlafen, weil Sommer ist und es sowieso nichts zu tun gibt. Homepartys und neue Freundschaften. Interrail. Poolpartys. Und ganz viele Kommentare.

Wow, du bist so schön! Ich will deine Figur, sie ist einfach perfekt. Beste Party seit Langem!!! Es war so lustig, danke für die Einladung. Legendärer Abend, alle, die nicht gekommen sind, haben was verpasst.

Ich scrolle weiter. Mein Daumen macht die Bewegung automatisch, obwohl in meinem Kopf die Alarmglocken schrillen.

Bootsfahrten, Geburtstagsfeiern, Sonnenuntergänge. Strände, Pasta, Kitzbüheler Kirtag.

In den Kommentaren Witze, die ich nicht verstehe.

Meine Freundinnen im Dirndl, hinter ihnen die Menschenmassen. Sie sehen schon leicht angetrunken aus und strahlen in die Kamera.

Mein Finger verweilt etwas länger auf dem Bildschirm als beabsichtigt, und das, obwohl meine Finger nicht mehr die plumpe Form haben wie nach der Vollnarkose.

Ich hätte dabei sein sollen.

Ich, die große Menschenmengen meidet, die eigentlich kaum Alkohol verträgt und Schlagermusik hasst, hätte mich zum ersten Mal in meinem Leben überwunden und wäre extra nach Kitzbühel gereist, um mit meinen Freundinnen den Kirtag zu feiern. Obwohl ich tief in mir weiß, dass ich mich dort fehl am Platz gefühlt hätte, starre ich auf das Foto meiner Freundinnen und wünsche mir, jetzt in diesem Moment dort bei ihnen zu sein. In einem zu engen Dirndl zu Schlagermusik zu tanzen, Wein zu trinken, als wäre es Wasser, mit irgendeinem Typen zu reden, bis er mir zu aufdringlich wird und ich sagen muss, dass ich einen Freund habe, obwohl das nicht stimmt, denn es scheint heutzutage die einzige Form eines Korbes darzustellen, die ernst genommen wird, nebenbei ein falsches Lächeln aufzusetzen, dass allen anderen und vor allem mir selbst versichert: »Schaut, wie viel Spaß ich hier habe!«

Genau das wünsche ich mir an diesem heißen Tag im August.

Doch statt des Dirndls trage ich ein verschwitztes Krankenhaushemd, das viel zu groß ist, weil Viktoria das letzte in Größe S ergattert hat. Zu Schlagermusik zu tanzen könnte schwierig werden, denn alleine die Bewegung, die ich vollführen muss, um meine Beine aus dem Bett zu schwingen, lässt ein schmerzhaftes Stechen durch meine Eingeweide schießen. Das Hochhieven aus dem Bett wird von einer unsichtbaren Brandspur an meiner Operationsnarbe begleitet. Meinen Gang zur Toilette gehe ich gebückt und schnaubend, wie jemand, der sein Leben lang schwere Rucksäcke tragen musste.

Ich schleife den Ständer, an dem meine Infusion hängt, hinter mir her, als wäre er ein Hund, der sich weigert, sich von der Stelle zu bewegen.

Meine Körperhaltung und meine eingeschränkte Bewegungsfreiheit würden mein Tanzen wohl eher erschreckend, wenn nicht gar verstörend aussehen lassen.

»Schau mal, Tommy, eine Wahnsinnige auf der Tanzfläche! Null Rhythmusgefühl und bewegt sich wie eine Schildkröte. Sprich sie doch an!«

Die Vorstellung, Wein wie Wasser runterzukippen, erscheint in meinem Zustand geradezu lächerlich. Über den Infusionsschlauch an meinem Hals werde ich mit Nahrung und Flüssigkeit versorgt. Seit Tagen wünsche ich mir nichts sehnlicher, als mir diesen blöden Infusionsschlauch aus meiner Halsvene zu reißen. »Schaut mal, wie viel Spaß ich hier habe!«

Die Schwester misst meine Temperatur und sagt, dass die Schwellung, die die Vollnarkose auf meinem ganzen Gesicht verursacht hat, fast vollkommen verschwunden sei.

»Man sieht deine Augen schon viel besser. Sie sehen nicht mehr aus wie zwei kleine Knöpfe«, versichert sie mir.

Ich versuche, mich über ihren Aufheiterungsversuch zu freuen und es wertzuschätzen, dass ich wenigstens alleine aufstehen kann, um zur Toilette zu gehen, auch wenn der Weg ewig lang und anstrengend erscheint. Ich versuche, nicht an meine Freundinnen und all die anderen Menschen zu denken, die einen perfekten Sommer haben und Dinge erleben, die man mit zwanzig so erlebt. Ich versuche, den Gedanken, dass das alles so unglaublich unfair und scheiße und schrecklich ist, hinunterzuschlucken. Ich versuche, mich darüber zu freuen, dass die Möbelstücke sich nur noch leicht bewegen. Ich versuche, mich darüber zu freuen, dass Luft durch meine Lunge strömt und mein Herz in meiner Brust hämmert, wenn auch mit Unterstützung des Schrittmachers. Ich versuche, mich darüber zu freuen, an diesem heißen Tag im August in einem Krankenhauszimmer zu liegen und am Leben zu sein.

Ich lösche die App mit all den perfekten Körpern, strahlenden Lächeln, Partys und Strandurlauben.

Die Schwester hängt eine neue Schmerzinfusion an.

Die Situation mit meiner Zimmernachbarin Viktoria spitzte sich immer mehr zu, denn mit jedem Tag, der verging, widersetzte sie sich energischer den Anweisungen der Schwestern. Mich ignorierte sie zum Glück vollkommen, und sie kam auch nicht mehr in meine Nähe oder zielte mit einem leeren Joghurtbecher auf mich, jedoch gewöhnte sie sich an, nun auch nachts ihre Fantasiesprache zu sprechen. Anfangs dachte ich, dass sie vielleicht träumte, denn die Geräusche, die sie verursachte, kamen tief aus ihrer Kehle und hatten einen düsteren Tonfall.

Das stockdunkle Krankenhauszimmer und Viktorias Fantasiegespräche, die sich anhörten, als wollte sie den Teufel beschwören, waren eine fatale Mischung für meinen Schlafrhythmus. Ich lag oft stundenlang wach, bat die Schwestern um ein Schlafmittel, döste dann ein, wachte wenige Stunden später erneut auf und erschrak jedes Mal aufs Neue, wenn aus dem Bett neben mir ein tiefes Knurren kam, das zu einem Schrei wurde und dann langsam in ein leises, hastiges Flüstern überging. Da es so dunkel war, konnte ich nicht ausmachen, wo genau Viktoria sich befand, und da ich sie schon so oft unerlaubterweise aus ihrem Bett hatte aufstehen sehen, fragte ich mich, ob sie nicht auch jetzt irgendwo im Zimmer umherschwirrte, und ein Schauer lief mir über den Rücken, als ich überlegte, ob sie nicht direkt neben meinem Bett stand.

»SCHRRRAAAABUK MISCHNE!«, knurrte ihre raue Stimme zum wiederholten Mal, und ich verdrehte die Augen und erschrak, als das Deckenlicht anging.

Zwei Schwestern betraten den Raum, und die eine stemmte die Hände in die Hüften, während die andere mit schnellen Schritten auf Viktoria zuging, die, wider meinen Erwartungen, brav in ihrem Bett lag.

»Viktoria, du musst schlafen! Verstehst du mich? Schlafen!«, rief die Schwester. Viktoria schüttelte energisch ihren kleinen Kopf und schrie »NEIN!« und die Schwester wiederholte ihre Ermahnung. Viktoria entgegnete »Nix wollen« und die Schwester deutete auf mich und erklärte, dass sie nicht alleine in diesem Zimmer sei und dass sie Rücksicht auf die anderen kranken Menschen nehmen müsse, und Viktoria entgegnete patzig irgendetwas in ihrer Fantasiesprache, und als die Schwestern sich ratlos anstarrten, schlug meine Zimmernachbarin die Decke beiseite und eilte in

Richtung Türe, und während die Schwestern ihr nacheilten, dachte ich, dass ich es nicht mehr aushielte, ich dachte, dass es eine Zumutung war, dass ich um drei Uhr nachts wach lag und eine Zimmernachbarin hatte, die schrie und tobte, und ich dachte an die Möbelstücke in meinem Bauch, die jetzt wieder lebendiger herumrutschten.

Als die Schwestern wenige Minuten später erneut das Zimmer betraten und Viktoria in ihr Bett bugsierten, erklärten sie mir leise, dass sie ihr nun ein Beruhigungsmittel gespritzt hätten und dass es ihnen sehr leidtue, dass sie so schwierig sei. Morgen werde eine Sitzwache kommen, die die ganze Nacht in unserem Zimmer sitzen und sicherstellen würde, dass Viktoria sich anständig benahm. Leider wisse niemand, was Viktoria zuvor zugestoßen sei. Sie habe weder ein Ausweisdokument noch sonstige Habseligkeiten besessen, als man sie auf der Straße gefunden habe. Ob sie eine Familie oder entfernte Verwandte hatte, sei unklar. Immer wieder habe sie von einem Land gesprochen, das nicht zu existieren schien, und sei wütend geworden, wenn man ihr erklärt habe, dass man es nicht kenne. Die Schwestern lächelten mir traurig zu. Sie hofften, dass ich nun endlich schlafen könne.

Ich verbrachte meine Tage größtenteils mit Herumliegen und An-die-Decke-Starren. Wenn meine Mutter und mein Vater mich besuchten, stützten sie mich, während ich am Gang meine Runden drehte, und obwohl meine Beine vor Anstrengung zitterten, gelang es mir irgendwann, wenige Schritte alleine zu bestreiten. Meine Eltern freuten sich, als wäre ich ein Baby, das zum ersten Mal in seinem Leben alleine auf den Beinen stand.

Ich trank den heißen Kräutertee, der aus einem Kanister am Gang floss, und ich trank Wasser, und ich sehnte mich nach etwas Essbarem, doch es war mir noch immer nicht erlaubt, etwas zu essen. Die Schwestern erklärten, dass meine Situation dazu noch nicht stabil genug sei und dass die Ärzte den ersten Stuhlgang, der im Laufe der nächsten Tage kommen sollte, abwarten wollten, ehe sie mir erlauben würden, etwas zu mir zu nehmen.

Der vierte Tag nach meiner OP war der erste Tag, an dem ich keine Schmerzen hatte, und es war auch der erste Tag, an dem ich mich nach der Dusche im Spiegel sah und nicht vor meinem aufgeblähten Gesicht erschrak, und es war der erste Tag, an dem ich unter Tränen bemerkte, dass meine Handgelenke wieder schlank aussahen und meine Finger weniger aufgeblasen. Ich lag in meinem Bett, Viktoria brabbelte, die Infusion tröpfelte, und ich weinte Freudentränen, weil ich das Gefühl hatte, einen Meilenstein bestritten zu haben.

Am Tag nach Viktorias nächtlichen Eskapaden kam tatsächlich eine Sitzwache, ein junger Mann, der sich mit einem Buch auf dem Sessel gegenüber von Viktorias Bett positionierte und nur aufsah, wenn sie sich in Richtung Tür bewegte und ihr EKG, weil die Elektroden sich gelöst hatten, wieder zu piepsen begann. Dann fasste er sie beim Arm und sagte eindringlich: »Nein! Nicht aufstehen, schlafen!«

Viktoria entgegnete nichts, legte sich stumm wieder in ihr Bett und blieb unbeweglich liegen, nur um wenige Minuten später erneut aufzustehen.

Das gleiche Prozedere wiederholte sich endlos, bis irgendwann die Schwester den Raum betrat, um meine Infusion abzuhängen, und vorschlug, dass wir den Fernseher einschalten sollten, um Viktoria von ihrer Fluchtaktion abzulenken.

Die Sache mit dem Fernseher funktionierte tatsächlich,

jedoch spielte das Programm einen Actionfilm, in dem sehr viel geschrien wurde und in dem dauernd Autos aneinanderkrachten. Ich hasste nichts mehr als Actionfilme, doch mir blieb nichts anderes übrig, als stumm in meinem Bett zu liegen und die Geräusche von gegeneinanderstoßenden Metallteilen und schmerzerfüllte Gebrüll über mich ergehen zu lassen.

Viktoria war erstaunlicherweise verstummt. Ihr Gemurmel setzte erst wieder ein, als die Werbung lief.

Mir fiel zum ersten Mal auf, wie viel Essen in der Werbung porträtiert wird, was eigentlich nicht verwunderlich ist, denn wenn man seit vier Tagen nichts mehr gegessen hat und auch nichts essen darf und künstlich ernährt wird, dann beäugt man Lebensmittel wie ein Geier seine Beute. Und obwohl ich keinerlei Hungergefühl verspürte, wollte ich nichts sehnlicher, als irgendeinen Geschmack auf meiner Zunge zu spüren, und ich fragte mich, wie lange es dauern würde, bis ich wieder etwas essen dürfe und was ich dann essen dürfe, und wie viel ich davon essen dürfe, und plötzlich wurde ich unglaublich traurig, dachte an all die Menschen, die gerade, ohne darüber nachzudenken, etwas essen konnten, ohne unter ärztlicher Supervision zu stehen. Ich stellte mir vor, wie es sein würde, meine Zähne in die Weichheit eines Kartoffels zu drücken, oder einen Schluck Kaffee zu trinken, oder die Würze von Curry auf meiner Zunge zu spüren. Ich seufzte und trank einen Schluck Wasser.

Wenn unsere Lehrer fragten, was wir nach der Matura studieren wollten, gab es auf unsere Antworten zwei Reaktionen. Entweder sagten sie: »Sehr schön! Damit ist man immer gut abgesichert.« Oder sie sagten: »Interessant.«

Letzterer Kommentar wurde mit einem Unterton versehen, der es ohne weitere Erklärung offensichtlich machte, dass »interessant« mit »riskant« gleichzusetzen war. Kreativität wurde an meiner Schule als eine Art gefährliche Krankheit betrachtet, an der man sich nur durch das bloße Vortäuschen von Interesse schon anstecken konnte, und jeder Funke von Individualität und Anderssein wurde durch diverse Maßnahmen im Keim erstickt. Zwar gab es keine obligatorische Schuluniform mehr, was viele Lehrer tief bedauerten, dennoch wurde jede Entblößung von zu viel Haut sofort mit einem Klassenbucheintrag bestraft. Man ging wohl davon aus, das Aufblitzen nackter Haut würde die wenigen männlichen Klassenkameraden zu sehr ablenken und davon abhalten, den Notendurchschnitt mit ihrer männlichen Intelligenz anzuheben. Wir lebten in einer Zeit von Hotpants, kurzen Röcken, bauchfreien T-Shirts und zerrissenen Hosen, mussten uns aber vor der ganzen Klasse von unserer Englischprofessorin zurechtweisen lassen, wenn der Rock einen Millimeter zu kurz war. Es gehörte zu unserem Alltag. Vor allem zu dem von Mimi, die neben mir saß und eine meiner engsten Freundinnen war.

Mimi verkörperte alles, wofür unsere Schule nicht stand: Sie trug oft zu knappe Kleider, hörte im Unterricht heimlich Musik, hatte nicht nur, wie der Großteil der Klasse, in Mathe Probleme, sondern auch in Deutsch, Englisch, Französisch und Latein, schlief manchmal im Unterricht fast ein, ging unter der Woche fort und weigerte sich, in der Kirche die Schulhymne zu singen.

Mimis schlimmste Sünde war nicht, dass sie über eine gewisse Resistenz gegen Vorwarnungen und Zurechtweisungen verfügte, um die sie alle beneideten, sondern dass sie keinerlei Ambitionen hatte, nach der Matura irgendetwas »Gscheites mit Zukunft« zu studieren, wie unsere Lehrer sagten. Die Meier, unsere Englischprofessorin, war eine Person, die grundsätzlich jeden, ob männlich oder weiblich, verabscheute, der die englische Sprache nicht auf C1-Niveau beherrschte. Sie war also eine Art Brigitte Kalkbrenner, nur in Englisch, und weil ich zwar keinerlei mathematisches Verständnis, dafür aber ein gewisses Sprachentalent besaß, beachtete sie mich kaum. Die Meier glaubte, der beste Weg, um Schüler, die sich mit Sprachen schwertaten, zu motivieren, läge darin, ihnen nach jedem abzugebenden Essay und nach jedem Letter of complaint im Beisein aller unter die Nase zu reiben, wie viel besser sich ihre sprachbegabten Mitschüler geschlagen hätten. Sie erstellte Listen der besten Phrasen, die die Sprachbegabten in ihren Aufsätzen verwendet hatten, und schrieb die Namen der Schüler neben die Sätze. Das war nicht nur denen, die schlecht abgeschnitten hatten, unangenehm, sondern auch denen, deren Name auf der Liste stand.

Die Meier gehörte außerdem zu jenen, die abstritten, dass es den Klimawandel gab und die, wenn sie den Nachnamen eines Schülers nicht aussprechen konnte, einfach »der mit dem ausländisch klingenden Nachnamen« sagte, und das in einem abwertenden Ton, der angesichts der Tatsache, dass sie selbst Ausländerin war, umso unpassender erschien.

Die Meier mochte Mimi genauso wenig, wie Mimi die Meier mochte. Eine Woche vor der Englischmatura fragte sie uns, was wir denn später mit unserem Leben anfangen wollten und was wir zu studieren planten, und sie lächelte selig, weil der Großteil der Klasse sich für genau die Studienrichtungen zu interessieren schien, von denen uns jahrelang eingetrichtert worden war, dass sie die einzigen und besten Absicherungen seien: Medizin, BWL, Jus. Welch Vielfalt! Als die Meier merkte, dass Mimi eine der wenigen war, die sich an der Umfrage nicht beteiligt hatte, schien ihr das keine Ruhe zu lassen. Sie fragte Mimi, selbstverständlich auf Englisch, weil sie ja die »Schwachen« dazu animieren wollte, ihr Englisch zu verbessern, was sie denn Schönes nach der Matura geplant habe, ob sie vielleicht Kunst oder Lehramt studieren wolle, irgendetwas Kreatives, vielleicht eine Tischlerlehre?

Mimi antwortete, wie es ihre Art war, ungeniert auf Deutsch, zuckte unverblümt mit den Schultern und erklärte, dass sie sich noch keine Gedanken gemacht habe, dass sie froh sei, wenn sie die Matura überhaupt schaffe, und dass sie dann vielleicht eine Reise machen, aber unter keinen Umständen studieren wolle. Die Meier, die genau wusste, dass Mimi Legasthenikerin war und dass sie sich mit dem Lernen besonders schwertat, verzog schockiert das Gesicht und fragte nochmals: *»But Mimi, are you sure? University will open so many doors for you!«*

Mimi blieb dabei und sagte, sie sei eben anders als die angehenden Jus-, Medizin- und BWL-Studenten, die mit uns in der Klasse säßen, richtete ein *»No offense«* an die anderen und schien das Gespräch mit dieser perfekt angewandten englischen Redewendung für beendet zu erklären.

Die Meier schüttelte fassungslos den Kopf, sagte *»How interesting, Mimi«*, warf einen Blick aus dem Fenster und murmelte, den Blick auf die im Hof arbeitenden Müllmänner gerichtet, kaum hörbar die Warnung: *»Then maybe you will end up like them.«*

Mimi hat dich noch nie gemocht. Als ich ihr mit sechzehn von unserem ersten Kuss erzählte, sagte sie in einem Ton, der trocken und gleichzeitig schockiert klang: »Nicht dein Ernst. Den Idioten willst du? Das geht niemals gut.«

Als ich ihr mit zwanzig heulend in die Arme falle und von unserer Trennung berichte, sagt sie: »Nicht sein Ernst. Spinnt der Spast komplett? Dem gehts echt nicht mehr gut.«

Mimi hat einen Hass auf dich, der mir fast schon unheimlich erscheint. Sie sagt, das sei doch komplett gestört, komplett krank und dass sich kein gesunder Mensch so verhalte. Ich denke, dass es vielleicht gar nicht so gestört von dir ist, dass es dir vielleicht einfach zu viel war mit mir, dass du vielleicht einfach keine Lust mehr hattest auf eine kranke Freundin mit einem zu langsamen Herzen und einem ungesunden Körper.

Ich denke an die Theorie, die wir mit sechzehn im Biologieunterricht gelernt haben: dass sich Männer Partnerinnen suchen, die gesund aussähen und die körperlichen Voraussetzungen hätten, ohne Probleme ein Kind aus ihrem Körper zu pressen. Natürlich alles unbewusst. Wie gut, dass ich mit sechzehn nur ein wenig Eisenmangel hatte, vermutlich hast du mich deshalb ausgewählt. Vielleicht stößt du mich deshalb drei Jahre später von dir, wegen des Gehirntumors und der Bradykardie meines Herzens, ja, das muss es sein, wegen meines kranken, schwachen Körpers lässt du mich fallen, stellst mich vor die Tür wie ein Möbelstück, für das man keinen Nutzen mehr findet. Und ich stehe im Regen und bete, dass die Tür sich wieder öffnet.

Sie bleibt verschlossen, du meldest dich nicht mehr bei mir.

Ich sitze bei Mimi auf der Couch, und sie versucht zum hundertsten Mal, mir Schokolade einzuflößen, sie sagt, dass es mir dann sicher besser gehen wird, schließlich wisse jeder, dass Schokolade bei Liebeskummer helfe.

Liebeskummer ist ein Wort, das diesem Gefühl nicht gerecht wird. Es fühlt sich eher nach Sterben an, Lebendig-begraben-Werden oder so.

Ich sage ihr, dass ich seit Wochen nichts essen könne, dass ich nichts bei mir behalte. Mimi sagt, dass ich essen müsse, weil mein Herz für die Schrittmacher-OP gestärkt sein müsse, und dann breche ich in Tränen aus, es rüttelt mich richtig durch. Mimi wirkt erschrocken von diesem plötzlichen Gefühlsausbruch, sie nimmt mich in die Arme, und ich schluchze und schluchze und kriege keine Luft, und das Messer bohrt sich immer tiefer in mein dummes, zu langsames Herz, und die Luft wird mir durch Stacheldraht abgesperrt, und ich mache Geräusche, die so herzzerreißend klingen, dass sogar Mimi anfängt zu weinen. Währenddessen hält sie eine Schimpftirade auf das dumme, egoistische Arschloch, das mein Ex-Freund ist. Auch Mimis Mutter, die zwei Zimmer weiter auf der Couch liegt und fernsieht, kann das Ganze kaum mitansehen, setzt sich zu uns, und zu dritt weinen wir, Mimi, weil sie wütend auf dich ist, Mimis Mutter, weil ich ihr so unendlich leidtue, und ich, weil ich dich so vermisse und mich dafür schäme.

Dass es mir noch immer nicht erlaubt worden war, etwas zu essen, hatte Mimi nicht wissen können. Da saß sie also, in ihrem wie immer zu kurzen Rock und mit überschlagenen Beinen und einer Schachtel Eis in der Hand. Sie war entsetzt darüber, dass ich es nicht mit ihr gemeinsam essen konnte, und betrachtete voller Erstaunen das Schild über meinem Bett mit der Aufschrift *Nüchtern.*

Ich erzählte ihr von meinem Alltag im Spital und von den Schmerzinfusionen und von den Spaziergängen durch die Station und von Viktoria und davon, dass mein Körper von den Schmerzmitteln nicht mehr aufgeblasen war, und davon, dass die ganzen blauen Flecken auf meinen Armen von den Blutabnahmen und den Nadeln der Infusionen kamen.

Mimi erzählte von ihrem Sommer und von den Partys und von ihrem Urlaub am Meer und von ihrem Sommerjob und von dem Kirtag in Kitzbühel und von den legendären Nächten dort und davon, dass alle mich vermisst hatten und dass sich alle unglaubliche Sorgen um mich gemacht hatten, und davon, dass alle froh seien, dass es mir jetzt wieder gut ging.

Als die Schwester kam, um mir aus meiner Halsvene Blut abzunehmen, ging Mimi. Entschuldigend sagte sie, dass sie leider kein Blut sehen könne, und ich verkniff es mir, zu sagen, dass sie sich erst das Gefühl vorstellen müsse, in einem See aus seinem eigenen Blut aufzuwachen.

Am fünften Tag nach meiner Operation wurde ich in ein anderes Zimmer verlegt. Man schätzte mich jetzt als stabil genug ein, um in einem Zimmer zu liegen, das etwas weiter von der Schwesternzentrale entfernt war als jenes, das ich mit Viktoria teilte.

Nachdem ich umgezogen war, stellte sich heraus, dass im Zimmer nebenan ein Schwerverbrecher lag, der Tag und Nacht von zwei Polizisten bewacht wurde. Als meine Mutter das hörte, machte sie es sich zur Mission herauszufinden, welche Art von Verbrechen er begangen hatte. Solche detektivischen Rätsel liebte sie. Sie schlich zur Tür hinaus, musste aber nebenan feststellen, dass an der Tür des Verbrechers kein Namensschild hing. Ehrfürchtig flüsterte sie: »Ich glaube, der hat etwas ganz, ganz Schlimmes verbrochen. Sonst würden die ihn ja nicht die ganze Zeit bewachen.«

Als es Mittag wurde, wurde mir ein Essen gebracht, das ich nicht essen durfte, weil ich noch immer keinen Stuhlgang hatte. Ich starrte in den Topf, aus dem mich die Frittatensuppe traurig anlächelte. Ich wollte nichts sehnlicher, als endlich essen zu dürfen, doch gleichzeitig wollte ich nichts weniger, als einen Stuhlgang zu haben, denn ich hatte Angst, dass das Loch in meinem Bauch erneut aufplatzen würde und dass die Möbelstücke, die sich inzwischen beruhigt hatten und jetzt still standen, wieder anfangen würden sich zu bewegen und dass das Blut aus meinem Körper herausspritzen würde wie Wasser aus einem Wasserfall.

Am Nachmittag kam mich mein Vater besuchen. Wir gingen den Gang entlang, und ich bemerkte erfreut, dass meine Beine weniger zitterten und meine Finger sich weniger festkrallten. Nachdem mein Vater gegangen war, wagte ich es sogar, ein paar Runden ohne Hilfe zu gehen, und die Schwestern applaudierten und sagten, dass ich große Fortschritte mache. Es kam mir lächerlich vor, dass man einer Zwanzigjährigen dazu gratulierte, dass sie ohne Hilfe geradeaus gehen konnte. Doch ich bedankte mich höflich, nahm einen großen Schluck Kräutertee aus meiner Tasse, die auf dem Tisch stand, und drehte weiter meine Runden durch die unendlich langen Gänge.

Als ich in mein Zimmer zurückkehrte, hatte ich nur wenige Minuten, um mich zu sammeln, ehe meine Mutter in Begleitung einer Ärztin das Zimmer betrat. Die Ärztin bemerkte lächelnd, dass ich schon viel besser aussähe, und fragte, wie ich mich fühle.

Ich antwortete, dass ich gerne etwas essen würde und dass die Narbe immer noch wehtäte, die Schmerzen aber schon deutlich besser seien als zuvor. Sie hängte eine Schmerzinfusion an den Venflon, der an meinem Hals hing, und gab mir ein Säckchen Magnesium. Sie erklärte mir noch einmal, dass sie den ersten Stuhlgang abwarten würden, ehe sie mir erlaubten, etwas zu essen. Ich solle das Magnesium mit viel Wasser trinken und anschließend spazieren gehen, damit meine Verdauung, die jetzt fast fünf Tage lang außer Kraft gewesen war, wieder beginnen könne zu arbeiten.

Das Juridicum in Wien ist ein großer, gläserner Bunker, den man auf den ersten Blick vielleicht für modern halten und beinahe als edel bezeichnen könnte. Der turnhallenähnliche Boden mit der knallorangen Farbe allerdings, die vermutlich gewählt worden war, um die Differenzierung zwischen Fußboden und Kotze der Studierenden zu erschweren, vermittelte einem dann doch eher das Gefühl, sich in einer U-Bahn-Station zu befinden. Die Ähnlichkeit mit der U-Bahn-Station vergrößerte sich noch durch die Tatsache, dass das Juridicum ein Ort ohne jegliche Form von natürlicher Sonneneinstrahlung war. Weder in den Hörsälen noch in den Bibliotheken oder Lesesälen befand sich auch nur ein einziges Fenster. Dass man einen derart essenziellen Bestandteil von Gebäuden einfach weggelassen hatte, hat wahrscheinlich zwei Gründe: Zum einen teilte der Architekt des Juridicums möglicherweise die Devise der Personen, die dort unterrichten, dass nämlich jede Art von Freizeit und Spaß und jedes Leben, das nicht mit Paragrafen und Urteilen zu tun hat, verboten sei und dass unter dieses Verbot auch das zum Leben notwendige Atmen falle. Zum anderen waren die Prüfungsbedingungen in diesem hässlichen Gebäude mit dem orangen U-Bahn-Boden so absolut nervenaufreibend und derart unmenschlich, dass der Beschluss, keine Fenster anzubringen, vermutlich dem Schutz derer dienen sollte, die sich in einem Anfall von Verzweiflung aus einem solchen zu stürzen planten.

Der Mangel an Vitamin D zeigte unter den Jusstudenten natürlich seine Wirkung. Manche schienen zwanghaft die Löschtaste betätigen zu müssen, wenn eine Person ihren Computer mit der darauf verfassten Seminararbeit zurückgelassen hatte, um zur Toilette zu gehen. Andere machten das freundlich wirkende Angebot, eine Mitschrift der Vorlesung zu verfassen und diese später denen anzubieten, die aufgrund von Krankheit oder ungünstigen Arbeitszeiten gefehlt hatten, mit den Worten: »Wenn du mir zwanzig Euro überweist, schick ich sie dir.« Wieder andere wiederholten in jedem Konflikt, und wenn er auch noch so unbedeutend war: »Mein Vater ist Anwalt.«

Es gab Studentinnen, deren Lernerfolg ihre ganze Persönlichkeit ausmachte, die auf Instagram Bilder davon hochluden, wie sie gerade in ihrer feinsäuberlichen Handschrift ergründeten, warum A für die vorsätzliche Tötung des B schuldig zu sprechen sei. Die Falllösung unterstrichen sie mit ihrem pastellfarbenen Highlighter, über das Bild wurde ein Filter gehauen und darunter Hashtags wie #lawstudent #aesthetic #criminallaw #girlboss gesetzt.

Einige schienen die Sache mit der Mindeststudienzeit besonders ernst zu nehmen. Ihr oberstes Ziel war, ihr Studium der Rechtswissenschaften unterhalb dieser Zeitgrenze zu absolvieren. Sie würden sich in sehr jungem Alter Mag. Iur. nennen können, um dann den Großteil ihres Lebens in einer Anwaltskanzlei zu arbeiten, bis sie irgendwann die schwere Anwalts- oder Richterprüfung meistern und der Kokainsucht verfallen würden. Zu dieser Gruppe zählten auch diejenigen, die schon im Uterus gewusst hatten, dass Immobilienrecht ihre Bestimmung war und die dann eifrig vorauslernten und in den Vorlesungen mit den Vortragenden diskutierten, ob Belinda bei Verwenden einer actio de pauperie angeklagt werden könne, wenn sie zwar Besitz vom Ochsen ergriffen hat, jedoch kein Eigentum. Da wurde dann diskutiert und gefachsimpelt, während ich meist etwas verloren in einer der hintersten Reihen saß und angestrengt versuchte, im unendlich dicken, unendlich kryptisch verfassten Buch eine Antwort auf die Frage zu finden, um zumindest einen kleinen Dopaminkick zu verspüren, wenn in diesem kalten, fensterlosen Hörsaal schon die Sonneneinstrahlung ihre Wunder nicht vollbringen konnte. Wenn ich mir dann sicher war, den Fall richtig gelöst zu haben, stellte sich heraus, dass ich irgendeine winzige, aber äußerst relevante Information, die im Text stand, außer Acht gelassen hatte und dass der gesamte lange Lösungsweg, den ich in meiner krakeligen Handschrift mühevoll aufgeschrieben hatte, mir in der Prüfung nur wenige bis gar keine Punkte einbringen würde.

Meine Sitznachbarin Marlene, die, wenn sie danach gefragt wurde, eine ganze Liste guter Gründe aufzählen konnte, warum sie Jus studierte, und die dann nicht wie ich zu stammeln begann, dass sie es sich mal anschauen wolle, weil es ja vielleicht ganz interessant sei, erklärte mir oft, wo mein Fehler gelegen habe. Sie tat das immer ganz trocken und analytisch, als wäre es ganz selbstverständlich, dass man in jeder Vorlesung jeden Fall beim ersten Versuch richtig löste, und während ich nickte und so tat, als wäre mir der Knopf aufgegangen, nur um nicht weiter die ohnehin offensichtliche Tatsache zu bestätigen, dass ich komplett ungeeignet für dieses Studium war, dachte ich an die Nachmittage, die ich rechnend in einem stickigen Zimmer mit meiner Mutter verbracht hatte, und ich dachte, dass sich dieses Gefühl des

Versagens, das ich verspürte, nicht wirklich von jenem Gefühl des Versagens von damals unterschied.

Das Magnesium schmeckte besser, als ich erwartet hatte, und als ich den letzten Schluck getrunken hatte, eilte meine Mutter gleich voll Tatendrang an meine Seite, um mich beim Spazierengehen zu begleiten. Und so gingen wir den Gang auf und ab. Erschrocken stellte ich fest, dass ich schon nach drei Runden eine Pause brauchte. Ich stand da, keuchte und spürte, wie meine schweren Beine fast unter mir nachgaben. Ich merkte auch, wie mein Magen arbeitete, wie es grummelte und zischte, und jedes Mal, wenn wir wieder zum Zimmer kamen, ließ ich mich erwartungsvoll auf der Toilette nieder, doch nie kam etwas. Irgendwann fragte ich mich, ob mein Körper einfach kaputt war, ob er etwas so Banales, was man eigentlich schon im Kindesalter kann, verlernt hatte. Ich saß auf der Toilette und wartete, doch nichts passierte, und jedes Mal, wenn meine Mutter mich dann am Gang erwartungsvoll anschaute, schüttelte ich den Kopf, und jedes Mal kam es mir so vor, als hätte ich sie enttäuscht, weil mein Körper schon wieder versagt hatte.

Also setzten wir unsere Spaziergänge fort, in der Hoffnung, dass es meinem Körper gelingen würde, das zu produzieren, was eigentlich jeder funktionierende Körper produzieren kann.

Als wir einmal einen kleinen Stopp einlegten und ich meine Teetasse auffüllte, nahm ich neben mir ein vertrautes Gebrabbel wahr. Ich drehte den Kopf und erblickte Viktoria, die in einem Fesselstuhl saß und einen Monolog hielt. Die Schwester bemerkte meinen verwirrten Blick und erklärte, dass Viktoria es anscheinend auf die Spitze getrieben hätte. Nicht mal die Sitzwache habe sie besänftigen können.

Daher hätten sie keine andere Wahl gehabt, als sie auf den Gang zu manövrieren und festzugurten. Mit einem leisen Schmunzeln fügte sie hinzu, dass Viktoria jetzt vielleicht auch deshalb artiger war, weil sie jedes Geschehen außerhalb des Zimmers beobachten könne.

Als hätte sie gehört, dass über sie gesprochen wurde, meldete sich meine ehemalige Zimmernachbarin nun zu Wort: »SCHRUNJE PLASCHKA FROOOBILE.«

Die Schwester schüttelte sanft den Kopf und hob den Finger an ihren Mund, um Viktoria zu bedeuten, dass sie leise sein solle, und für einen kurzen Moment gehorchte die kleine, zarte Frau ihr sogar, und ich konnte nicht anders, als ihr ein Lächeln zuzuwerfen. Als sich unsere Blicke trafen, bemerkte ich zum ersten Mal, dass ihre Augen blutunterlaufen waren und dass die Adern auf ihren Augenlidern aufgeplatzt waren. Ich erschrak und wandte den Blick schnell wieder ab, doch aus dem Augenwinkel sah ich, wie Viktorias Mund sich zu einem breiten Lächeln kräuselte, wie sich ihre knochige Hand zitternd hob und wie sie mit dem Finger in meine Richtung zeigte. Meine ehemalige Zimmernachbarin, die mich zwei Tage zuvor noch mit einem Joghurtbecher hatte abschießen wollen, zeigte in meine Richtung, krächzte: »MEIN MAUS!« und schenkte mir ein breites Lächeln.

Ich erwiderte ihr Lächeln, sagte leise »Danke, Viktoria« und spürte, wie die Möbelstücke in meinem Bauch wieder anfingen zu arbeiten, wie sie rumorten und sich von einer Stelle zur anderen bewegten, doch es tat nicht weh, denn ihre Kanten waren nicht mehr spitz und scharf, sondern rund und weich, und plötzlich wusste ich, was da in meinem Inneren passierte.

Juni. Lisa und ich liegen in Nizza am Strand. Zwischen uns liegt das Übungsbuch römisches Schuldrecht, aus dem wir eigentlich beide lernen wollten und aus dem wir beide noch keine Seite aufgeschlagen haben. Lisas Haare glänzen in der Sonne. Lisas Haare glänzen eigentlich immer, auch im düsteren Vorlesungssaal, in dem wir gemeinsam der Vorlesung römisches Schuldrecht folgen. Es ist einundzwanzig Uhr, und wir stürzen uns in den Ozean. Die Wellen sind stürmisch, der Wind lau. Irgendwo kreischt eine Möwe. Keine Sorgen. Das Übungsbuch römisches Schuldrecht wird durch die Luft katapultiert und landet in einem Häufchen Seegras. Wir beachten es nicht weiter. Nichts als Freiheit und Salzwasser. Lisa hat einen schlimmen Sonnenbrand, ich muss ihr jeden Tag den Rücken einschmieren, aber der Sonnenbrand ist trotzdem da. Die Sonnencreme pickt. Der Eiskaffee schmeckt mehr nach Eis als nach Kaffee, und ich trinke ihn trotzdem aus, obwohl ich schon während des Trinkens weiß, dass mir nachher schlecht sein wird. Ich bekomme eine Blasenentzündung, weil ich meine Bikinihose nach dem Schwimmen nicht gewechselt habe, und Lisa versucht, dies der unfreundlichen Apothekerin in gebrochenem Französisch zu schildern. Der Cranberry-Extrakt schmeckt bitter. Wir verbrennen uns die Finger an den zu heißen Pommes. Die Sonne ist feuerrot und kracht in die Wellen. Die traurigen Tage sind ganz weit weg, irgendwo am Horizont, weit weg und nicht ersichtlich, nicht greifbar, nicht spürbar. Lisa lässt mir die letzte Pommes übrig. Wir reden beide nicht über die Prüfung, für die wir eigentlich lernen wollten. Dafür über die Zukunft und die Vergangenheit, über Wien und über den Sommer, über Lieder, die wir lieben, und darüber, warum wir sie lieben, über unsere Lieblingsserien als Kinder und über den Tag, als wir uns in der Vorlesung kennengelernt haben.

Es ist Mai. Das Wintersemester ist vorbei, das Sommersemester beginnt. Römisches Schuldrecht. Warum verliert Belinda am dritten Tag das ungestörte Eigentum am Sklaven? Ich weiß es nicht. Die Vortragende diskutiert diese Fragestellung hitzig mit einem der Studenten. Welche Klagen hat Belinda gegen den Dieb? Ich weiß es nicht. Warum hat der Dieb Besitz am Sklaven erlangt, aber kein Eigentum? Ich habe einen Herzschrittmacher bekommen. Warum hat der Sklave keine Klage gegen Belinda? Meine erste Beziehung ist zerbrochen. Was mache ich hier überhaupt? Ich weiß es nicht. Übernächste Woche steht eine Klausur an, wir sollten jetzt besser aufpassen, denn die Vortragende gibt uns noch wichtige Tipps für die Falllösung. Ich vermisse dich. Wird dieser Knoten in meinem Herzen jemals wieder aufgehen? Ich weiß es nicht. Werde ich mich konzentrieren können, um alle zweihundert Seiten für die Klausur bis nächste Woche zu beherrschen? Ich weiß es nicht. Ich verstehe die Falllösung nicht. Ich habe Kopfweh. In meinem Kopf ist ein Gewächs, das jederzeit wachsen kann. Ein Gewächs, das völlig unbemerkt geblieben ist, ein Gewächs, das sich jederzeit gegen mich wenden kann. Ich vertraue meinem Kopf nicht, und ich vertraue dem Gehirntumor nicht. Ob die anderen es auch sehen? Ob sie in meinen Kopf blicken und das Chaos, das dort herrscht, sehen können? Das Gewächs, das jederzeit wachsen kann, den Tumor, der jederzeit bösartig werden kann? Können sie durch mich hindurchsehen? Können sie sehen, dass da etwas mit meinem Körper nicht stimmt? Sehen sie die Narbe auf meinem Schlüsselbein und wissen, was das bedeutet? Glauben sie mir, wenn ich lüge und sage, dass meine Katze mich, als ich ein Kind war, an dieser Stelle gekratzt hat? Es quietscht. Ich schlucke den Knoten in meinem Hals gemeinsam mit den salzigen Tränen hinunter. Die Vortragende bittet alle, sich in die Anwesenheitsliste einzutragen. Das Mädchen neben mir fragt, ob ich einen Stift habe.

Es ist Mai. Vor wenigen Wochen habe ich einen Herzschrittmacher bekommen. Vor einem Monat habe ich meinen besten Freund verloren. Vor wenigen Minuten habe ich meine Seelenverwandte kennengelernt.

Die Belohnung für meinen entgegen meinen Erwartungen funktionierenden Körper war ein großer Becher Joghurt, den mir die Schwester feierlich servierte und den ich mit vor Glück strahlenden Augen entgegennahm. Niemals hätte ich gedacht, dass ich mich in meinem Leben einmal so sehr über einen Becher Joghurt freuen würde. Ich konnte nicht anders, als die Augen zu schließen und das Gefühl von Nahrungsmittel auf meiner Zunge zu genießen, und während ich den Inhalt des Bechers langsam und bedächtig leer löffelte, dachte ich, dass ich es geschafft hätte, und ich schaute auf meinen abgemagerten, von den Infusionen zerstochenen Körper hinunter, und ich flüsterte: »Wir haben es geschafft.« Mein Magen antwortete mit einem leisen Knurren.

Am nächsten Morgen wurde ich vom Rollen eines Koffers geweckt, der meiner neuen Zimmernachbarin gehörte, einer etwa fünfundsechzigjährigen Chinesin. Wir stellten uns einander vor, und ich hoffte inständig, dass diese Basis für unsere Beziehung ausreichte und wir einander nun in Frieden lassen würden. Leider schien sie das anders zu sehen, und ich sah aus dem Augenwinkel, wie sie sich mir mit langsamen, vorsichtigen Schritten näherte, wie ein Leopard, der auf eine Hyäne zupirscht. Ich beschloss, dass die einzige

Flucht vor einer Konversation mit ihr darin bestünde, meine Augen zu schließen und so zu tun, als würde ich schlafen.

Doch auch davon ließ sie sich nicht abschrecken. Fröhlich begann sie auf mich einzureden, fragte mich, wie ich heiße, in welche Schule ich gegangen sei und wie es mir im Krankenhaus gefalle.

Ich gab einsilbige Antworten, in der Hoffnung, weiterem Small Talk so zu entgehen, doch es schien sie nur noch mehr anzustacheln, und sie quetschte mich förmlich aus mit ihren Fragen, als wäre ich eine Zitrone.

»Was machen deine Eltern beruflich? Wie lange bist du schon im Krankenhaus? Wie ist das Essen im Krankenhaus? Warst du schon mal in diesem Krankenhaus? Hast du Geschwister? Warst du schon mal in Südafrika? Was war dein Maturaschnitt? Wo siehst du dich in zehn Jahren? Wen hast du bei der letzten Wahl gewählt?«

Ich war froh, als endlich die Visite kam. Mir wurde gesagt, dass ich bald nach Hause dürfe, da sie mein Bett bedauerlicherweise für einen Notfall bräuchten. Ich solle meine Mutter anrufen, damit sie mich abholen käme. Ich sei stabil genug, um das Krankenhaus zu verlassen, dürfe jedoch sechs Wochen lang weder Sport machen noch schwer heben oder mich bücken. Ich solle einfach zu verdauende Lebensmittel essen wie Kartoffeln, Suppen oder Grießbrei. Dass in den ersten Wochen noch etwas Blut in meinem Stuhl sein würde, sei normal. Wenn mein Stuhl jedoch nur noch aus frischem Blut bestünde, solle ich sofort wiederkommen. Auf meine Frage, wie ich frisches Blut erkennen würde, antwortete man mir nicht. Man wünschte mir alles Gute für meine Zukunft.

Meine neue Zimmernachbarin, mit der ich nur wenige Stunden verbrachte, war relativ eigen, denn sie tendierte dazu, sehr lange und sehr laut mit Manfred, ihrem Ehemann, zu telefonieren. Direkt nach der Visite griff sie zu ihrem Handy, wählte eine Nummer und schrie fast schon ins Telefon: »Hallo, Manfred, ich bin schon im Spital! Du wirst es nicht glauben, aber ich teile mein Zimmer mit einem ganz jungen Mädchen, die ist wirklich hübsch. Aber ich sags dir, sie hat so ein tragisches Schicksal, die Arme! Die hatte ein Meckel-Divertikel im Dünndarm, das ist, glaube ich, so eine Ausstülpung, und das hat eine Blutung ausgelöst. Die hat sieben Bluttransfusionen gebraucht, stell dir das mal vor! Und die Ärzte haben sie stundenlang operiert, und sie ist fast gestorben dabei! Die ist noch ganz jung, ich glaub, älter als dreizehn wird die nicht sein! Ja, ganz tragisch, dass man so etwas schon in so einem Alter erleben muss. Die ist jetzt sicher vollkommen traumatisiert! Aber sehr nett und sehr hübsch ist sie! Wie es mir geht? Na ja, wie soll es mir schon gehen im Krankenhaus, Manfred, was für eine dumme Frage! Ich warte schon seit dreißig Minuten darauf, dass mir eine Schwester die Infusion anhängt. Am liebsten würde ich das einfach selber machen, die Ausbildung zur Krankenpflegerin hab ich ja. Warum ich so lange warten muss? Na, weil die Schwester, die mir ursprünglich die Infusion anhängen wollte, schwarz war! Pechschwarz war die, Manfred, ich sags dir! Und da habe ich gesagt: ›Ich lasse mir von einer Schwarzen *unter keinen Umständen* eine Nadel in den Arm jagen!‹ Seitdem lassen sie mich hier warten, eine Frechheit ist das!«

Irgendwann steckte ich mir die Kopfhörer in die Ohren.

Bevor ich das Krankenhaus verließ, wurden meine Zugänge aus den Händen und der Venflon, der an meinem Hals hing, entfernt. Ich musste fünfzehn Minuten lang einen schweren

Sandsack auf die Stelle an meinem Hals halten, wo zuvor der lange Schlauch gesteckt hatte, der es mir beim Schlafen unmöglich gemacht hatte, meinen Kopf nach rechts zu drehen, und dessen Zugänge sich oft genug mit meinen Haaren verstrickt hatten, sodass ich jedes Mal Angst hatte, dass ich mir die Nadel selbstständig rausreißen würde.

Das OP-Pflaster wurde gewechselt, und die Narbe wurde ein letztes Mal desinfiziert, ehe ich das Zimmer verlassen konnte. Ich verabschiedete mich von meiner Zimmergenossin, wünschte ihr weiterhin alles Gute und fügte etwas zynisch hinzu, dass ich nicht dreizehn, sondern zwanzig Jahre alt sei.

Die Schwestern umarmten mich alle. Sie sagten, dass es ein Wunder sei, dass ich lebe, sagten, dass sie alle für mich gebetet hätten und dass ich sehr viele Schutzengel gehabt haben müsse, denn unter normalen Umständen überlebe ein Mensch so einen immensen Blutverlust nicht.

Ich weinte, und meine Mutter weinte, und die Schwestern drückten mich noch einmal und sagten, dass ich einmal Großes vollbringen werde.

6

Die Narbe

Wenn ich anderen Leuten erzähle, dass ich operiert wurde, dann gehen sie meistens von einem gebrochenen Arm oder einer verrutschten Kniescheibe aus. Sie versuchen, ihr Mitgefühl auszudrücken, indem sie sagen: »Ich hatte auch schon mal eine Operation!« oder »Die Narbe meiner Blinddarm-OP vor dreißig Jahren sieht man jetzt gar nicht mehr, du musst deine gut einschmieren, dann wirst du bald überhaupt nicht mehr merken, dass sie da ist!«

So zeigen sie Anteilnahme an meiner Situation, wollen aber gleichzeitig ausdrücken, dass auch sie sich schon einmal in einem Zustand befunden hätten, in welchem ihr eigener Körper versagt hat.

In solchen Situationen nicke ich und lächele höflich, während die Narbe unterhalb meines Bauches sich wie ein frisches Brandmal in meine Haut einzubrennen scheint.

Die Narbe unterhalb meines Bauches ist keine feine, kaum sichtbare Linie, sondern ein dicker, wulstiger Strich, der auf unnatürliche Art und Weise aus meiner Haut heraussteht, so als würde er nicht zu meinem Körper gehören. Die Haut ist an dieser Stelle nicht weich und vertraut, sondern fest und hart, wie ein Fremdkörper, der sich ohne mein Wissen und ohne meine Zustimmung unter meiner Haut eingenistet hat und sich nun wie ein immer fetter werdender Zeck in meinem Inneren festsaugt, mir alles Blut absaugt, und dieses Blut sammelt sich in seinem immer praller werdenden Zeckenkörper an, ein harter Widerstand, den ich spüre, wenn ich vorsichtig mit den Fingern über die

Narbe fahre. Jedes Mal, wenn ich versuche, sanft über die Stelle zu fahren, an der ich vor vier Wochen aufgeschnitten wurde, wenn die Haut meiner Fingerspitzen die Stelle berührt, an der die dicke Narbe sitzt, die mir das Leben gerettet hat, wenn die kühle Creme, die das Narbenbild verbessern soll, auf jene Millimeter meiner Haut trifft, die vor vier Wochen ein offenes Loch waren, habe ich Angst, dass der mit Blut gefüllte Zeckenkörper, der unter der Narbe sitzt, explodiert.

»Wie geht es Ihnen heute?«, fragt meine Therapeutin.

Sie sitzt mit überschlagenen Beinen in dem Stuhl gegenüber und lächelt mir ermutigend zu, als wollte sie sagen: »Egal, wie abgefuckt es in deinem Kopf ist, ich verstehe dich, oder tue zumindest so, als würde ich dich verstehen, weil das mein Beruf ist.«

Während ich mir eine Antwort überlege, die möglichst wenig Alarmbereitschaft bei meiner Therapeutin hervorrufen wird, wird mir bewusst, dass ich durch meine Stille wertvolle Sekunden unserer fünfzigminütigen Einheit verstreichen lasse, für die meine Mutter hundert Euro zahlt.

Ich frage mich, wie deprimierend es für eine Mutter sein muss, wenn man wöchentlich Therapiestunden bezahlt und Antidepressiva aus der Apotheke abholt, nur um zu Hause ein tränenüberströmtes Kind vorzufinden, das einem erklärt, dass es sich in Luft auflösen möchte. Wenn ich meine Mutter wäre, würde ich selbst in Therapie gehen. Kinder können sich ihre Eltern nicht aussuchen, und genauso wenig können sich Eltern ihre Kinder aussuchen. Meine Mutter hat es nicht verdient, mit der Depression ihrer zwanzigjährigen hypersensiblen Tochter belastet zu werden, und sie hat es erst recht nicht verdient, auch noch Geld dafür zahlen zu müssen. Ich bin praktisch der Bandwurm, der sich durch ihr Vermögen frisst und immer fetter davon wird.

»Ich würde gerne verschwinden«, antworte ich schließlich.

Es ist eine ehrliche Antwort, und es kostet mich Überwindung, die Worte, die in meinem Kopf unausgesprochen herumgegeistert sind, laut auszusprechen.

Meine Therapeutin mustert mich mit einem unruhigen Blick und schweigt. Ich weiß, dass sie immer dann schweigt, wenn sie möchte, dass ich meine Aussagen genauer erkläre.

»Ich habe das Gefühl, dass ich zu viel bin. Es gibt Tage, an denen habe ich das Gefühl, meine Trauer würde mich regelrecht zerfressen, so lange, bis keine Zelle in meinem Körper mehr übrig ist. Es gibt Tage, an denen ich nur daran denken kann, dass ich gerne sterben würde, und wenn ich denke, dass ich gerne sterben würde, dann denke ich darüber nach, wie ich gerne sterben würde, und dann werde ich böse und frage mich, warum ich nicht einfach bei meiner Operation gestorben bin. Das wäre einfach gewesen. Kein Risiko, einen Selbstmordversuch zu überleben. Kein Aufwand meinerseits bezüglich wann und wie. Keine von Schuldgefühlen zerfressenen Eltern. Wenn ich darüber nachdenke, dass ich mich umbringen will, dann merke ich, dass ich nicht mal die Kraft hätte, es zu tun. Es wäre schlicht und einfach zu anstrengend. Dann denke ich, dass ich am Leben bleiben muss; mir bleibt praktisch nichts anderes übrig, als zu hoffen, dass alles besser wird. An den Tagen, an denen ich hoffe, dass alles besser wird, höre ich eine leise Stimme in meinem Kopf, die sagt: »*Was, wenn es nicht besser wird? Was, wenn du in der Illusion lebst, dass sich alles zum Guten wendet und deine Trauer vergeht, aber das einfach nicht passiert? Wie lange willst du es noch aushalten, so zu leben? Wie oft wirst du noch denken, dass du endlich glücklich bist, nur um dann einen Rückschlag zu erleiden und dich zu fragen, wie lange du wirklich noch auf dieser Welt bleiben willst?«* Wenn die Stimme einmal gesprochen hat, ist es ziemlich schwer, sie zu ignorieren und an etwas Positives zu denken. Ich versuche meistens, nicht zu pessimistisch zu sein, weil ich weiß, dass ich einen Hang zum Pessimismus habe. Ich weiß, dass ich mich in solchen Momenten einfach hinlegen oder ein Buch lesen muss oder eine von den Beruhigungstabletten nehmen muss, die meine Psychiaterin mir für solche Fälle verschrieben hat, damit es mir etwas besser geht. Und oft wache ich am nächsten Tag auf und fühle mich wunderbar. Aber manchmal wache ich auch auf, und das Gefühl ist immer noch da, und die Stimme in meinem Kopf flüstert: *»Siehst du! Ich hab doch gesagt, deine Trauer vergeht nicht einfach so! Hast du überhaupt die Kraft, das Risiko einzugehen, einen neuen Tag zu starten, nur damit er dann genauso schrecklich endet wie der gestrige?«*

Es gibt Tage, an denen kann ich die Stimme in meinem Kopf verdrängen und mein Leben normal leben. An diesen Tagen kann ich um sieben Uhr aufstehen, für die Uni lernen, Freunde treffen, zu meinem Pferd fahren und einen Wochenplan mit To-dos erstellen, den ich unbedingt einhalten möchte. An den Tagen, an denen ich die Stimme nicht ignorieren kann, komme ich nur schwer aus dem Bett, der Gedanke, zur Uni zu gehen oder zu meinem Pferd zu fahren, erscheint mir sowohl psychisch als auch physisch schlicht und einfach unmöglich, der Gedanke, in die Dusche zu steigen oder mir etwas zu essen zu kochen, wirkt wie ein Energieaufwand, den mein Körper nicht aufbringen kann. Meinen Freunden auf eine einfache Nachricht zu antworten fühlt sich an, als müsste ich einen achtzig Kilo schweren

Stein heben, und auf die Frage ›Wie geht es dir?‹ zu antworten fühlt sich an wie ein innerer Kampf. ›Gut‹ ist eine passable, einfache Antwort, die nicht viel Potenzial zur genaueren Nachfrage lässt. ›Gut‹ ist oft ein stiller Hilfeschrei, den niemand hören kann.

›Gut‹ ist Verzweiflung, Angst und unendliche Traurigkeit. ›Gut‹ ist ein Synonym für: ›Ich will nicht mehr.‹ Aber ›gut‹ ist viel einfacher als ein ›mir geht es nicht gut‹, und ›gut‹ versetzt die Leute, die fragen, wie es einem geht, nicht in Alarmbereitschaft. ›Gut‹ gibt mir nicht das Gefühl, den Leuten, die ich liebe, zur Last zu fallen.«

Eine Falte bildet sich zwischen den Augenbrauen meiner Therapeutin. »Seit wann fühlen Sie sich so?«

Ich überlege kurz. Ich kann mich nicht erinnern, dass ich irgendwann beschlossen hätte, nicht mehr auf der Welt sein zu wollen. Das Gefühl war plötzlich einfach da und hat mich seitdem nicht mehr losgelassen, sich in meinen Körper eingenistet. Das mit den Gedanken hat begonnen, kurz nachdem ich aus dem Krankenhaus entlassen wurde, und die Stimme in meinem Kopf, die anfangs nur ein leises Flüstern gewesen war, wurde immer lauter und mächtiger. Sie bäumte sich auf wie ein steigendes Pferd und trampelte in meinem Inneren herum wie ein wilder Elefant. »Warum bist du überhaupt noch hier? Es wäre viel besser gewesen, wenn du bei deiner Operation gestorben wärst. Du bekommst überhaupt nichts mehr auf die Reihe; dein Körper ist schwach und nutzlos. Bist du dir sicher, dass du weiter hier sein willst? Glaubst du wirklich, dass es dir jemals besser gehen wird? Vielleicht gibt es nichts, was dich ausmacht, bis auf diese Trauer, die du mit dir herumschleppst. Warum kannst du nicht glücklich sein und wertschätzen, dass du diese schwere OP überlebt hast? Du bist so undankbar, und du belastest all deine Mitmenschen mit deiner Existenz, sie wären alle besser ohne dich dran, was willst du überhaupt in der Welt bewirken? Du bist niemand, und du hast keinen Grund, traurig zu sein. Deine Eltern zahlen deine Therapie, von der dir gesagt wurde, dass sie dir helfen wird, weil du ein schweres Trauma hast. Sie zahlen hundert Euro pro Stunde, und du sitzt hier und schweigst und schaffst es nicht mal, etwas zu sagen.

Deine Eltern zahlen deine Therapie, und es geht dir trotzdem kein Stück besser. Deine Eltern zahlen deine Therapie, und du sitzt hier und sagst, dass du sterben willst. Deine Eltern zahlen deine Therapie, und wenn sie dich fragen, wie es gelaufen ist, wirst du sie anlügen und sagen, dass es gut war, und sie werden erleichtert denken, dass es nun endlich bergauf geht.

Doch deine Eltern wissen nicht, dass du nachts trotzdem stundenlang wach liegen und weinen wirst, dass du sehen wirst, wie ein neuer Tag anbricht und dass du dabei überlegen wirst, wie du dich am leichtesten und am schmerzfreisten umbringen könntest. Deine Eltern zahlen deine Therapie, und sie zahlen deine Psychiaterin, die dir Antidepressiva verschrieben hat, die du seit zwei Wochen nimmst. Deine Eltern sind komplett gegen die Idee, Psychopharmaka zu schlucken, sie haben Angst, dass du abhängig davon wirst, sie haben Angst, dass du ohne die Tabletten nicht mehr glücklich sein kannst. Deine Eltern wissen nicht, dass du keine Ahnung mehr hast, wie es sich überhaupt anfühlt, glücklich zu sein. Sie wissen nicht, dass du seit zwei Wochen darauf wartest, dass die Wirkung der Tabletten einsetzt, dass du dich am Boden eines tiefen Loches befindest, an dem keine Sonne existiert, dass du mit jedem Tag, der vergeht, mehr die Hoffnung verlierst. Sie wissen nicht, dass du nicht mehr kannst und wie oft du daran denkst, zu sterben. Und deine Eltern verstehen es nicht. Sie verstehen nicht, warum du so kraftlos bist, weshalb du so still geworden bist, warum du oft so bitterlich weinst. Sie verstehen nicht, was mit ihrem Kind passiert ist, warum dir die Kraft zum Kämpfen ausgegangen ist. Sie verstehen nicht, warum ihr Kind den ganzen Tag im Bett verbringt, warum es nicht mal aufstehen kann, um sich zu duschen oder die Zähne zu putzen. Sie verstehen nicht, warum ihr Kind nichts isst, warum ihr Kind nicht mal das Bett verlässt, um sich ein Glas Wasser zu holen. Sie verstehen nicht, warum ihr Kind den ganzen Tag in einem dunklen Raum auf seinem Bett liegt und an die Decke starrt. Sie verstehen nicht, warum ihr Kind oft tränenüberströmt in seinem Bett sitzt und von Schluchzern regelrecht geschüttelt erklärt, dass es sterben will.

»Das Gefühl ist seit meiner Dünndarmoperation da«, antworte ich schließlich. »Aber es war auch davor schon da, nur nicht in derselben Intensität wie jetzt.«

Meine Therapeutin faltet ihre Hände im Schoß zusammen und mustert mich noch eindringlicher als zuvor. »Und wie war die Zeit nach der Dünndarmoperation? Wollen Sie darüber etwas erzählen?«

»Ich weiß noch, dass ich unglaublich froh war, das Spital zu verlassen. Ich war froh, dass kein Schlauch mehr in meinem Hals steckte und dass ich keine gestörte Zimmernachbarin mehr hatte, und ich war froh, dass ich in meinem eigenen Bett schlafen konnte. Doch als ich dann in meinem eigenen Bett lag und schlafen wollte, hatte ich nur noch Angst. Ich hatte Angst, dass ich am nächsten Morgen aufwachen und einen See aus Blut vorfinden würde. Ich hatte Angst, dass mein Körper nicht mehr in der Lage war, Nahrungsmittel zu verdauen. Ich hatte Angst, dass die Narbe aufplatzen würde. Ich hatte Angst, dass etwas Schlimmes mit meinem Körper passieren und kein professioneller Arzt zur Stelle sein würde. Ich hatte Angst, dass die Schmerztabletten, die ich dreimal täglich nehmen musste, keine Wirkung mehr zeigten. Ich hatte so große Angst vor einem erneuten Kontrollverlust über meinen Körper, dass ich mich nicht traute, in den Schlaf zu sinken. Ich weiß noch, dass ich, wenn ich für einige Stunden komplett übermüdet vom Schlaf übermannt wurde, beim Aufwachen jedes Mal von einer Verzweiflung gepackt wurde, weil ich die Nachtwache über meinen Körper verpasst hatte, weil ich nicht sichergestellt hatte, dass mein Körper mich nicht erneut im Stich ließ, weil ich die Kontrolle aufgegeben hatte. Ich trank viel Tee und aß Kartoffelbrei und Joghurt und hatte trotzdem jedes Mal Angst, dass ich auf der Toilette eine böse Überraschung vorfinden würde. Ich durfte keinen Sport treiben, und jede kleine Bewegung meines Oberkörpers jagte einen stechenden Schmerz durch die Narbe, die immer noch von einem großen Pflaster verdeckt war. Ich war nicht in der Lage, mich alleine zu waschen, und der Prozess, sich in die Badewanne zu setzen, verursachte ein so schmerzhaftes Spannungsgefühl, dass ich jedes Mal dachte, die Narbe würde gleich explodieren. Ich ging gebückt die Stufen unseres Hauses hinauf und hinunter, um mich zu bewegen und meine Verdauung anzukurbeln, und ich musste immer wieder stehen bleiben und keuchen und atmen und meine Hand schützend über die Stelle halten, die vor wenigen Wochen aufgeschnitten worden war. Ich lag in einem Liegestuhl im Garten, und die Sonne schien, und die Vögel zwitscherten, und meine Freunde besuchten mich und brachten Eis vorbei und sagten, dass ich unglaublich stark sei. Ich habe wirklich versucht, glücklich zu sein und wertzuschätzen, dass ich lebe, und meinem Körper zu danken, dass er so stark war. Doch wenn man sich mit zwanzig nicht alleine waschen kann und jedes Mal, wenn man auf die Toilette geht, Angst bekommt, ist es sehr schwer, glücklich zu sein. Ich schätze, dass dieses Gefühl, das mir sagt, dass ich nicht mehr leben will, sich irgendwann in den letzten Wochen in meinem Körper ausgebreitet hat.«

Die Uhr, die über dem Kopf meiner Therapeutin hängt, tickt. Tick-tack-tick-tack. Eine halbe Stunde noch.

»Und wie fühlt sich dieses Gefühl an? Können Sie das vielleicht genauer beschreiben?«

Ich starre auf meine Hände, die wie versteinert in meinem Schoß liegen.

»Es gibt Tage, an denen ich mich so fühle, als würde mich nichts als Dunkelheit ausmachen. Als hätte jemand irgendwann an einem bestimmten Punkt in meinem Leben den Lichtschalter ausgemacht, ohne dass ich es bemerkt habe, und selbst wenn ich es bemerkt hätte, hätte es nicht in meiner Macht gelegen zu verhindern, dass das Licht langsam, aber doch beständig ausgeht. Es gibt Tage, an denen es so dunkel ist, dass der finstere Raum, in dem ich lebe, der finstere Raum, der mein Körper ist, sich anfühlt wie ein Ort, an dem vor langer, langer Zeit einmal die Sonne existiert hat, wie ein Ort, dessen Blumen jetzt verwelkt sind, denn obwohl sie jeden Tag gegossen werden, fehlt ihnen zum Wachsen die Sonne. An diesem Ort ist es kalt und düster, nebelig und nass, und es stinkt nach Verderben und Tod, es ist ein Ort, den niemand freiwillig betreten will, ein Ort, der gemieden und gefürchtet wird, ein Ort, dessen Existenz man am besten ignoriert. Es ist ein Ort, der jeden Menschen, der ihn betritt, aussaugt, bis nichts als eine leblose Hülle von ihm übrig bleibt. Es ist ein Ort, der dich verschlingt, an dem du wie in einem Labyrinth verzweifelt nach einem Ausgang suchst zu einem Ort, an dem die Sonne scheint, doch je verzweifelter du suchst, desto dunkler wird es, desto tiefer verläufst du dich im Labyrinth, bis du irgendwann keine Kraft mehr hast, nach der Sonne zu suchen. Und dann beginnst du zu zweifeln, ob es überhaupt jemals so etwas wie eine Sonne gegeben hat, du kannst dir nicht vorstellen, dass du jemals das Kitzeln der Sonnenstrahlen auf deiner Haut gespürt hast, dass du jemals an einem anderen Ort als diesem endlosen Labyrinth aus Traurigkeit existiert hast. Du sinkst auf den kalten, nassen Boden, irgendwo zwischen den Hecken des Labyrinths, irgendwo weit, weit weg von der Sonne, irgendwo im tiefen Inneren dieses kalten, leblosen Ortes, der jetzt dein neues Zuhause ist, und du beginnst zu akzeptieren, dass du verloren bist, dass jeder Kampf sinnlos ist, dass die Schwere dieses Ortes etwas ist, wogegen du nicht ankämpfen kannst. Du versinkst in dem Sumpf aus Erinnerungen, die nach dir greifen, die dir die schönen Momente deines Lebens wie Kinotrailer in deinen Kopf projizieren, und obwohl es deine Erinnerungen sind, kommt es dir so vor, als gehörten sie einer anderen Person, als hätte man den Protagonisten schnell mal ausgetauscht und würde hoffen, dass es niemand bemerkt. Du siehst diese Erinnerungen und fragst dich, was mit dir passiert ist, fragst dich, wie du den Moment verpassen konntest, an dem jemand das Licht ausgemacht hat, fragst dich, warum du nichts unternommen hast, warum du nicht geschrien, getrampelt, gekämpft hast. Und dann fragst du dich, ob das Licht vielleicht immer schon aus war, ob der Prozess des Ausschaltens nur etwas ist, was du dir ausdenkst, um eine Rechtfertigung für deine Situation zu finden, ob du einer dieser Menschen bist, deren Licht gar nicht existiert und denen es dementsprechend auch nicht möglich ist, es jemals zu finden.«

Meine Therapeutin nickt langsam, und ich kann in ihren Augen ablesen, dass sie meinen Schmerz versteht.

»Wissen Sie,«, beginnt sie schließlich vorsichtig, »Eine Depression kann wie eine Welle kommen. Diese Welle kann einen so tief nach unten drücken, dass man das Gefühl haben kann, dass es nie wieder aufwärtsgeht. Doch es wird wieder aufwärtsgehen, und Sie werden wieder zu atmen und zu leben lernen. Was Ihnen in den letzten Monaten passiert ist, war ziemlich viel, und für so einen jungen Menschen ist das noch mal belastender. Dass Sie sich so fühlen, ist kein Wunder, und für dieses Gefühl müssen Sie sich auch nicht schämen. Aber denken Sie immer daran: Eine Depression kann wie eine Welle kommen, und auch wenn es sich im Moment nicht so anfühlt, wird diese Welle Sie wieder nach oben tragen.«

Eine Depression kommt wie eine Welle. Zuerst merkst du fast gar nicht, dass sie da ist, bist dir nicht sicher, ob du dir das vielleicht doch nur eingebildet hast. Und dann verschlingt sie dich plötzlich, drückt dich so tief auf den Boden, dass du das Gefühl hast, nie wieder an die Oberfläche zu gelangen, und während deine Lungen verzweifelt nach Luft ringen und deine Beine und Arme gegen die Strömung ankämpfen, überkommt dich eine unglaubliche Angst, und du fragst dich, ob es immer so sein wird, ob du für immer in diesem Zustand von hilfloser Lethargie bleiben wirst, in dem du um dein Überleben kämpfen musst, dass du jeden Tag aufs Neue in den Kampf ziehen musst, obwohl du absolut keine Kraft dazu hast, obwohl der Gedanke, zu kämpfen, so viel schwerer erscheint, als der Kampf an sich erscheinen wird, und irgendwann, wenn deine Beine und Arme vom endlosen Strampeln müde geworden sind, wenn sich deine Muskeln zäh und dein Herz schwer anfühlt, wenn deine Lunge zu zerbersten scheint und niemand deine stummen Hilfeschreie hören kann, hörst du auf zu kämpfen, überlässt deinen immer tiefer sinkenden Körper sich selbst, hoffst, dass der Tod kommt und dass er schnell kommt und nicht wehtut, dass er dich von deinem Leiden befreit und dass es auf der anderen Seite still und friedlich ist, dass deine Seele sich dort ausrasten kann, dass der Klumpen in deiner Brust sich auflöst. Du sinkst langsam tiefer und tiefer auf den Meeresgrund hinab, dein Körper ist nur noch eine leblose Hülle, und dein ganzes Leben zieht an dir vorbei.

Eine Depression kommt wie eine Welle, und sehr lange Zeit wollte ich nichts sehnlicher, als in ihr zu ertrinken.

7

Dunkelgrün bis Hellgrün

Meine Antidepressiva sind kleine gelbe Tabletten, die man für Smarties halten könnte, deren Farben von der Sonne ausgeblichen sind.

Wenn ich diese kleinen gelben Tabletten aus ihrer Verpackung quetsche, gibt es ein sattes Plopp, wie wenn man ein Hustenbonbon aus seinem Papier schält. Auf das Plopp folgt das Heraustreten der kleinen gelben Tablette, die auf meiner Handfläche landet und darauf wartet, verschluckt zu werden. Die Tablette ist geruchslos und hinterlässt immer einen leicht bitteren Geschmack im Mund, egal, wie viel Wasser man nach dem Runterschlucken trinkt.

Oft stelle ich mir vor, dass die Tablette irgendwo in meiner Speiseröhre stecken bleibt und ihre Wirkung ausbleibt. Dann trinke ich gleich noch ein paar Schlucke Wasser nach, einfach um sicher zu sein, dass die Antidepressiva in meinen Körper gelangen und ihre chemische Wirkung entfalten und die Rezeptoren in meinem Gehirn, die die Konzentration von Serotonin im synaptischen Spalt erhöhen. Auf gut Deutsch bedeutet das, dass die Antidepressiva stimmungsaufhellend wirken und mir vortäuschen, dass ich glücklich bin, obwohl sie eigentlich nichts anderes machen, als mein Gehirn auszutricksen. Die meisten Menschen, die Antidepressiva brauchen, haben eine chemische Imbalance im Gehirn, die die richtige Rezeptorenanbindung verhindert. Diese chemische Imbalance kann sich dann beispielsweise als unendliche Traurigkeit äußern, so wie bei mir.

Abgesehen von der Tatsache, dass die kleinen gelben Tabletten die Ausschüttung bestimmter Botenstoffe meines Gehirns verhindern, sollen sie mir beim Einschlafen helfen. Wenn ich die kleinen gelben Tabletten geschluckt habe, dauert es meistens etwa fünfzehn Minuten, bis ich in einen tiefen Schlaf sinke. Wenn ich dann am nächsten Morgen aufwache, fühle ich mich dumpf und abgeschlagen und schaffe es kaum, aus dem Bett aufzustehen, weil die Müdigkeit sich wie ein schwerer Stein an meine Glieder hängt. Die Müdigkeit wird jedoch vorübergehen, und je länger ich die Tabletten einnehme, desto besser wird es mir gehen. Das sagt zumindest meine Psychiaterin. Sie ist eine große, sehr hübsche Frau mit hellgrünen Augen, die einen immer sehr genau beobachten. Bei meiner ersten Sitzung bei ihr war eine ihrer ersten Fragen, ob ich eine Essstörung hätte. Nachher entschuldigte sie sich für diese forsche Frage, ich sei ihr einfach sehr abgemagert vorgekommen, und sie kenne viele junge Mädchen, die mit einer Essstörung zu kämpfen hätten.

Dass man mir ein drei Meter langes Organ herausgeschnitten und anschließend wieder eingesetzt hatte, wäre ihre nächste Vermutung gewesen, sagte sie und zwinkerte mir zu.

Ich sagte ihr, dass ich keine Essstörung hätte. Ich erklärte, dass sich meine Ernährung seit der Operation vor einem Monat hauptsächlich aus Joghurt, Suppe und Biskotten zusammensetzte, dass ich Probleme damit hatte, nachts einzuschlafen, und dass ich oft stundenlang wach lag. Ich sagte ihr, dass ich einen Herzschrittmacher und einen Gehirntumor hatte, und weil sie danach fragte, erläuterte ich auch, dass ich in keiner Beziehung war, weil mein Ex-Freund einen egozentrischen Komplex hatte.

Sie nickte langsam und schrieb mit, während ich sprach,

und während sie so schrieb, kratzte ihr Kugelschreiber über das Papier, wovon ich eine Gänsehaut bekam. Als sie fertig geschrieben hatte, sah sie mich lange Zeit durchdringend an, und weil es so unangenehm still im Raum war, bekam ich das Gefühl, einen Laut produzieren zu müssen.

»Ein schönes Bild haben Sie da in Ihrem Wartezimmer hängen. Von welchem Künstler ist das denn?«, platzte ich heraus, und als ich die Albernheit meiner Aussage bemerkte, hielt ich es für eine gute Idee, sie mit einem hysterischen Lachen zu überspielen.

Dr. Larek starrte mich weiterhin ernst an, zuckte nicht mal mit der Wimper und sagte: »Ich habe es in der Anstalt für geistig abnorme Rechtsbrecher erworben. Ein Patient von mir hat es gemalt, nachdem er die Innereien seiner Mutter zu einem Eintopf verkocht hat. Schade um ihn, war ein Lustiger. Hätte ihm wohl doch was Stärkeres als die homöopathischen Mittel verschreiben sollen damals. Aber er hatte so eine positive Aura, die war ganz hell und orange.« Sie zuckte mit den Schultern, als wäre das, was sie erzählt hatte, das Normalste der Welt, und fragte: »Nun zurück zu Ihnen, Frau Polansky. Wie fühlen Sie sich?«

Ich sagte ihr, dass ich mich nicht sonderlich gut fühlte.

»Beschreiben Sie das bitte genauer.«

»Ich will eigentlich nicht mehr länger am Leben sein.«

»Ah. Und wie fühlt sich das an?«

»Schlecht.«

»Beschreiben Sie das bitte genauer.«

»Na ja, schlecht in dem Sinne, dass ich mich gerne umbringen würde.«

»Und wie fühlt sich dieses Schlecht an? Drückt es? Zwickt es?«

»Beides.«

»Es drückt und zwickt also gleichzeitig?«

»Ja.«

»Interessant.«

Sie saß lange Zeit reglos da und starrte mich an. Dann schlug sie ein schweres Buch auf und blätterte sehr, sehr langsam darin herum. Als sie die gesuchte Seite gefunden hatte, drehte sie das Buch so, dass ich hineinsehen konnte. In der Mitte der aufgeschlagenen Seite war ein Kreis, der aus vielen unterschiedlichen Farbtönen bestand.

»Zeigen Sie mir bitte die Farbe, die Ihre Stimmung am besten repräsentiert«, lautete ihre Anweisung.

Ich starrte auf die Farbenexplosion und fragte mich, ob das eine Qualifikation war, die man im Laufe seiner Psychiaterausbildung lernte. Zeigen Sie Ihrem Patienten ein Buch mit vielen Farben und stellen Sie anhand seiner Auswahl eine Diagnose. Die Wahrscheinlichkeit, dass der Patient in einem Anfall von Hilflosigkeit irgendeine beliebige Farbe ausgewählt hat, ist durchaus gegeben. So kann es passieren, dass Sie einem Psychopathen, der die Innereien seiner eigenen Mutter zu einem Eintopf verkocht, homöopathische Mittel verschreiben, obwohl er eine Einweisung in die Psychiatrie nötig hätte. Doch das ist nicht Ihre Schuld, denn Sie sind ja nur die Psychiaterin, woher hätten Sie wissen sollen, dass Ihr Patient lügt? Um Ihr schlechtes Gewissen zu beruhigen, können Sie ihm dann ein Gemälde abkaufen und dieses in den Eingangsbereich Ihrer Praxis hängen. Dann hängt es dort, wie ein schönes Andenken an den Moment, in dem Sie in Ihrem Beruf vollkommen versagt haben. Ihre neuen Patienten sitzen vor diesem Gemälde und hoffen auf eine Besserung ihres seelischen Zustandes. Zu dieser Besserung sollen Sie ihnen verhelfen.

Ich blinzelte, starrte auf die Farben.

Blutrot, dunkelblau, schlammgrün. Dunkelgrün. Dunkelgrün, das fast schwarz ist. Ich zeigte entschlossen mit dem Finger darauf.

Die Psychiaterin musterte mich aufmerksam.

»Interessant.«

Dann war es wieder lange Zeit sehr still, und ich verkniff es mir, nachzufragen, ob der geistig abnorme Rechtsbrecher auch das Bild gemalt hatte, das an der Wand mir gegenüber hing.

»Ich denke, wir müssen es mit einem Antidepressivum versuchen. Ich gebe Ihnen das Rezept mit«, sagte meine Psychiaterin schließlich.

Anscheinend war ich in ihren Augen ein schwierigerer Fall als der Maler des Gemäldes im Eingangsbereich.

In den ersten Wochen, in denen ich die kleinen gelben Tabletten schluckte, tat meine Mutter so, als wäre ich heroinabhängig.

»Du siehst so anders aus«, sagte sie, als ich die erste Tablette genommen hatte.

Ich erklärte ihr, dass es Wochen dauern würde, ehe die Tabletten Wirkung zeigten. Sie würden mich auch nicht in einen Junkie verwandeln, sondern mir lediglich helfen, banale Alltäglichkeiten zu verrichten. Aus dem Bett aufstehen beispielsweise. Etwas essen. In der Nacht schlafen. Das Haus verlassen. In die Dusche steigen. Zweimal am Tag meine Zähne putzen.

»Aber diese Tabletten haben so starke Nebenwirkungen, und ich habe Angst, dass du bald ganz aufgedunsen davon bist oder dass sich deine ganze Persönlichkeit verändert«, erwiderte sie.

Die bekanntesten Nebenwirkungen meiner Tabletten

waren Gewichtszunahme und Schwindelgefühl. Die Sache mit der Gewichtszunahme störte mich nicht. Dr. Larek hatte mir die Tabletten aus genau diesem Grund verschrieben: damit mein schwacher, abgemagerter Körper wieder zu Kräften kam. Und natürlich um das Gefühl, dass ich am liebsten verschwinden würde, in den Griff zu bekommen. Und meine Schlafstörungen.

Als ich die Tabletten googelte, wurden mir fast nur negative Erfahrungsberichte ausgespuckt. *»Helps with depression and anxiety, but they made me eat like a horse«* oder »gained 100 lbs while taking these, absolute bullshit«. Ob ich zunahm, war mir eigentlich ziemlich egal. Alles, was ich wollte, war, wieder etwas Lebensfreude zurückzugewinnen.

Das mit der Lebensfreude klingt so schön und einfach. »Ich glaube, du solltest ein bisschen mehr an die frische Luft gehen«, »Leg dich einfach ein paar Stunden in die Sonne« oder »Probiers mit ein bisschen Bewegung, das wirkt Wunder gegen Depressionen« waren Sätze, die ich in diesen Wochen zu hören bekam. Dass ein Mensch mit einer schwergradigen Depression nicht einfach an die frische Luft gehen kann und sich auch nicht sportlich betätigen möchte, ist etwas, was viele Menschen nicht verstehen. Wenn du ihnen erzählst, wie du dich fühlst, schauen sie dich betroffen an und fragen: »Wie, du kannst nicht aufstehen, um deine Haare zu kämmen? Ich wusste nicht, dass deine Depression wirklich so schlimm ist.« Dass deine Depression so schlimm ist, dass du dich am liebsten umbringen würdest, erwähnst du in so einem Moment lieber nicht. Du sagst, dass du dir sicher bist, dass alles bald besser werden wird, auch wenn du nicht daran glaubst.

Dr. Google behielt recht. Die kleinen gelben Tabletten verstärkten mein Hungergefühl ins Unermessliche. Ich aß und aß und aß, und mein Sättigungsgefühl war wie ausgeschaltet. Ich, die sonst nur kleinere Portionen zu mir nehmen konnte, schaufelte plötzlich das Essen in mich hinein. Das war natürlich gut, denn ich musste dringend zunehmen, und durch meinen gesteigerten Appetit gelangte mein Körper wieder zu Kräften. Mein gesamtes Umfeld freute sich. Alle sagten mir, dass ich schon viel lebendiger aussah. Dr. Larek bemerkte freudig, dass meine Augen nun in einem satten Grün strahlten und nicht mehr wie zuvor zwei dunkle Löcher waren. Meine Aura sei schon viel heller als beim letzten Mal.

Vier Wochen nach meiner Entlassung aus dem Spital fuhren meine Mutter, meine Tante Gabi und ich in Urlaub, auf eine kleine kroatische Insel namens Unije.

Die Bezeichnung »Tante« war hier, ähnlich wie bei meiner Tante Irmi, die ja eigentlich nicht meine, sondern die Tante meiner Mutter war, fehl am Platz, da Tante Gabi weder mit mir noch mit meiner Mutter verwandt war. Sie war seit dem Kindesalter die beste Freundin meiner Mutter und gehörte daher für uns einfach zur Familie.

Die Reise nach Unije traten wir im Morgengrauen an, da wir mit dem Flixbus reisen würden. Mein Stiefvater hatte die ehrenvolle Aufgabe, uns zum Bahnhof zu chauffieren, und dieser Aufgabe kam er besonders tatkräftig nach, indem er uns im Fünfminutentakt daran erinnerte, wie früh es doch sei.

Meine Mutter, die zwar ein Morgenmensch war, aber auf jede Art von Jammerei giftig reagierte, meinte zynisch, während sie ihren Kaffee trank und ihre Zigarette rauchte:

»Tja, Massimo, wenn dich das so stört, dann können wir auch ein Taxi nehmen! Das ist *überhaupt kein Problem*!«

Letzteres sprach sie so überdeutlich und laut aus, dass ich meinte, die Spuckefetzen durch die Luft fliegen zu sehen.

Schnell hoben sich Massimos Mundwinkel zu einem sehr müden, aber freundlichen Lächeln, und er stammelte hilflos, dass er sich nichts Erfrischenderes vorstellen könne, als seine beiden Lieblingsfrauen um vier Uhr früh zum Bahnhof zu bringen. Meine Mutter verschluckte sich fast an ihrem Kaffee.

Die Fahrt mit dem Flixbus war relativ erträglich. Ich hörte Musik, während meine Mutter und meine Tante Gabi einander auf den neuesten Stand brachten. Die beiden kannten sich seit ihrem siebten Lebensjahr; sie hatten sich im Turnverein kennengelernt, weil Tante Gabi als sogenannte »Vorturnerin« dafür verantwortlich gewesen war, meiner Mutter die aktuellen Turnübungen zu zeigen. Bei der Geschichte ihres Kennenlernens spalteten sich ihre Ansichten jedes Mal: Während Tante Gabi behauptete, dass sie die Vorturnerin gewesen sei, vertrat meine Mutter die feste Überzeugung, es sei umgekehrt gewesen. Das führte meist zu hitzigen, sinnbefreiten Diskussionen, die damit endeten, dass keine von beiden so recht nachgeben wollte, sie sich nach einer Weile kopfschüttelnd ansahen und wie im Chor sagten: »Ich weiß aber ganz genau, dass *ich* deine Vorturnerin gewesen bin!«

Ich hatte die enorme Relevanz der Rolle der Vorturnerin für die Entstehung dieser Freundschaft noch nie verstanden. War es nicht egal, wer wem vorgeturnt hatte? Was für mich zählte, war der Beginn einer wunderbaren Freundschaft, die bis ins Erwachsenenalter beständig war.

Unije war eine kleine Insel mit einer Überzahl an Touristenattraktionen: Es gab drei Pensionen, eine Bäckerei, einen Supermarkt, der unter anderem die von der Bäckerei hergestellten Waren verkaufte, zwei Cafés, die beide den gleichen Namen hatten und von denen ersteres in der prallen Sonne lag und sich zweiteres neben einer Baustelle befand, eine Bar mit überteuerten Getränken und eine Bucht ohne Schatten. Für meine Mutter war es das Paradies auf Erden, und schon wenige Minuten nach unserer Ankunft verkündete sie, dass sie es kaum erwarten könne, die gesamte Insel zu erkunden. Gabi verzog das Gesicht und murmelte, dass sie sich gar nicht vorstellen könne, dass es hier irgendetwas zu entdecken gäbe.

»Gabi, du musst einfach mal über den Tellerrand hinausblicken! Du bist genauso wie der Massimo. Hier gibt es sicher total viel zu entdecken«, rechtfertigte sich meine Mutter, nachdem sie sich zwei Mal um die eigene Achse gedreht und einen Panoramablick über die gesamte Insel erhascht hatte. Tante Gabi schnaubte leise, meine Mutter strahlte, und mein Magen knurrte.

Unsere Pension wurde von zwei älteren Damen geführt, von denen die eine nur gebrochen und die zweite kein Wort Englisch sprach. Asia, die der englischen Sprache zum Teil mächtig war, klärte uns über den Ablauf auf: Jeden Tag gebe es von sieben bis zehn Uhr Frühstück, welches, genau wie der Rest der Mahlzeiten, von ihrer guten Freundin und Köchin Bojniza zubereitet und serviert werde. Weil Bojniza sehr streng war, empfahl es sich, immer pünktlich, also weder um sechs Uhr fünfzig noch um elf Uhr eins zu erscheinen, weil sie einen entweder warten lassen oder einem das Essen vor der Nase wegschnappen würde. Mittagessen gebe es keines, dafür werde das Abendessen aus drei Gängen bestehen.

Alle drei Gänge waren riesige Portionen, von denen schon eine gereicht hätte, um zwei Erwachsene zu sättigen. Bojniza servierte das Essen stets mit einem kühlen Lächeln, verzog ihre Augenbrauen zu einer ärgerlichen Falte, wenn meine Tante Gabi das Wort »Danke« zum dritten Mal in Folge falsch aussprach, und beobachtete anschließend mit Argusaugen, wie ihr Essen in den Mündern der Gäste verschwand. Tante Gabi, die anders als meine Mutter und ich sehr gerne Fleisch aß und dementsprechend nach dem dritten Tag ausschließlich vegetarischer Kost das Verlangen nach Cevapcici verspürte, lobte Bojnizas Couscousauflauf in hohen Tönen, fast so, als wollte sie so Bojnizas Gunst wiedergewinnen.

»Boah, ist das herrlich«, schwärmte sie und nickte der Köchin fröhlich zu.

»Gabi, die kann dich doch gar nicht verstehen«, murmelte meine Mutter, während sie einen großen Schluck aus ihrem Weinglas nahm.

Die Sache mit dem Wein war in unserer vegetarisch ausgerichteten Pension schwierig, vielleicht auch deshalb, weil meine Mutter und Tante Gabi dazu neigten, besonders exzessiv zu trinken, um dann hitzig zu diskutieren, laut zu lachen oder leise zu weinen. Jedenfalls war unser Tisch der einzige, auf dem sich eine ganze Flasche Wein befand, und die anderen Gäste beäugten uns skeptisch, als Tante Gabi um eine zweite bat. Als meine Mutter dann auch noch anfing zu rauchen, war es aus: Eine Italienerin, die ununterbrochen redete, und ihr Mann, der viel jünger zu sein schien als sie, schoben lautstark ihre Sessel zurück, verließen die Terrasse und imitierten lautstarkes Husten, als sie an uns vorbeikamen. Eine amerikanische Frau, die ich auf Mitte dreißig schätzte, schüttelte den Kopf, hievte ihren schweren

Körper aus dem Liegestuhl, in dem sie zuvor eine Pause vom vielen Essen gemacht hatte, schleppte sich die wenigen Stufen zum Strand hinunter und murmelte immer wieder: »*These Germans and their drugs! Unbelievable! Nazis through and through!*«

Der einzige Tisch, dem der Zigarettenrauch meiner Mutter nichts auszumachen schien, war der gegenüber von uns. Ein Ehepaar aus Graz lächelte uns freundlich zu und fragte, ob sie sich zu uns gesellen dürften. Er hieß Michi, sie Uschi. Sie waren Schauspieler am Kindertheater in Graz und würden demnächst *Frankenstein* aufführen. Um seine schauspielerischen Fähigkeiten zu demonstrieren, setzte Michi sogleich sein finsterstes Lachen auf, während Uschi die Geräusche eines Rasenmähers imitierte. Meine Mutter war hin und weg und verabredete sich sogleich mit ihnen zum Muschelsuchen im Morgengrauen.

Die Luft in unserem Zimmer war stickig und heiß. Es gab eine Klimaanlage, die sich regelmäßig mit einem lauten Piepsen an- und ausschaltete. Obwohl ich den Nachgeschmack meiner kleinen gelben Tablette auf meiner Zunge spüren konnte, kam der Schlaf nicht. Meine Mutter atmete ruhig und tief, sie war beinahe sofort eingeschlafen, und ich beneidete sie darum. Jedes Mal war ich den kleinen gelben Tabletten dankbar, wenn sie mich nach wenigen Minuten in den Schlaf gleiten ließen. Nicht nur, weil sie das Gedankenkarussell in meinem Kopf ruhigstellten und damit verhinderten, dass ich an all das, was passiert war, denken konnte, sondern auch, weil der Schlaf ein anderes Gefühl unterdrückte, eines, das ich seit wenigen Wochen stärker verspürte denn je: Hunger.

Ich war, seit ich denken konnte, von allen für meinen schnellen Stoffwechsel und zarten Körper beneidet worden.

Immer waren mir Dinge gesagt worden wie: »Du kannst sowieso essen, was du willst. Du brauchst keine Angst zu haben, dass du zunimmst.« »Du wiegst sicher nicht mehr als fünfzig Kilo.« Oder: »Kann ich dir ein bisschen von meinem Fett spenden?« Aber auch Sätze wie: »Du bist und bleibst halt einfach ein Stock.«, »Bist du dir sicher, dass du keine Essstörung hast?« und »Du sähst gesünder aus, wenn du mehr essen würdest.« hörte ich nicht selten. Ich hatte immer das Gefühl gehabt, dass alle anderen viel mehr über meinen Körper nachdachten als ich. Für mich war es einfach normal, nicht darüber nachzudenken, was und wie viel ich aß.

Das erste Mal, dass ich wirklich darüber nachdachte, wie gerne ich aß, war, als ich frisch operiert im Krankenhaus lag und mir zum dritten Mal in drei Tagen mit Bedauern erklärt wurde, dass sie mich weiterhin künstlich ernähren müssten, weil das Risiko nach einer Dünndarmoperation einfach zu groß sei und sie nicht wüssten, ob die Nahrungsaufnahme nicht zu einer erneuten Blutung führen könnte. Da lag ich also, und über eine Infusion an meinem Hals wurde künstliche Nahrung in meinen Körper gepumpt. Irgendeine Flüssigkeit, die nach allem Möglichen aussah, nur nicht nach Nahrung.

Ich lag im Bett, im Fernseher zeigten sie eine Schokoriegelwerbung, und ich konnte mich nicht daran erinnern, wie es war, etwas Essbares zwischen den Zähnen zu spüren und eine zerkaute Nahrungsmasse hinunterzuschlucken, wie es sich anfühlte, wenn man sich die Zunge vom zu gierigen Schlürfen verbrannte oder wenn die Geschmacksknospen vor Freude tanzten.

Viktoria neben mir hatte ihr Gebrabbel eingestellt und

löffelte gierig Kartoffelbrei. Der Geruch von Petersilie und Knoblauch breitete sich im Zimmer aus, auf dem Fernsehbildschirm wurde ein Glas Fruchtsaft gezeigt, das Wasser lief mir im Mund zusammen, und zugleich kamen mir die Tränen, weil ich Angst hatte, nie mehr in einen Apfel zu beißen, nie mehr einen zu trockenen Keks zu essen, nie mehr von Schärfe dazu gezwungen zu sein, einen Liter Wasser hinunterzuschütten, nie mehr die knusprige Panade eines Schnitzels an meiner Zunge zu spüren oder die angenehme Kühle einer Kugel Eis. Ich weinte, weil man mir gesagt hatte, dass ich mich in nächster Zeit von Joghurt, Brei, Kartoffeln und Biskotten ernähren müsste, dass ich keine Schokolade, Gluten, Panier, Kaffee oder kohlensäurehaltigen Getränke zu mir nehmen dürfte. Ich weinte, weil ich eifersüchtig auf jeden Menschen war, der in dieser Sekunde etwas essen konnte und es nicht wertschätzte, weil ich meine letzte Mahlzeit vor fast vier Tagen nicht genug wertgeschätzt hatte, weil ich nicht gewusst hatte, wie besonders der Prozess des Kauens ist. Ich weinte, weil mir jeden Tag ein Frühstück serviert wurde, das ich nicht essen durfte, und weil ich mit jedem Tag etwas unhöflicher zum Krankenhauspersonal wurde, wenn ich ihnen erklärte, dass die Ärzte mir verboten hatten, etwas zu mir zu nehmen, und weil ihr fassungsloses »Noch immer nicht?« meine eigene Verzweiflung zu spiegeln schien. Ich weinte, und das Salz meiner Tränen schenkte meinen Geschmacksknospen einen kleinen Trost.

Der Hunger, den ich an jenem Abend in dem kleinen, stickigen Zimmer in Unije verspürte, fühlte sich an wie ein Kampf zwischen meinem Kopf und meinem Bauch. Mein Kopf sagte, dass die letzte Mahlzeit, die aus drei Gängen bestanden hatte, noch nicht mal zwei Stunden her war, aber mein Bauch grummelte trotzdem deutlich und schien sich zu sträuben, irgendeine Art von Sättigungsgefühl anzuerkennen.

Diese Art von Hunger war mir vollkommen fremd. Es fühlte sich an, als würde mein Körper alles Essbare regelrecht verschlingen, als gäbe es kein Regulativ mehr. Plötzlich machte es mich wütend, wenn jemand »Du bist aber hungrig« sagte. Es gab mir das Gefühl, wie ein Monster zu sein, das über seine Beute herfiel, und befeuerte meine geheime Angst, dass mein immer sportlich aussehender Körper dabei war, sich in eine ungeahnte Richtung zu verändern. Die Tatsache, dass ich mich neun Wochen lang schonen musste, damit die OP-Narbe verheilen konnte, und keinerlei Sport betreiben durfte, verbesserte meine Situation nicht unbedingt. Wenn meine Mutter sagte: »Lass uns doch spazieren gehen. Bewegung tut deinem Körper sicher gut«, wurde ich so wütend, dass ich anfing zu weinen. Die Wut war der große Bruder meiner Verzweiflung. Hinter ihr konnte ich mich verstecken, ohne zugeben zu müssen, dass ich die Kontrolle über meinen Hunger, über meinen Körper verloren hatte.

Ich wusste genau, dass auch ich von der ungewollten Gewichtszunahme durch Antidepressiva nicht verschont geblieben war, und wenn ich meinen Körper, der sich schon lange nicht mehr wie mein Körper anfühlte, im Spiegel ansah, dann erschrak ich und musste feststellen, dass er mir vollkommen fremd war. Ich fühlte mich aufgebläht, so als hätte jemand schwere Wassereimer an meine Organe gekettet, die bei jeder Bewegung mitschwangen, ohne dabei an Volumen zu verlieren. Auch mein Gesicht kam mir verändert vor. Es war zwar nicht mehr abgemagert wie während meines Krankenhausaufenthalts, und auch die Narbe an meinem Hals, dort, wo fünf Tage lang eine Nadel gesteckt hatte, war beinahe unsichtbar geworden. Doch meine Augen kamen mir jetzt klein und unscheinbar vor, die Wangenknochen waren nicht mehr zu sehen, das Gesicht einer Fremden. Ich schwitzte viel mehr als zuvor, und der Schweiß roch anders.

Außerdem hatte ich wirre Träume. Ich schlief schnell ein und wachte todmüde auf, hörte meinen Wecker nicht und verlor meinen inneren Rhythmus, der mich früher um sieben Uhr geweckt hatte. Ohne Wecker schlief ich jetzt manchmal bis zwölf Uhr und fühlte mich nach dem Aufstehen immer noch müde. Ich lachte, wenn meine Mutter und Tante Gabi lachten, aber ich spürte wenig dabei. Ich weinte nicht mehr. Die größte Freude verspürte ich, wenn das dreigängige Abendmenü serviert wurde und Bojniza uns ein kühles Lächeln schenkte. Das Frühstück verpasste ich jeden Morgen.

Ich sitze vor dem Computer und will schreiben. Ich weiß nicht mehr, wann ich das letzte Mal vor dem Computer saß und schreiben wollte. Die letzten Dokumente sind Deutschaufsätze aus der Coronazeit, die ich zwar schreiben wollte, aber noch viel mehr schreiben musste. Ich starre auf das leere Word-Dokument. Ich versuche, mich an das Gefühl zu erinnern, das ich früher beim Schreiben meiner Geschichten verspürte, und ich versuche, dieses Gefühl an einem unsichtbaren Faden zu mir zu ziehen, doch irgendwo auf dem Weg bleibt es stecken. Da sind so viele Gedanken in meinem Kopf, da sind so viel Schmerz und Trauer und Wut und Fassungslosigkeit, und ich schaffe es nicht, sie in Worte zu fassen.

Weil du es nicht kannst, sagt die Stimme in meinem Kopf. *Weil du es nie wieder können wirst.*

Ich spüre eine Wut in mir auf diese Stimme, ich möchte sie anschreien, ihr sagen, dass sie verschwinden soll, dass sie mich in Ruhe lassen soll, dass sie mir nicht mehr sagen soll, was ich kann und was ich nicht kann, aber ich habe keine Kraft dazu, sitze nur reglos vor dem Bildschirm und starre auf das Weiß.

Wenn die Stimme unerträglich laut wird, lese ich. Ich lese, wenn ich keine Kraft habe, mich mit der Stimme auseinanderzusetzen, mich ihr zu widersetzen. Ich lese vor meinen Therapiestunden, und ich lese nach meinen Therapiestunden, um mich zu beruhigen und um in eine andere Welt einzutauchen, in der ich nicht dazu gezwungen bin, mich mit dem schweren Holzschild auseinanderzusetzen, das meine Krankheitsgeschichte ist. Ich lese, wenn mir die Welt dunkel erscheint. Es macht sie für einige Stunden hell. Ich lese, wenn mir alles zu viel wird und ich für eine Zeit lang nicht mehr das Mädchen mit dem kaputten Körper sein will, sondern eine normale Zwanzigjährige.

Nach einer Woche reiste meine Tante Gabi ab, und mein Stiefvater Massimo nahm ihren Platz ein. Das tat er natürlich nicht, ohne uns vor seiner Ankunft fünfmal telefonisch zu avisieren, dass er bald ankommen werde.

Er drückte mich nur vorsichtig in seinen Armen, so als hätte er Angst, dass ich zerbrechen könnte. Ich fühlte mich alles andere als zerbrechlich; ich fühlte mich aufgebläht, schwabbelig und vom ständigen und niemals nachlassenden Hungergefühl gequält.

»Du hast aber Appetit!«, bemerkte Massimo überrascht, als ich beim gemeinsamen Abendessen den Teller leer geputzt hatte und somit nichts für ihn übrig bleib. Er schien etwas enttäuscht zu sein.

»Das kommt von den Tabletten«, erklärte meine Mutter in einem pragmatisch klingenden Ton. Sofort fragte mein Stiefvater, wie lange ich denn eigentlich plane, diese Tabletten noch zu nehmen.

Ich wollte ihn anschreien, dass man nicht alles im Leben planen könne, schon gar nicht, von einem Tag auf den anderen wieder glücklich zu sein.

Ich wollte ihm entgegenschleudern, dass ich Angst hatte, dass ich merken konnte, wie mein Körper sich ohne mein Zutun veränderte, dass ich registrierte, wie meine Emotionen, die ich mein Leben lang zu stark gefühlt hatte, an mir vorbeizogen wie Rauchwolken.

Ich wollte ihm sagen, dass ich meinen neuen Körper verabscheute, dass er mir fremd war, dass ich mich in ihm fühlte wie eine Ameise in einer Gelatinemasse. Der Hunger laugt mich aus, wollte ich ihm sagen, es fühlt sich an, als würde jemand mit einer Sichel das Innere meines Bauches ausschaben. Ich will wieder fühlen, will wieder glücklich sein, will wieder traurig sein, ohne in ein bodenloses Loch zu fallen, ohne Angst, dass die Trauer niemals verschwindet. Ich will wieder weinen.

Nichts würde ich sehnlicher tun, als die Tablettenschachtel in den nächsten Mülleimer zu werfen, weiterzugehen und nie mehr zurückzublicken, um meinen alten Körper, mein Sättigungsgefühl und meine Emotionen zurückzuerlangen. Ich habe auch Angst davor. Angst, meine Emotionen zurückzuerlangen, Angst, zu fühlen, zu viel zu fühlen.

Ich wollte ihm sagen: Ich fühle mich nicht wie ich selbst, und vielleicht ist das im Moment sogar das Beste.

Ich sagte, dass ich noch nicht genau wisse, wie lange ich die Tabletten nehmen müsse. Als ich die Worte aussprach, fühlte ich nichts außer einem tiefen Stich irgendwo zwischen den Rauchwolken.

Die Autofahrt zurück nach Wien war lang und wurde, wie immer, von lauter Opernmusik begleitet, was zur Folge hatte, dass meine Mutter die Ansagen des Navis überhörte und sich zweimal verfuhr. Genervt schüttelte sie den Kopf und bestand darauf, dass die Musik leiser gestellt wurde, aber mein Stiefvater weigerte sich.

Meine Mutter rächte sich, indem sie drohte, an der nächsten Tankstelle eine WC-Pause einzulegen. Mein Stiefvater war ein entschiedener Gegner von WC-Pausen. Sein oberstes Ziel schien es zu sein, sich selbst und seinen Mitmenschen irgendetwas zu beweisen, indem er versuchte, möglichst lange durchzufahren, ohne dabei eine Pause einzulegen und seine Blase zu entleeren. Weil ich gegen eine kurze Pause zum Essen und Trinken nichts einzuwenden hatte, taten wir genau das.

Mein Stiefvater grummelte verärgert, hievte sich mit einem lauten Ächzen aus dem Auto und stapfte in Richtung Tankstelle, während meine Mutter und ich noch kurz auf unseren Sitzen blieben. Sie griff nach meiner Hand und drückte sie sanft. Wir sprachen kein Wort.

Den Vormittag vor meinem einundzwanzigsten Geburtstag verbrachte ich bei meiner Psychiaterin. Dr. Larek musterte mich aufmerksam, nickte mir freundlich zu und fragte beiläufig, so als wäre es nicht der Gegenstand unserer monatlichen Treffen: »Wie geht es Ihnen?«

Vorsichtig sagte ich ihr, dass es mir besser gehe. Ich sprach die Worte behutsam aus, als hätte ich Angst, dass sich der

Zustand, wenn ich ihn benannte, plötzlich in Luft auflösen könnte.

Seit einigen Wochen hatte ich wieder beständig gute Tage. Tage, an denen ich aufwachte und tatsächlich eine leichte Vorfreude auf den kommenden Tag verspürte. Tage, an denen es mir nicht mehr wie das größte Erfolgserlebnis vorkam, in der Früh aus dem Bett aufzustehen, sondern an denen sich der Akt des Aufstehens wie etwas Normales, Natürliches anfühlte. Tage, an denen ich meine Zähne putzen und meine Haare waschen konnte, ohne dass mir diese Tätigkeiten vorkamen wie Schwerstarbeit. Ich hatte Tage, an denen ich fast vollständig vergaß, dass ich seit Monaten Antidepressiva nahm. Ich hatte Tage, an denen ich fast gar nicht daran dachte, dass mir nur wenige Monate zuvor ein Herzschrittmacher eingesetzt worden war.

Doch es gab keinen Tag, an dem ich nicht an die Narbe unter meinem Bauch dachte. Es fiel mir schwer, sie im Spiegel anzuschauen, und allein beim Gedanken, mit dem Finger darüberzufahren, wurde mir übel. Ich verabscheute sie, konnte und wollte sie nicht als Teil meines Körpers akzeptieren, genauso wenig wie ich akzeptieren wollte, dass mein Körper sich durch die Einnahme der kleinen gelben Tabletten verändert hatte.

Mein Körper hatte durch das viele Essen auf einmal die Kurven bekommen, die ich mir mit vierzehn so sehnlichst gewünscht hatte. Mein Bauch war immer noch ein flaches Brett, aber meine Rippen schienen nicht mehr wie ein durchsichtiger Käfig durch meine Haut hindurch. Ich hatte immer noch keinen Körper, den man mit den Körpern auf Instagram vergleichen konnte. Ich war immer noch klein und zart und dünn. Aber wenn ich mich vor den Spiegel stellte, dann kam ich mir nicht mehr wie ein schmächtiger Junge vor. Da waren dann tatsächlich Stellen an meinem Körper, die man angreifen konnte, ohne Angst haben zu müssen, dass sie zerbröckelten wie die Türme einer Sandburg.

Mein Körper war immer noch der gleiche Körper, den ich mit vierzehn gehabt hatte. Aber er fühlte sich viel stärker und viel erwachsener an.

Es war nicht so, dass ich meinen Körper im Spiegel anschaute und ihn tatsächlich für schön befand. Es war kein perfekter Körper. Er hatte Narben und Schrammen und Druckstellen. Er hatte Kurven, die an den falschen Stellen saßen, und er hatte Kurven, die an den richtigen Stellen saßen. Er war eine unendlich weite Landschaft an Haut, die an manchen Stellen etwas fester und an anderen etwas weicher war. Er hatte Knochen, die bei bestimmten Bewegungen ächzten, und er hatte Organe, die zu bestimmten Tageszeiten grummelten. Er hatte zwei schöne grüne Augen, die mich durch den Spiegel ansahen. Er war mein Körper, der mich durch mein ganzes bisheriges Leben getragen hatte. Warum fiel es mir dann so schwer, seine Veränderungen zu akzeptieren?

Es kam mir verdächtig vor, auf einmal diese fremden Kurven auf meinem Körper zu sehen. Es kam mir komisch vor, das, was ich eigentlich immer gewollt hatte, auf einmal nicht mehr haben zu wollen. Ich starrte auf meinen Körper und sah seine Kurven und wollte nichts sehnlicher, als den Körper der vierzehnjährigen Lilli zurückzuhaben. Ich wollte den Körper zurückhaben, der keine Narbe unterhalb des Bauches trug. Den Körper, der keine Narbe auf seinem Schlüsselbein trug. Den Körper, den ich damals viel mehr hätte akzeptieren und lieben sollen. Den Körper, der noch nie operiert worden war, dessen Haut noch nie aufgeschnitten worden war, dessen einzige Narben diejenigen waren, die er sich im Kindesalter beim Spielen zugezogen hatte. Ich wollte den Körper zurückhaben, dessen Sättigungsgefühl funktionierte, der normale Portionen essen konnte, der nicht, so wie mein jetziger Körper, aß und aß und aß und immer noch nicht satt war, der in der Nacht von einem extremen Hungergefühl überfallen wurde und diesem nachgeben musste.

Ich starrte mich im Spiegel an, und ich vermisste meinen früheren Körper, obwohl ich wusste, dass er immer noch da war. Ich konnte ihn auf den ersten Blick nur nicht mehr erkennen.

Dr. Larek lauschte meinen Schilderungen und nickte wissend, so als hätte sie das alles schon vorausgesehen, und erklärte mir, dass eine ungewollte Gewichtszunahme bei Antidepressiva oft leider nicht zu verhindern sei.

Die Stille im Raum erschien mir plötzlich drückend, und meine Psychiaterin starrte mich lange an, die Rädchen in ihrem Kopf schienen sich in Höchstgeschwindigkeit zu drehen, und sie sagte: »Wenn Sie über Ihre Operationsnarbe reden, dann schildern Sie mir die Beziehung, die Sie zu ihr haben, wie etwas Unantastbares, wie etwas, woran man sich verbrennen könnte, wenn man zu lange hingreift oder zu lange darüber nachdenkt. Könnten Sie sich Ihrer Narbe vielleicht auf irgendeinem anderen Weg annähern? Vielleicht durch eine Zeichnung oder ein Gedicht? Vielleicht durch ein Tagebuch oder irgendeine andere Form der kreativen Verarbeitung?«

Ich nickte, obwohl ich eigentlich viel lieber den Kopf schütteln wollte, denn die Annäherung an die Narbe ging Hand in Hand mit dem dunklen, kalten Ort, an dem ich nach meiner OP festgesessen hatte.

Während Dr. Larek wieder in dem großen dicken Buch mit den Farben blätterte, fragte ich mich, ob ich diese Frau nun ein Leben lang an meiner Seite haben würde. Nicht dass mich das gestört hätte. Sie war eine äußerst kompetente und einfühlsame Ärztin, die sich für ihre Patienten Zeit nahm. Ich schämte mich auch nicht dafür, dass ich zu einer Psychiaterin ging. Ich kannte genug Menschen in meinem Umfeld, denen ein Besuch beim Psychiater irgendwann im Lauf ihres Lebens sicher gutgetan hätte.

Was mich störte, war viel eher das Gefühl, meinen Zustand von Tabletten abhängig zu machen. Wenn ich glücklich war, dann wusste ich nicht mehr, ob tatsächlich *ich* diese Glücksgefühle fühlte oder ob es die Tabletten waren, die mir das vortäuschten. Ich konnte nicht abschätzen, ob meine Trauer sich wirklich verringert hatte oder ob mein Zustand einfach ein Zeichen dafür war, dass die Tabletten wirkten. Ich hatte Angst, dass mich irgendwann die bittere Erkenntnis treffen würde, dass ich eigentlich immer noch todunglücklich war und dass ich seit einigen Wochen einfach in einer Scheinwelt lebte, in der es mir besser ging, nur weil ich das gerne so hätte, obwohl das nicht der Realität entsprach.

Ich befand mich in einem Zwiespalt zwischen »Mir geht es seit Kurzem wirklich besser, und ich will es dabei belassen« und »Mir geht es seit Kurzem wirklich besser, und ich will das Risiko eingehen und sehen, ob es auch ohne die Tabletten geht«.

Meine größte Angst war, wieder an den dunklen, kalten Ort zu gelangen, an dem ich nach meiner OP festgesessen hatte, und mich in seinem Labyrinth zu verlieren. Ich wusste nicht, ob ich ein zweites Mal die Kraft haben würde, den Weg zur Sonne zu suchen.

Als sie die gesuchte Seite gefunden hatte, drehte sie das Buch so, dass ich sehen konnte, was sie mir zu zeigen versuchte. Auf der Mitte der aufgeschlagenen Seite war ein Kreis, der aus vielen unterschiedlichen Farbtönen bestand.

»Zeigen Sie mir bitte die Farbe, die Ihre Stimmung am besten repräsentiert« lautete ihre Anweisung. Ich kannte dieses Spielchen ja schon, und war überrascht, dass sie es erneut mit mir spielen wollte. Senfgelb, Zartrosa, Himmelblau. Dunkelgrün, das fast schwarz ist. Hellgrün. Ich zeigte zaghaft mit dem Finger darauf. Dr. Larek lächelte sanft.

»Sehr interessant.«

Dann war es kurz still, ehe sie sagte: »Von Dunkelgrün zu Hellgrün. Das beschreibt es doch ganz gut.«

Auch ich musste lächeln, denn sie hatte recht. Ich befand mich in einem breiten Spektrum an Farben. Irgendwo zwischen Hell- und Dunkelgrün. Tendenz Hellgrün.

Da ist nichts als Leere. Ich starre in die Tasse, an deren Grund sich eine klitzekleine, übrig gebliebene Lacke Kaffee befindet. Kaffee auf leeren Magen ist schlecht. Sollte man nicht trinken, vor allem nicht direkt nach dem Aufstehen, vor allem nicht, wenn man ohnehin Herzprobleme hat.

Der Baum vor meinem Fenster ist kahl und nackt, er sieht irgendwie trostlos aus. An der Fensterscheibe, die zu putzen ich mir seit Wochen vornehme, pickt ein wenig Dreck.

Ich blicke hinunter auf die Straße, und da ist keine Menschenseele, da ist nichts als die Kälte des Winters, der kahle Baum, die dreckige Fensterscheibe und die Leere in mir.

Der letzte Schluck Kaffee schmeckt besonders bitter, und ich schlucke ihn hinunter, als wäre es Medizin. Mein Magen grummelt, ich sollte etwas essen. Kaffee auf leeren Magen ist schlecht, vor allem, wenn man sowieso in einem nervösen Zustand ist, der nun schon seit Wochen anhält.

Ich hole den Joghurtbecher aus dem Kühlschrank, löffle darin herum, ignoriere die aufkommende Übelkeit, löffle und löffle, bis ich am Grund angelangt bin und der Becher leer ist. Ich zwinge mich, die aufsteigende Säure hinunterzuschlucken. Ich brauche Wasser. Das Glas füllt sich, Flüssigkeit plätschert fröhlich hinein, es klingt wie die zweite Stimme zum lauten Brummen meines alten Kühlschranks.

Ich nehme zwei hastige Schlucke, dann noch mal zwei, und das Glas ist wieder leer. Beim erneuten Drehen des Wasserhahns überkommt mich das flaue Gefühl in meiner Magengegend, auf das ich die ganze Zeit gewartet habe. Es tritt meist mit einer Kombination aus Schwindel und einem tinnitusähnlichen Piepsen auf und zwingt mich, die Augen zu schließen und mich hinzusetzen.

Ich befinde mich am höchsten Punkt einer Achterbahn. Es ist der Moment, kurz bevor du fällst. Du weißt, dass du eigentlich gar nicht fallen kannst. Trotzdem hast du dieses flaue Gefühl im Bauch, es ist Angst, die sich mit einem Kribbeln vermischt, es ist Adrenalin. Alles steht still, dein Herz rast, Angst und Adrenalin werden zu einem giftigen Gefühlscocktail, du schaust nach unten, siehst die Häuser und Menschen, die auf einmal so klein aussehen. Dein Magen fühlt sich an, als würde er sich jede Sekunde umdrehen.

Dann geht es nach unten, und das Gefühl ist verschwunden, da ist nichts mehr als Gekreische und pures Adrenalin. Ich fühle mich, als wäre ich am höchsten Punkt einer Achterbahn, und als würde es niemals nach unten gehen. Ich sitze am höchsten Punkt der Achterbahn fest, in meiner Küche mit der dreckigen Fensterscheibe und dem kahlen Baum und einer leeren Kaffeetasse und einem leeren Joghurtbecher und einem halb vollen Wasserglas. In mir rührt sich nichts, da sind keine Möbelstücke, ist keine Wut, kein Hass, kein dunkler Ort, keine Sonnenstrahlen, keine Gefühle. Nichts als Leere.

Ich muss weinen. Ich weine, weil ich morgen eine Präsentation halten muss und weil ich es hasse, Präsentationen zu halten, und weil ich es hasse, dass ich es hasse, Präsentationen zu halten. Ich stehe ungern über eine längere Zeit im Mittelpunkt und schon gar nicht, wenn ich über Sigmund Freud und das Auftreten des Kastrationskomplexes in E. T. A. Hoffmanns *Die Elixiere des Teufels* sprechen muss. Würde ich noch Jus studieren, säße ich vermutlich gerade an einem Erbrechtsfall und würde die Erbanteile mit dem Taschenrechner berechnen und mich darüber ärgern, dass mir zuvor versichert worden war, dass es in diesem Studium nicht mal ansatzweise nötig sein würde, in irgendeiner Form mathematische Grundkenntnisse anzuwenden.

Sigmund Freud und der Kastrationskomplex sind wohl doch das geringere Übel.

Ein wesentlicher Teil des Germanistikstudiums scheint darin zu bestehen, Gruppenarbeiten abzugeben und Präsentationen zu halten. Deshalb weine ich hier schon seit einer Stunde, sitze an meinem Schreibtisch, starre auf meine Notizen und hyperventiliere wie eine Geisteskranke. Immer wieder kommt ein heftiges Beben an die Oberfläche und schüttelt mich durch, und ich weine und weine und weine und weiß nicht, wie ich mich beruhigen soll.

Es ist mir unheimlich, weil ich schon lange nicht mehr geweint habe und weil ich nur wenige Stunden zuvor nichts als Taubheit und Leere verspürt habe. Ich versuche, meine keuchende Atmung unter Kontrolle zu bringen, und lege meine zitternden Hände auf den Tisch. Ich versuche, mich auf meinen Herzschlag zu konzentrieren, die Tränen einfach fließen zu lassen und diesen komischen emotionalen Ausbruch vorüberziehen zu lassen.

Ich sage mir, dass ich jetzt Germanistik studiere und nur eine Präsentation halten muss, und ich versuche, mir in Erinnerung zu rufen, dass das immer noch besser ist, als für eine Steuerrechtsprüfung zu lernen oder einen Rechtsbescheid zu schreiben. Ich studiere jetzt etwas, was mir gefällt.

Ich wiederhole diesen Satz wie ein Mantra. Es quietscht. Der Hamster, der aus seinem Schlaf erwacht ist, hievt sich auf sein Hamsterrad. Ich versuche, ihn davon abzuhalten, sage ihm, dass er doch wenigstens noch ein paar Stunden damit warten kann, dass es gerade wirklich besonders ungünstig ist, aber er läuft unbeirrt seine Runden, und das Rad dreht sich immer schneller und schneller.

Meine Gedanken drehen sich mit ihm. Vielleicht verkackst du die Präsentation morgen komplett. Vielleicht hast du ein Blackout. Vielleicht stotterst du. Vielleicht stürzt der Computer ab, während du dich durch die Powerpoint-Folien klickst. Vielleicht zittert deine Stimme, und dein Gesicht klebt vor Schweiß. Vielleicht bekommst du ein *nicht genügend* auf diese Präsentation, und vielleicht bist du die Einzige, die dann durchfällt. Weißt du, wie peinlich das wäre? Vielleicht war es doch die falsche Entscheidung, von Jus zu Germanistik zu wechseln. Weißt du eigentlich, welche Jobchancen du dann später damit hast? Ist dir eigentlich klar, dass es vielleicht schwierig werden könnte, genug Geld zum Leben zu verdienen? Vielleicht kannst du dir irgendwann die Miete nicht mehr leisten und musst deine Eltern um Hilfe fragen. Vielleicht sind deine Eltern nicht mehr bereit, dir irgendetwas zu zahlen, vielleicht sind deine Eltern auch krank oder tot.

Der Hamster rennt immer weiter, und ich schnappe nach Luft und schluchze und fühle nichts als Panik und Verzweiflung. Das Hamsterrad quietscht, und ich denke an die gähnende Leere, die ich nur wenige Stunden zuvor verspürt hatte. Meine Finger finden die Tastatur, die schon ganz nass ist von meinen Tränen. Ich googele: *»Bin ich bipolar?«*

Der Test spuckt ein eindeutiges Ergebnis aus. Ich bin nicht bipolar. Die Symptome stimmen nicht überein, es sind keine Symptome einer Person mit bipolarer Störung, sondern jene einer Person, die gerade ihre Antidepressiva absetzt.

In meinem Kopf wohnt ein kleiner Hamster.

Er hat sich irgendwie zwischen meinem Gehirn und den Schädelknochen eingenistet und lebt jetzt schon seit etlichen Jahren da. Er hat ein eigenes Hamsterrad, das ein schrilles Quietschen von sich gibt, wenn er sich darin niederlässt. An dem Quietschen erkenne ich sofort, dass er gleich beginnen wird, seine Runden zu laufen. So was liegt ja in der Natur eines Hamsters, und weil Hamster bekanntlich nachtaktiv sind, ertönt das Quietschen des Hamsterrades in der Nacht besonders häufig.

Dann liege ich hellwach da und hoffe, dass der verfluchte Hamster bald müde wird oder dass er einfach eine kurze Pause macht, um Luft zu schnappen oder um aus seiner Nuckelflasche zu trinken.

Aber der Hamster macht keine Pause, er rennt unermüdlich in seinem Hamsterrad, das Hamsterrad quietscht unter seinen hastigen Bewegungen, und ich liege wach. Das Rad dreht sich schneller, der Hamster rennt wie ein Besessener.

Ich habe oft versucht, ihm zu erklären, dass er sich beim Laufen nicht wirklich von der Stelle bewegt. Ich habe oft versucht, ihm klarzumachen, dass die Eintönigkeit des Hamsterrades ihn immer mehr verschlingt. Ich habe oft versucht, ihn darauf hinzuweisen, dass das Hamsterrad ihn einschränkt und dass er sich nur deshalb immer und immer wieder dazu entscheidet, es zu benutzen, weil er es nicht anders gewohnt ist und weil es ihm ein Gefühl von Sicherheit gibt.

Der Hamster ist sich all dieser Tatsachen bewusst, und er würde diesen Teufelskreis gerne durchbrechen, aber er kann nicht: Das Hamsterrad ist wie ein Magnet, der den Hamster gegen seinen Willen anzieht.

Wenn der Hamster versucht, ein bisschen die Landschaft meines Kopfes zu erkunden, und sich dabei in Regionen begibt, die ihm unbekannt sind, so findet er sich doch jedes Mal erneut vor seinem Hamsterrad wieder. Ihm ist gar nicht aufgefallen, dass seine Pfoten ihn dorthin getragen haben. Und obwohl er weiß, dass das Hamsterrad sich nicht von der Stelle bewegt, und er keinerlei neue Erfahrungen sammeln wird, wenn er sich erneut der Monotonie des Im-Kreis-Rennens hingibt, ist er froh, das Hamsterrad vor sich zu sehen. Es gibt ihm ein Gefühl von Sicherheit, es ist keine neue, potenziell gefährliche Landschaft, es ist seine Komfortzone.

Das Hamsterrad quietscht, und der Hamster beginnt, seine Runden zu laufen.

Ich liege hellwach da, und meine Gedanken formen sich zu einer zähen Masse aus »Was, wenn …«, »Bist du dir sicher, dass …« und »Stell dir vor, dass …«. Diese zähe Masse hüpft anfangs wie ein schwerer Gummiball auf und ab und hinterlässt ein dumpfes Geräusch, das sich so anhört, wie wenn jemand einen schweren Sack Mehl fallen lässt. Jeder Aufprall lässt den Gummiball etwas höher in die Luft springen, und mit jedem Aufprall kommen neue Gedanken hinzu, die den Ansporn für das Höherhüpfen des Gummiballes darzustellen scheinen.

»Eigentlich mag dich niemand.« »Du wirst keinen Job finden.« »Erinnerst du dich an den Tag vor drei Jahren, an dem du dich vor allen blamiert hast?«

Sätze wie diese formen den Gummiball zu einer neuen Masse, die kein runder Kreis mehr ist, sondern eine andere Form annimmt. Dann ist der Gummiball kein Gummiball mehr, und meine Gedanken sind keine Gedanken mehr, sondern ein Lebewesen, und dieses Lebewesen bewegt sich im Kreis, läuft auf dem quietschenden Hamsterrad herum und trägt all meine Sorgen und Ängste in einem Päckchen auf seinem Rücken und schafft es nicht, diese loszuwerden, sondern rennt und rennt und rennt und bemerkt nicht, dass es sich trotz all dem Rennen noch immer auf derselben Stelle befindet und dass das Päckchen mit jeder Runde schwerer und schwerer wird und dass das Quietschen des Hamsterrades mit jeder Runde lauter und lauter wird.

Wenn der Hamster dann irgendwann nach stundenlangem grundlosem Im-Kreis-Rennen völlig erschöpft zu Boden sinkt und sein kleines Herz seinen Körper zu sprengen droht und er das Gefühl hat, dass jegliche Luft aus seinen Lungen gewichen ist, schaffe ich es, endlich einzuschlafen.

Am nächsten Morgen fühle ich mich ausgelaugt und leblos, wie der Hamster, der sich nicht mehr zu regen scheint. Ich schleppe mich durch den Tag, und wenn mein Kopf am Abend auf das Kopfkissen sinkt und ich die Augen schließe und eigentlich nichts sehnlicher will, als in den Schlaf zu fallen, kann ich das Quietschen des Hamsterrads vernehmen. Der Hamster beginnt erneut, sich im Kreis zu drehen, und meine Gedanken drehen sich mit ihm. Der Kreislauf meiner

Gedanken beginnt erneut, schließt sich mit dem Anbrechen eines neuen Tages und vollzieht sich mit dem Quietschen des Hamsterrads.

Ich sitze im Wartezimmer der Arztpraxis und warte darauf, aufgerufen zu werden. Ich weiß nicht, wie oft ich im letzten Jahr im Wartezimmer einer Arztpraxis gesessen bin und darauf gewartet habe, aufgerufen zu werden. Viel zu oft, so viel steht fest.

Jedes Mal aufs Neue habe ich Angst. Jedes Mal denke ich, dass ich erneut eine schlimme Diagnose bekommen werde. Dass ich auf dem Befund lesen werde, dass ich einen gutartigen Gehirntumor habe, oder dass die Ärztin mir vorsichtig mitteilen wird, dass ich einen Herzschrittmacher benötige. Dass meine Eisenwerte und meine Blutarmut darauf hindeuten, dass etwas mit meinem Körper nicht stimmt oder dass sie meinen Bauch erneut aufschneiden müssen. Bauchspeicheldrüsenkrebs oder ein Problem mit der Gebärmutter. Schlechte Blutwerte, erhöhte Entzündungswerte, unerklärbare Phänomene meines Körpers, die zu weiteren Untersuchungen führen. Zu Arztbesuchen, zu Blutabnahmen, Harnproben, Hormonspiegelungen. Neurologen, die das Volumen des Gehirntumors ausmessen, die dir mit einer Taschenlampe in die Augen leuchten, um zu prüfen, ob das Gewächs in deinem Kopf auf den Sehnerv drückt.

Die Sprechstundenhilfe seufzt theatralisch, weil sie nun zum fünften Mal in Folge erklären muss, dass man während des Tragens eines 24-Stunden-EKGs nicht duschen kann.

»Aber warum nicht? Mit dem Defibrillator darf ich ja auch duschen!«, beharrt der ältere Herr, der gebückt vor der Empfangsdame steht. Er ist schon ganz zittrig. Die Spuckefetzen, die er beim Sprechen verursacht, landen auf der Stirn der Sprechstundenhilfe. Genervt wischt sie sich mit dem Handrücken übers Gesicht, ehe sie bemüht und ruhig eine Antwort gibt.

»Ja, Herr Kallischeck, aber der Defibrillator ist ja auch *in* ihrem Körper. Das 24-Stunden-EKG tragen Sie außerhalb Ihres Körpers. Mit Ihrem Smartphone würden Sie ja auch nicht in die Dusche steigen, oder?«

Herr Kallischeck will dies nicht einsehen, er schüttelt seinen kleinen, haarlosen Kopf, deutet mit dem Finger auf die Sprechstundenhilfe und verkündet, dass er Frau Doktor sogleich persönlich dazu befragen werde, schließlich sei sie ja Ärztin, sie habe das studiert und wisse es sicherlich besser als eine Sprechstundenhilfe, deren Kompetenz sich auf das Vereinbaren von Terminen und das Beantworten von E-Mails beschränke.

Langsam, sehr langsam schlurft er zurück zu seinem Platz gegenüber von mir, schnäuzt sich in ein sicher schon zehnmal benutztes Taschentuch, welches er vorsichtig aus seiner Hosentasche zieht, knüllt dasselbe, nun zum elften Mal benutzte Taschentuch zusammen, verstaut es wieder in seiner Hosentasche und flüstert sich selbst zu: »Die hätt lieber die Matura fertig machen sollen oder eine Lehre anfangen, dann würds jetzt an der Wursttheke beim Penny stehn und Leberkas verkaufen. Zu mehr ist die nicht fähig, ist ja eine Frau, versteht sich von selbst. In die Küche gehört die, nicht in eine Arztpraxis, wo sie zu denken hat! Inkompetentes Weib!«

Ich bin froh, als ich aufgerufen werde.

Die Ärztin verkündete feierlich, dass mein Blutbefund hervorragend aussehe. Einige Werte seien noch etwas im

Unreinen, doch das komme alles von der Anstrengung der Operation und von der Vollnarkose.

Meine Eisenwerte waren zum ersten Mal, seit ich vierzehn war, nicht mehr zu niedrig. Sie waren im Normalbereich. Ich hatte genug Blut im Körper. Die Ärztin vermutete, dass das alles mit der Ausstülpung meines Dünndarms, dem Meckel-Divertikel, zusammengehangen hatte. Ich hatte also, seit ich vierzehn war, durchgehend Blut verloren, weil die Ausstülpung meines Dünndarms unentdeckt geblieben war.

Durch die Behandlung meiner Kopfschmerzen mit Schmerzmitteln in Kombination mit den Blutverdünnern für meinen Herzschrittmacher war eine Spritzblutung entstanden, die wie ein Springbrunnen aus meinem Körper ausgetreten war. Durch die Operation war es gelungen, das Meckel-Divertikel zu entfernen und den Blutverlust meines Körpers ein für alle Mal zu stoppen. Weil das Blut nun in meinem Körper zirkulierte und ihn nicht mehr heimlich verließ, waren auch meine Eisenwerte wieder im Normalbereich.

»Das ist wirklich eine bemerkenswerte Krankheitsgeschichte«, meinte die Ärztin, die sonst eher wortkarg war, trocken. »Fast wie aus einer Serie. Kennen Sie *Grey's Anatomy*?«

Ehe ich ging, sagte sie, dass ich unbedingt diese Serie ansehen müsse. Sie sei gut zum Entspannen. Bisschen Krankheit, bisschen Krankenhaus, bisschen Operation.

Epilog

»And once the storm is over you won't remember how you made it through, how you managed to survive. You won't even be sure, in fact, whether the storm is really over. But one thing is certain. When you come out of the storm you won't be the same person who walked in. That's what this storm's all about.«
Haruki Murakami, Kafka on the Shore

Die Narbe unterhalb meines Bauches ist eine feine, kaum sichtbare Linie, aber sie ist trotzdem da. Auch wenn man sie auf den ersten Blick vielleicht gar nicht als OP-Narbe identifizieren kann, wird sie immer eine OP-Narbe sein. Sie wird zu meinem Körper gehören, wie Muttermale oder die kleinen Narben, die man sich als Kind zugezogen hat, weil man beim Laufen am Asphalt ausgerutscht ist.

Die Narbe unterhalb meines Bauches wird mit jedem Tag etwas weicher, und sie verschmilzt mit jedem Tag etwas mehr mit meinem Körper. Die Narbe unterhalb meines Bauches ist das Zeugnis meines Überlebens, sie ist es, die meinen Körper als stark markiert, sie ist der Beweis für das Wunder des menschlichen Körpers. Die Narbe unterhalb meines Bauches, die vor sechs Monaten ein offenes Loch war, aus dem man ein drei Meter langes Organ herausgeholt und wieder hineingegeben hat, ist ein dünner, kaum sichtbarer Strich geworden. Die Narbe unterhalb meines Bauches hat verhindert, dass ich verblute. Die Narbe unterhalb meines Bauches hat dem Tod frech ins Gesicht gespuckt.

Die Narbe unterhalb meines Bauches repräsentiert meinen starken, unzerbrechlichen Körper. Meinen Körper, der mich durch alle Kriege getragen hat, meinen Körper, dessen

Narben Zeugnisse dieser gewonnenen Kriege darstellen. Meinen Körper, der sanft wie Watte und gleichzeitig hart wie Metall ist, meinen Körper, der wie der Ozean ist, der niemals unter der Kraft seiner eigenen Wellen untergehen kann. Meinen Körper, den ich lange Zeit als schwach und unnütz angesehen habe. Meinen Körper, der ein mechanisches Gerät eingesetzt bekommen hat, um richtig zu funktionieren. Meinen Körper, der mich beinahe umgebracht hätte. Meinen Körper, den ich verabscheut und gehasst habe, in dem ich eingeschlossen war, in dem ich verzweifelt gegen die hohen, dicken Wände gehämmert habe, in dem ich geschrien und geschluchzt habe. Meinen Körper, der bei jeder Bewegung zu zerspringen drohte, der zitternd die ersten Schritte nach der Operation gewagt hat und der fast unter dieser Anstrengung zusammengebrochen wäre. Meinen Körper, der aufgebläht und unnatürlich war, der schwach und abgemagert war, der sieben Blutkonserven gebraucht hat, um durchzuhalten. Meinen Körper, der zerstochen, zerbrochen, geschüttelt, zerrissen, aufgeschnitten wurde. Die Narbe unterhalb meines Bauches repräsentiert meinen starken, unzerbrechlichen Körper, und sie erinnert mich täglich daran, dass ich eine Kämpferin bin, und dass ich, gemeinsam mit dem besten Teammitglied, meinem Körper, jeden Kampf gewinnen kann.

Danksagung

Danke an meine Mutter, die jeden Kampf mit mir kämpft. Die immer an mich glaubt. Die stur und schräg und ganz wunderbar ist. Danke an meinen Stiefvater, der mich zum Lachen bringt und dessen spezieller Charakter viele meiner Geschichten inspiriert. Danke an Gabi, die es immer schafft, mir ein Lächeln ins Gesicht zu zaubern. Mein Dank gilt all meinen Freundinnen, besonders den Lisas in meinem Leben, sowie Resi und Flora, die im Jahr zwanzigzweiundzwanzig alle auf ihre ganz besondere Weise für mich da waren. Danke an Yana, ohne deren Freundschaft ich mir mein Leben gar nicht mehr vorstellen kann. Danke an Antonia, die oft den rational denkenden Teil meines Gehirns bildet. Danke an Ingrid Kaltenegger, ohne die dieses Buch niemals das Licht der Welt erblickt hätte. Danke an das gesamte Team von Schöffling & Co., Philipp Werner und ganz besonders Regina Roßbach, ohne deren Hilfe dieser Text vermutlich eine wirre Buchstabensuppe wäre. Mein größter Dank gilt dem Ärzte- und Schwesternteam des Allgemeinen Krankenhauses in Wien. Ihr seid der Grund, dass ich überlebt habe.

Nachweis

Seite 7: Zitat der Lyrikerin Kait Rokowski. Abdruck mit freundlicher Genehmigung der Autorin.

Seite 267: Zitat aus Haruki Murakami, *Kafka on the Shore*. Aus dem Japanischen von Philip Gabriel. Vintage Books, New York. Copyright © 2005 by Haruki Murakami.